BÄRBEL SCHÄFER/
SUSANNE LUERWEG | Schaumküsse

Das Buch
Lilly Heiden, 36, erfolgreiche Privatköchin, ist schwanger. Eigentlich ein Grund zur Freude: Lilly liebt ihren Freund Christian über alles und wünscht sich schon seit längerem ein Kind. Gäbe es da nicht dieses klitzekleine Problem: Christian hat Babypanik. Freiheit lautet seine Losung: Er will Lilly, ein Kind will er nicht. Zu spät. Lilly gibt es ab sofort nur noch im Doppelpack. Kurzentschlossen sucht sie sich eine neue Wohnung und beschreitet den Weg der werdenden Mutter allein. Wäre das nicht ihre beste Freundin Ida, Lilly würde glatt verzweifeln. Doch dann trifft sie Ulli – charmant, gutaussehend und äußerst kinderlieb. Genau das, was sie braucht und sie genießt die Zeit mit ihm in vollen Zügen. Bis Christian sich zurückmeldet und Lilly entscheiden muss, wem ihr Herz eigentlich gehört.

Pressestimmen
»Die wohl heiterste Antwort auf die aktuelle Diskussion um Kinderbetreuung und Krippenplätze.« *Bunte*
»Ein Garant für Herz-Schmerz und innere Lachsalven.«
Frankfurter Stadtkurier

Die Autorinnen
Bärbel Schäfer ist seit 1990 Journalistin und Fernsehmoderatorin. Seit neuestem veröffentlicht sie auch sehr erfolgreich Sachbücher. Sie lebt in Frankfurt am Main.
Susanne Luerweg verbrachte einige Jahre in Spanien. Heute arbeitet sie als Hörfunk- und Fernsehjournalistin. Sie lebt in Köln. Nach »Wer, wenn nicht er?«, Diana Verlag 2005, ist »Schaumküsse« der zweite gemeinsame Roman der Autorinnen.

»Schaumküsse« wurde von Ziegler Film sehr erfolgreich fürs Fernsehen verfilmt. Christine Neubauer spielt die Rolle der Lilly, Oliver Bootz ist als Christian und Bernhard Bettermann als Ulli zu sehen.

Lieferbare Titel
»Wer, wenn nicht er?« (978-3-453-35156-1)

BÄRBEL SCHÄFER / SUSANNE LUERWEG

Schaumküsse

Roman

Diana Verlag

FSC
Mix
Produktgruppe aus vorbildlich
bewirtschafteten Wäldern und
anderen kontrollierten Herkünften

Zert.-Nr. SGS-COC-1940
www.fsc.org
© 1996 Forest Stewardship Council

Verlagsgruppe Random House FSC-DEU-0100.
Das für dieses Buch verwendete
FSC-zertifizierte Papier *Holmen Book Cream*
liefert Holmen Paper, Hallstavik, Schweden.

Taschenbucherstausgabe 02/2009

Umschlaggestaltung | Hauptmann & Kompanie Werbeagentur,
München-Zürich, Teresa Mutzenbach,
unter Verwendung eines Fotos
von © Gen Nishino/Photonica/Getty Images
Herstellung | Helga Schörnig
Satz | Leingärtner, Nabburg
Druck und Bindung | GGP Media GmbH, Pößneck
Printed in Germany 2009
978-3-453-35289-6

www.diana-verlag.de

Supermodels und andere Schwangere

6. Woche / Gewicht unbekannt / Schwindelgefühle

Zehn Euro Praxisgebühr gezahlt, vierzig Minuten im Wartezimmer gesessen und vermutlich schon wieder fünf Anrufe auf meiner Mailbox. Dieser Termin bei meinem Frauenarzt passt so gar nicht in meinen Tagesablauf.

Wäre ich heute wieder nicht erschienen, hätte mich die resolute Sprechstundenhilfe, da bin ich mir ganz sicher, aus der Kartei geschmissen. Ich neige dazu, Pflichttermine und Unangenehmes immer auf die lange Bank zu schieben.

Übrigens, ich heiße Lilly.

Ich bin private Mietköchin und mir ist schwindelig.

Ich fühle ein Kribbeln im Bauch, gemischt mit einem seltsamen Gefühl im Magen. Flattrig und flau zugleich.

Mal ehrlich, vielleicht wäre jeder Frau mit sechsunddreißig Jahren schwindelig, wenn sie mit winterweißen Beinen und drei Tage alten Stoppeln an den Waden bei ihrem Frauenarzt säße und auf ihre mit »rechts« und »links« beschrifteten Socken schaute.

Sie sind ein Geschenk meiner Freundin Ida. Peinlich, sie überhaupt zu tragen, und dann verwechsele ich auch noch die Füße. Warum bekomme ich von meiner besten Freundin etwas, von dem ich meine, dass sie es beim letzten Weihnachtswichteln gewonnen hat? Der gruselige Trostpreis an den Füßen gibt mir zu denken. Ida kennt mich doch in- und auswendig. Wie kann sie mir dann solche Socken überreichen?

Doktor Herzog, bei dem ich bereits seit Teenagerjahren Patientin bin, hat mir vor fünf Minuten mit einem breiten Grinsen Folgendes verkündet: »Gratulation, Frau Heiden, Sie sind schwanger. In der sechsten Woche.«

Viele Frauen in meinem Alter wären überglücklich, und sie würden mit Sicherheit ihrem Gynäkologen um den Hals fallen, wenn es nicht so verdammt kompliziert wäre, aus diesem unbequemen Stuhl herauszukommen.

Ich dagegen falle in eine Art Schockstarre.

Während Doktor Herzog die Gummihandschuhe abstreift und sich die Hände wäscht, wird seine Stimme immer leiser. Ich bekomme gerade noch mit, wie er im Hintergrund das erste Ultraschallbild ausdruckt und einige Werte in meine Patientendatei einträgt.

In schnulzigen Kinofilmen fragt die werdende Mutter in diesem Moment immer patent nach einem Mutterpass und starrt für die kommenden neun Monate auf das erste Ultraschallbild.

Ich hingegen gucke diesen Schwarz-Weiß-Ausdruck unsicher an und kann, ehrlich gesagt, nichts darauf erkennen. Es sieht aus, als hätte mir jemand einen Stern am Himmel auf meinen Namen reserviert, und das ist die dazugehörige Karte des Universums.

Leicht verwirrt wende ich mich meinem Arzt zu: »Herr Doktor, nur für den Fall, dass mich jemand fragt, wo ist denn genau mein Kind auf diesem Bild?«

Er lacht und erklärt mir verständnisvoll: »Hier, dieser kleine Punkt wird Ihr Kind.« Dann beugt er sich über meine Schulter und zeigt mit der Kulispitze auf das neue Leben. Und auf meine Füße. »Übrigens lustige Socken! Trägt meine Tochter auch. Sie wird nächsten Monat vier.«

Vier, ich ignoriere diese Zahl und konzentriere mich auf das Bild. Ich kneife die Augen zusammen und kann mir nicht vorstellen, dass dieser Punkt irgendwann einmal die Schule schwänzen wird und ich ihm Entschuldigungen schreiben werde. Neugierig frage ich weiter: »Was wird es denn, ein Junge oder ein Mädchen?«

Doktor Herzog zieht Luft durch seine Zähne und beantwortet auch diese Frage mit Engelsgeduld: »Das wollen alle unerfahrenen Mütter wissen, Frau Heiden. Wie allen anderen kann ich auch Ihnen jetzt nichts dazu sagen. In der sechsten Woche freuen wir uns, wenn das Herz schlägt. Alles andere zeigt sich erst später.«

In Kinofilmen wird drei Minuten danach schon das Kinderzimmer, ein rosa oder hellblauer Plüschtraum, eingerichtet.

Mein Leben, hier mitten in Köln, ist aber kein romantischer Film. Ich bin immer dafür, der Wahrheit ins Auge zu blicken. Manche Menschen sehen alles im Leben verklärt und glauben an das Paradies auf Erden, andere sind froh, wenn sie sich das Recht auf eine Kaffeepause erstreiten. So unterschiedlich können Sichtweisen sein.

Zurück zu meiner Wahrheit: Bis vor sieben Tagen hatte ich ihn noch. Den Mann meines Lebens. Auf den ersten Blick ein Prachtexemplar, bei genauerer Betrachtung aber leider infiziert mit der neuen Männerkrankheit:

BABYPANIK.

Karriere ja, gemeinsame Urlaube gern und Zusammenleben mehr als erwünscht. Aber absolute Blockade bei der Familienplanung. Solange dieses sensible Thema nicht auf den Tisch kommt, verstehen wir uns bestens. Christian und ich führen nach außen die perfekte Beziehung. Unsere Vier-Zimmer-Neubauwohnung am Kölner Stadtgarten ist das Zentrum für alle unsere Freunde. Wir feiern Partys, schlafen gern lange, brunchen uns durch zahlreiche verregnete Kölner Sonntage, kochen mit Freunden, sehen am Wochenende in der Nachmittagsvorstellung unsere Lieblingsfilme im Kino – das ist unser Leben. Oder sollte ich besser sagen: Das war unser Leben?

Zu Beginn unseres Glücks fehlte mir nichts. Das Kinderthema kam eher selten zwischen uns auf, dafür waren wir viel zu beschäftigt. Und uns selbst genug.

Paare aus der Nachbarschaft, die am Sonntag schon um sieben Uhr in der Früh mit den schreienden Kindern um die Häuser zogen, hatten kaum unser Mitleid.

Spätestens aber, als Oskar, der fünfjährige Sohn eines Kollegen von Christian, beim Brunch seine Playstation in unseren Flachbildschirm warf, bekam unsere Fassade erste Risse. Christians Toleranz ging gegen null, ab sofort erhielt Oskars Vater keine Einladungen mehr. Und er begann, Freunde mit Kindern rigoros aus seinem Adressbuch zu streichen. Ein potenzieller Familienmensch war er offensichtlich nicht. Damals hätte ich das erste Mal stutzig werden können.

Dieser Zwischenfall liegt nun drei Jahre zurück.

Mittlerweile sind wir eines der wenigen Paare, die ohne Kinder leben. Dafür aber mit einem ein mal ein Meter fünfzig großen Flachbildschirm.

Die anderen Kinderlosen sind Stephan und Andreas, unsere schwulen Nachbarn, die seit drei Sommern ihre lesbischen Studienkolleginnen zu einem Kind überreden wollen. Alle vier scheitern immer wieder an der Frage nach dem Unterhalt und ob ein kleiner Junge nur bei den Männern und ein kleines Mädchen nur bei den Frauen aufwachsen dürfe. Dann gibt es in unserem Freundeskreis noch Martina und Jürgen. Sie haben sich beinahe getrennt, nachdem sie schwanger war und das Baby verlor. Seitdem rasen die beiden von Party zu Party, selbst wir sehen sie kaum noch. Und Andrea, die sich auch vorstellen könnte, alleinerziehend zu sein? Moment, was ist noch mit ihr? Sie hofft auf Glück bei Männern wie andere auf den Sechser im Lotto. Andrea trifft stets auf Exemplare, die nur so tun, als wären sie verantwortungsvolle Männer, im Grunde sind es alles unentschiedene Jungs, die Angst vor einer festen Beziehung haben. Porsche polieren kommt eben doch vor Popo putzen. Stellt sie Forderungen oder macht zaghaft Pläne in Richtung gemeinsame Zukunft, bekommen die Schlipsträger kalte Füße.

Ich frage mich, ob beim Torwandschießen im Aktuellen Sportstudio des ZDF heimlich über den Fernseher ein Code gesendet wird, der Männern suggeriert: Achtung! Baby on Board und du landest sofort auf der Ersatzbank.

Jungs, das Leben ist genau wie Fußball ein Mannschaftssport, schon mal davon gehört?

Jedenfalls, wenn Andrea in einer Beziehung Verlängerung vorschlägt, frühstückt sie am nächsten Morgen allein. Und häufige Trainerwechsel bekommen ja bekanntlich weder den Mannschaften noch Andrea gut. Momentan will sie sich wieder mehr auf den Job konzentrieren, ließ sie mich letzte Woche am Telefon wissen.

Christian indessen schließt die immer größer werdende Lücke in seinem Adressbuch mit immer jüngeren Bekannten. Meiner Ansicht nach alles Bindungsneurotiker aus der Fraktion: Das Leben ist eine einzige Party. Die verschwenden noch keinen Gedanken an das Thema Kinderkriegen. Ich langweile mich mit diesen coolen Mittzwanzigern und vermisse unsere alten Freunde. Heimlich verabrede ich mich mit den von Christian boykottierten Familien und verbringe herrliche Nachmittage mit Oskar auf dem Spielplatz.

Sandburgen zu bauen, zu wippen und sich um grüne Backförmchen zu streiten, kann auch entspannend sein, es befreit den Kopf vom Erwachsenenalltag. Als ehemalige Architektin bin ich außerdem für Oskar die Top-Sandburgen-Spezialistin. Da kann ich richtig glänzen. Vermutlich habe ich Angst, Christian mit meinem Kinderwunsch zu vergraulen, und schaukele deshalb fremde Kinder ohne sein Wissen. Einer der wenigen Vorteile des Älterwerdens für uns Frauen ist doch, dass wir immer deutlicher sagen, was wir wollen. Ab dreißig lautet die Devise: keine Kompromisse, keine schlechten Liebhaber, Klarheit in allen Lebenslagen. Zugegeben, das ist die Theorie. Ab fünfunddreißig versucht man dann, sie anzuwenden. Ich bin inzwischen sechsunddreißig, und angesichts meiner neuen Lebenssituation ist die Zeit des Übens jetzt vorbei.

Doktor Herzog hebt den Kopf vom Mikroskop, die Untersuchung ist beendet. Er lacht mich an. Ich habe ihn noch nie so genau wahrgenommen wie in diesem Augenblick. Er wirkt warmherzig, ist aber sehr nachlässig gekleidet. Die Schuhe sind abgelatscht, die Hose ist an der Seitentasche eingerissen. So als würde ihn nur seine Arbeit interessieren.

Ich nehme die Beine aus den Stützen, der Unterschenkel löst sich mit einem leichten Schmatzen. Ich schwitze. Rote Abdrücke der Sockenränder bohren sich in meine kräftigen Waden. Wasser in den Beinen, ein erstes Anzeichen der Schwangerschaft? Wie soll ich denn erst im Winter in die Stiefel passen? Schon jetzt habe ich das Problem, meine dicken Waden so geschickt in den Schuh zu quetschen, dass der Verschluss nicht reißt oder, noch schlimmer, oben ein Stück offen bleibt und die halbe Wade heraushängt. Von eingerissenen Fingernägeln wollen wir hier gar nicht reden.

Doktor Herzog ist sehr mutig, sich jeden Tag Frauen in diesem fiesen Neonlicht mit Sockenrand und Abdrücken von der Papierrolle am Hintern anzusehen. Auf der Straße, außerhalb dieser Räume, würde ich ihn bestimmt nicht erkennen. Er wirkt unscheinbar. Welche Frau ginge denn auch schon gern zu einem gut aussehenden Frauenarzt? Ich kenne keine!

Hinter einem kleinen Paravent, noch im Behandlungsraum, versuche ich in Windeseile den Knoten der Turnschuhe zu öffnen. Warum streife ich sie immer geschlossen vom Fuß? Ich will gerade den einen Schuh an den Mund nehmen, um den Knoten mit den Zähnen zu öffnen, als Doktor Herzog mir zuruft:

»Ihr Freund wird sich doch sicherlich freuen! Ich sehe in den Unterlagen, dass wir bereits vor anderthalb Jahren über Ihren Kinderwunsch sprachen. Sie sind im besten Alter, Frau Heiden, hormonell wie Ende zwanzig! Auch wenn Ihr Geburtsdatum etwas anderes verrät. Ihr Mann kann stolz auf Sie sein. Das müssen Sie heute Abend gemeinsam feiern!«

Klar, feiern! Wie denn, wenn wir seit sieben Tagen Stress haben? Was weiß der Doktor von meinem Leben, außer dem wenigen, das auf der Patientenkarte steht?

Ich beginne zu frieren und reiße mit klappernden Zähnen an dem verdammten Knoten. Geh schon auf. Ich hüpfe auf einem Bein Richtung Stuhl und frage mich, ob ich das als werdende Mutter noch darf. Vielleicht entwickelt das Kind durch das Springen später eine unruhige Persönlichkeit? Ich lege eine Hand auf den Bauch und suche in meiner Handtasche nach einem Kugelschreiber. Sitzend pule ich in aller Ruhe den Knoten auf. Plötzlich laufen mir vor Glück Tränen über die Wangen. Ich, Lilly, werde tatsächlich Mutter. Ich schenke Leben. Ich, die bisher vor allem eines besonders gut konnte: arbeiten!

Babymützen häkeln, Fehlanzeige. Lampions basteln für Sankt Martin, keine Chance. Luftballons aufblasen, niemals. Da wird mir sofort schwindelig. Wiegenlieder singen lasse ich lieber gleich, sonst schläft es nie. Aber eines steht fest: Verhungern wird das Kind bei mir nicht.

Die Neuigkeit, dass wir Eltern werden, kann Christian doch nicht kaltlassen. Doch die Vorstellung, Vater zu werden, wird ihm vermutlich eher Angst machen.

Wenn ein Paar im Freundeskreis schwanger wird und uns hysterisch vor Glück anruft, dann reicht er mir den Hörer, denn er kann das Wir-werden-Eltern-Juhu-Geschrei nicht ertragen. Er glaubt, alle mutieren sofort zu Kinder-an-die-Macht-Zombies.

Ich werde ihn nicht anrufen. Ich will ihm in die Augen sehen, wenn ich es ihm sage.

Was kann mir schon passieren? Ich kann für mich selber sorgen, Christian braucht keine Angst zu haben, dass er rund um die Uhr arbeiten muss, um die Kleinfamilie zu finanzieren. Ich kann auf Autofahrten Karten lesen, ich koche die weltbeste Crème brûlée (das Geheimnis ist der braune Zucker!), ich kann nicht nur vorwärts, sondern auch rückwärts einparken, ich kann die Abseitsregel erklären. Ich bin mir sicher, wir schaffen das mit dem Kind, und ich freue mich auf unser neues Leben, versuche ich mich selbst zu beruhigen.

Eine Kleinigkeit habe ich allerdings vergessen zu erwähnen. Vor einer Woche bin ich aus unserer gemeinsamen Wohnung ausgezogen. Seitdem schlafe ich bei Rosa.

Mit dem ersten Ultraschallbild meines Lebens sitze ich fünf Minuten später vor Doktor Herzog an seinem riesigen Glasschreibtisch. Seit Jahren trennt mich, die Patientin, von ihm, dem Arzt, ein Bonsai-Zengarten.

Ich muss mich jedes Mal beherrschen, das kleine Sandquadrat vor mir nicht mit den Fingern zu zerstören. Während ich noch überlege, ob ich nicht heute, an diesem besonderen Tag, meinen Zeigefinger als Harke einsetzen sollte, platzt es aus mir heraus:

»Herr Doktor, es gibt auch wirklich keinen Zweifel? Dieses Ultraschallbild wird mein Leben verändern.«

Er blickt mich milde an und weiß aus Erfahrung genau, was er jetzt sagen muss: »Fünfundzwanzig Jahre mache ich das schon, Frau Heiden. Ich habe Ihnen die erste Pille verschrieben, als Sie noch mit Ihrer Mutter in die Sprechstunde kamen. Ich weiß, was ich da sehe, und das wird definitiv ein Kind. Gönnen Sie sich ab sofort viel Ruhe, weniger Stress. Die ersten drei Monate sind eine sehr unsichere Zeit innerhalb der Schwangerschaft. Essen Sie gesund, aber das kennen Sie ja nun wirklich aus Ihrem Berufsleben. Und schlafen Sie möglichst viel. Demnächst kommt Ihr Freund dann vielleicht schon mit zur Untersuchung.«

Dann fügt er noch hinzu, dass wir uns ab jetzt regelmäßig sehen werden, und bittet mich, noch einmal im Wartezimmer Platz zu nehmen für eine Blutabnahme.

Nach der Verabschiedung gehe ich aus dem Sprechzimmer und bleibe einige Sekunden mit dem Rücken an die Tür gelehnt stehen. Wenn der wüsste! Freund mitbringen, wie stellt er sich das vor? Panik steigt in mir hoch und die Gedanken rasen in Formel-Eins-Geschwindigkeit durch meine Hirnwindungen. Es stehen so viele Kochveranstaltungen an. Endlich läuft meine Firma gut, und jetzt muss ich in sieben Monaten kürzer treten. Christians Reaktion, wie wird sie sein? Ich hoffe, er springt vor Begeisterung in die Luft. Ich befürchte, er sackt in sich zusammen und trinkt einen Liter Rotwein auf ex. Eine Schwangere, die nächste Patientin von Doktor Herzog, bittet mich, zur Seite zu treten, damit sie mit ihrem kugelrunden Bauch an mir vorbeikommt.

Wenn ich bald auch so aussehe, dann komme ich mit dem Kochlöffel gar nicht mehr bis an den Topf. Ich habe schon ohne Schwangerschaft fiese Fressattacken. Wenn ich gestresst oder nervös bin, ist Schokolade mein allerliebstes Hilfsmittel. Ich sehe mich schon im vierten Schwangerschaftsmonat nachts durch Köln laufen, um noch einen Kiosk zu finden, wo ich mich mit Chips und Lakritzschnecken versorgen kann. Ich will aber nicht aussehen wie eine Planschkuh. Kein Personal-Trainer der Welt wird meinen Körper nach der Geburt retten können. Ich bin kein Model. So wie Heidi Klum. Bekommt einen Sohn, steht sechs Tage danach, schon wieder fünfzehn Kilo leichter, bei den Emmy Awards in Los Angeles auf dem roten Teppich und drei Monate später auf dem Laufsteg für Victora's-Secret-Dessous. Selbstverständlich ohne Besenreiser an den Beinen, ohne eine Spur von Cellulite, ohne ein Bauchröllchen. Wie machen die Frauen das bloß in Hollywood? Wahrscheinlich lassen sie sich schon während der Geburt das Fett absaugen. Die Welt ist eben ungerecht: Es gibt Supermodels und uns normale Schwangere.

Die Blutabnahme erfolgt schnell, aber nicht unspektakulär. Ich höre mich noch sagen: »Mein Kreislauf ist ziemlich schlapp. Mir war heute schon schwindelig.«

Dann wache ich auf einer Liege wieder auf. Die Sprechstundenhilfe hält mir ein Glas Wasser hin und tätschelt meinen Arm. Das könne ja heiter werden, wenn ich jedes Mal zusammenklappe in der nächsten Zeit, meint sie. Ich rappele mich auf und eile aus der Praxis. Frischluft: das beste Mittel gegen Schwindel.

Ich wühle in meiner Tasche nach den Zigaretten und stecke mir eine an. Nach einem tiefen Zug fällt mein Blick auf das Praxisschild. Sofort lasse ich die Zigarette fallen. Da gehe ich zwei Stockwerke hinunter und habe schon vergessen, dass ich schwanger bin. Rauchende Schwangere werden in unserer heutigen Gesellschaft vermutlich sofort beim Jugendamt denunziert.

Lilly Heiden, du wirst Mutter und du bist ab sofort Nichtraucherin. Ich beschließe, die Zigaretten in der Wohnung so zu verstecken, dass ich sie nie wiederfinde. Das gelingt mir mit meinem Haustürschlüssel und meinem Handy auch täglich.

Ich bestelle mir ein Taxi und schlüpfe in mein altes, erfahrenes Leben zurück. Als hätte es die letzte Stunde nicht gegeben, beginne ich routiniert zu funktionieren.

Eines hat sich jedoch verändert: mein Gang. Ich laufe wie auf rohen Eiern und lasse mich ganz vorsichtig auf der Rückbank des Taxis nieder. Noch gestern habe ich zuerst die Tasche und anschließend mich auf den Rücksitz geschleudert. Nachdem ich dem Fahrer die Adresse genannt habe, lehne ich mich entspannt zurück. Ob das Kleine schon meine Stimme hört? Dann bin ich lieber freundlich zu dem Taxifahrer, auch wenn ich ihm am Ende den Weg erklären muss. Schließlich soll das Baby im Bauch seine Mutter nicht als keifende Zicke erleben.

Während der Fahrt versuche ich, mich auf meinen anstehenden Job zu konzentrieren. Die Zahnarztgattin mit Wohnsitz im Kölner Nobelvorort Hahnwald klang schon am Telefon anspruchsvoll. Es ist allerdings schwer, über die Menüfolge nachzudenken, wenn aus dem Radio lautstark Karnevalsmusik dröhnt. Im Hochsommer. Für manch einen in Köln dauert die fünfte Jahreszeit eben dreihundertfünfundsechzig Tage im Jahr. In den Kurven fühle ich eine leichte Übelkeit. Gern würde ich den Fahrer bitten, etwas weniger hektisch durch die Straßen zu rasen. Aber wie soll man mit jemandem Kontakt aufnehmen, der mit einer unglaublichen Hingabe in der falschen Tonlage »Alles hat ein Ende, nur die Wurst hat zwei« mitsingt?

Als ich mich dabei ertappe, wie ich leise die Lippen zu: »Mer losse den Dom in Kölle« bewege, biegt das Taxi in die Auffahrt einer Villa ein, die aussieht, als hätten die Besitzer das 5-Millionen-Los der SKL-Fernsehshow gewonnen.

Ein Kiesweg, perfekt getrimmte Buchsbäume zu jeder Seite, eine elegante Treppe, die den Besucher zu einer großen, weißen Eingangstür führt. Hier wohnen Menschen, die über ein Einkommen verfügen, von dem ich nur träumen kann. Ich straffe automatisch meine Schultern und werfe einen kritischen Blick an mir hinunter, denn solchen Kunden entgeht nichts, nicht der kleinste Fussel am Revers.

Ich komme nicht einmal dazu, auf den Klingelknopf von Herrn und Frau Doktor Bellag zu drücken. Die Haustür öffnet sich wie von selbst. Vor mir steht Katrin Bellag, eine gut aussehende Enddreißigerin, lässig in Jeans und T-Shirt gekleidet. Die High Society sieht auch nicht mehr so aus, wie man es erwartet. Die Begrüßung fällt für meinen Geschmack schon fast ein bisschen zu persönlich aus. Das Du wird mir noch in der Eingangshalle angeboten. Eine einzige Fußballweltmeisterschaft macht aus uns Deutschen gleich ein Land von Duzern. Auf dem Weg in den Salon nimmt mir Katrin Bellag mit einer zügigen Bewegung den Trenchcoat aus der Hand und hängt ihn an die Art déco-Garderobe.

Alles deutet auf einen entspannten Job hin, nur ich sitze auf dem beigen Seidensofa in leicht reservierter Haltung.

Katrin klärt die Kaffee-oder-Tee-Frage, und als sie in Richtung Küche verschwindet, lasse ich den Blick schweifen. Die gesamte Einrichtung ist Ton in Ton, nichts Grelles stört das Auge. Eine beige Sitzoase, gepaart mit hellen Regalen und Glasvitrinen. Designzeitschriften liegen perfekt geordnet auf dem Beistelltisch. Eine traumhafte Wohnlandschaft. Allerdings nur, wenn man keine Kinder hat. Schokoladenfinger und Spielsachen passen hier nicht her.

Wie schnell sich mein Blick auf alles ändert. Immerhin ist neben dem neu aktivierten Muttergen zum Glück die berufliche Kompetenz nicht verloren gegangen.

Beim Kochen ist Ton in Ton ein deutliches Zeichen für Versagen. Sauerkraut, Seeteufel und weiße Bohnen angerichtet auf einem weißen Teller, wäre die Langeweile pur, bei Inneneinrichtung gilt es als geschmackvoll.

Katrin kommt mit einem Caffè Latte, auch beige, zurück und setzt sich neben mich. Sie spricht mit mir, als wären wir seit Jahren befreundet und nicht Kundin und Auftraggeberin beim ersten Treffen. Während sie ihr glattes, schulterlanges blondes Haar hinters Ohr streicht, erklärt sie mir, warum sie ein professionelles Catering braucht: »Bei mehr als vier Gästen am Tisch verliere ich den Überblick in der Küche. Mein Mann nimmt zurzeit an einem Kongress teil und hat für übermorgen, nach seinem Vortrag, fünf Kollegen, deren Ehefrauen und wichtige Geschäftspartner zum Abendessen eingeladen. Da brauche ich dringend Hilfe. Was musst du denn jetzt genau von mir wissen, um unsere Runde perfekt zu verköstigen?«

»Eigentlich nur, was ihr nicht mögt.«

»Schlange stehen, Cluburlaub, Zunehmen und Haare im Ausguss«, antwortet Katrin und lacht.

Jetzt wird die Kundschaft auch noch witzig. Laut Statistik schreiben neunundneunzig Prozent der Deutschen in Kontaktanzeigen, sie wünschen sich einen Partner mit Humor. Kein Wunder, dass es in unserem Land so viele Singles gibt, bei dieser Spaßbremsendichte.

Ich bin wohl ein besonders gelungenes Exemplar dieser Gattung, denn ich antworte sehr sachlich: »Béchamel, Mayonnaise, Rochertorte? Liegt euch das zu schwer im Magen? Seid ihr Vegetarier? Mögt ihr Nieren, Leber, Schweinefleisch oder Zunge?«

Katrin schüttelt sich bei meiner Aufzählung und entschuldigt sich, wie fast alle Kunden, dass sie nicht kochen kann. Dann nennt sie mir aber gewissenhaft die Bellag'schen Vorlieben.

In der kommenden Viertelstunde versichere ich der Gastgeberin, dass der Themenabend »Ehemann und Kollegen« reibungslos ablaufen wird. Gleichzeitig futtere ich Unmengen von beigen Waffeln und Keksen. Mir wird schlecht. Liegt es an der Schwangerschaft oder an den Süßigkeiten? Katrin plappert weiter über die Karriere ihres Mannes, während ich dringend in Richtung Gäste-WC verschwinden müsste. Bei der ausführlichen Beschreibung der neuesten Anschaffung in der Praxis laufe ich schon mit der Hand vor dem Mund in die Einganghalle. Katrin kommt mir nach und mit hochgezogenen Augenbrauen weist sie mir den Weg. »Zweite Tür rechts, die Handtücher befinden sich auf der Fensterbank.«

Ich schlage ihr die Tür vor der Nase zu und reiße sofort den Klodeckel hoch. Als ich den Mund mit kaltem Wasser ausspülen will, drehe ich den Hahn zu weit auf. Der harte Wasserstrahl schießt mir direkt in den Ausschnitt. Das Waschbecken ist winzig. Wer hat so kleine Hände? Ist das ein Kinderwaschbecken? Gratulation, Lilly. Kotzen bei der Kundschaft und aussehen wie ein begossener Pudel. Alles in weniger als fünf Minuten. Mit den Mini-Gästehandtüchern verwische ich die Spuren. Vor dem Spiegel kneife ich mir noch schnell in die Wangen, damit ich nicht so blass aussehe, öffne das Fenster und hole tief Luft. Dann kehre ich lässig, als wäre nichts gewesen, an die Kaffeetafel zurück. Katrin wirft mir einen kritischen Blick zu und reicht mir mit den Worten: »Du solltest deine Ärmel noch ein wenig trocknen« eine Serviette. Ich werfe einen entsetzten Blick auf die nassen Stellen und bemühe mich stumm, das Malheur in den Griff zu kriegen. Zum Glück ist Katrin zu gut erzogen, um den Vorfall zu kommentieren, und wir machen weiter, als wäre nichts geschehen. Einziger Unterschied: Ich zügele meine Essgelüste und nippe nur noch vorsichtig an dem Kaffee.

Nach einer weiteren halben Stunde ist die Planung für Speisen und Dekoration abgeschlossen. Ich folge Katrin in die Küche und bin angenehm überrascht, denn es sieht aus, als würde hier tatsächlich gekocht. Oft sind die durchgestylten Küchen meiner Kunden reine Attrappe, und die Besitzerinnen wissen noch nicht einmal, wo der Toaster steht. Ich knie vor dem Küchenschrank und zähle Pfannen und Töpfe, als Katrin mich fragt: »Ein Catering-Service, und dann bist du auch noch als Mietköchin tätig. Das klingt nach sehr viel Arbeit und nach einem aufregenden Leben.«

Vermutlich besteht ihre größte Aufregung darin, morgens die Entscheidung zu fällen, ob sie lieber die Gucci- oder die Prada-Tasche zum Shoppen mitführt, denke ich sofort. Dennoch antworte ich ihr ganz freundlich, als sie mich fragt: »Wie wird man Mietköchin, Lilly?«

»Jedenfalls nicht, indem man nur Tim-Mälzer-Bücher liest oder Kochshows im Fernsehen guckt. Bei mir lief die Firmengründung auch noch über den Umweg eines Architekturstudiums.«

Katrin wirkt erstaunt: »Aber du baust hier übermorgen keine Fleischtürme aus Beton, oder? Ich verlasse mich hundertprozentig auf dich.«

Die allgemeine Baukrise ist in diesem Nobelvorort noch nicht angekommen, ansonsten würde Katrin diese

Frage nicht stellen. Ich kenne das Spiel schon, in knappen Worten erkläre ich ihr meinen Werdegang zur exklusiven Köchin: über Jahre Sechzehn-Stunden-Tage im Architekturbüro, Wochenendarbeit, wenig Urlaub, schlechte Bezahlung. Gekündigt worden. Ich-AG gegründet, Hobby zum Beruf gemacht. Sobald man, wie ich jetzt, in die eigene Tasche wirtschaftet, stören einen dieselben Überstunden und die Wochenenddienste nicht mehr. Lieber schichte ich Nudeln zur Trüffellasagne aufeinander, als für Häuslebauer mit knappem Budget hässliche Doppelhaushälften im Einheitslook zu planen.

Um Katrin die letzten Zweifel zu nehmen, erzähle ich ihr noch kurz, für wen ich schon alles gekocht habe.

Frau Zahnarzt scheint überzeugt. Aber ich weiß, dass ich am kommenden Wochenende gut sein muss. Auch die Bellags haben mich schließlich engagiert, weil eine Freundin der Freundin der Cousine der neuen Nachbarin mich empfohlen hat.

Zwei Stunden später ruft Katrin mir ein Taxi. Ins Gespräch vertieft schlüpfe ich in meinen Mantel. Ich freue mich über diesen Auftrag. Meine Übelkeit ist verflogen. Vor dem Haus steige ich hinten in den Wagen ein. Als ich gerade die Tür zuschlagen will, ruft Katrin mir zu: »Entschuldigung, aber könnte es sein, dass du meinen italienischen Designermantel trägst?«

Eine höflich formulierte Frage, die ich zu meinem großen Entsetzen nur mit »Ja« beantworten kann. Ich blicke an mir hinunter und denke noch: beige. Die Farbe ist identisch, aber das ist auch schon die einzige Gemeinsamkeit. Dieser Trenchcoat ist fleckenfrei, nicht verknittert und garantiert nicht von H&M. Also nicht meiner. Peinlich berührt ziehe ich ihn aus. Jedoch nicht, ohne vorher einen schnellen Blick auf das Etikett zu werfen: PRADA. Andere Liga. Ich murmele leise: »Sorry, war keine Absicht«, und reiche ihn Katrin. Im Gegenzug erhalte ich mein trendy, aber leider nicht ewig haltbares schwedisches Exemplar mit einem Lächeln und spitzen Fingern von ihr zurück. Eines muss man festhalten: Mein Talent, einen positiven Eindruck zu hinterlassen, ist einfach unschlagbar. Erst muss ich mich übergeben, dann klaue ich, wenn auch unwissentlich, der Auftraggeberin ihr schickes Mäntelchen. Die Schwangerschaft fängt gut an. Mal sehen, was jetzt noch auf der Taxifahrt passiert. Die unnötig wäre, wenn sich in diesem Nobelviertel irgendwo eine Straßenbahnhaltestelle befinden würde. Aber im Hahnenwald gibt es weder einen Kiosk noch einen Bäcker, und öffentliche Verkehrsmittel sind ebenso Fehlanzeige. Also wieder einmal dreißig Euro unter überflüssige Ausgaben verbuchen. Sofort habe ich die mahnende Stimme meines Steuerberaters im Ohr: »Lilly, immer die Quittungen sammeln.« Mit einem Kind wird es noch schwieriger werden, sich mit Bus, Bahn oder Fahrrad fortzubewegen, überlege ich. Denn ich besitze zwar einen Führerschein, doch das letzte Mal, dass ich wirklich aktiv am Straßenverkehr teilgenommen habe, liegt Jahre zurück. Wenn man grün wählt, sollte man auch grün leben, lautete damals, mit achtzehn, meine Devise.

Dafür kämpfe ich heute mit erschwerter Mobilität, Karnevalsterror und stets verspäteten Zügen der Bahn. Mein beruflicher Erfolg passt momentan überhaupt nicht zu meiner ökologischen Überzeugung, denn der verlangt häufiges Fliegen und extreme Mobilität. Einzige Möglichkeit, mein Gewissen und meinen Gewinn zu vereinbaren: Ich fange an, für ein Hybridauto zu sparen.

Es gibt offensichtlich doch mehr Menschen, die einen Kochlöffel nicht von einem Regenschirm unterscheiden können, als man meint. Praktischerweise haben viele von den Herdplatten-Angsthasen genügend Geld, um mich zu bezahlen, aber keine Zeit, einen Kochkurs zu besuchen. Meine Chance, für alleinstehende Karrieretypen Geschäftsessen im privaten Rahmen zu organisieren, aber auch für junge Bands im VIP-Bereich das Catering auszurichten oder die Kölner Haie mit Eistorte zu verwöhnen.

In meinem vorläufigen Zuhause bei Rosa angekommen, nehme ich im Flur zum ersten Mal den Kinderwagen der Nachbarin wahr. Bisher hat er mich unter den Briefkästen immer gestört, jetzt frage ich mich, ob noch ein zweiter dahin passt.

Vielleicht ist das auch gar nicht nötig. Vielleicht trägt Christian mich auf Händen, wenn er die freudige Nachricht erfährt, und wir ziehen wieder zusammen. Realistisch betrachtet sind die Chancen hierfür ebenso hoch wie eine sichere Rente im Alter. Die Schwangerschaft sorgt bei mir auf jeden Fall für eine optimistische Grundstimmung. Berechtigt oder nicht.

Während ich den Schlüssel in Rosas Wohnungstür umdrehe, überlege ich, ob alle Zutaten im Haus sind, um Christian sein Lieblingsgericht zu kochen. Sauerkraut mit Kassler und Püree – das Gericht, das ich besser zubereiten kann als seine Mutter. Das Gericht, das ich ihm immer zu besonderen Anlässen koche. Das muss einem erst einmal gelingen: Mutti am Herd ausstechen und damit gleichzeitig den Grundstein für ein Unternehmen legen, das so viel Spaß macht. Während ich den Kühlschrank nach Vorräten durchforste, fallen mir Christians Worte ein: »Lilly, bitte heute Abend kein Gemüse schnippeln. Ich will in Ruhe mit dir reden. Das monotone Geräusch des Messers auf dem Holzbrett lenkt mich ab.«

Plötzlich bin ich so aufgeregt, als wäre heute unser erstes Date. Genau genommen ist es ja auch ein Neuanfang. Gut, ich war vielleicht vor sieben Tagen ein wenig explosiv und emotional. Aber als meine beste Freundin Ida kurz vor der Party anrief, um mir zu sagen, dass sie schwanger ist, da habe ich mich von Herzen für sie gefreut. Sofort lief in meinem Kopf der Film »Beste Freundinnen werden zusammen schwanger«. Ich rechnete ihren Vorsprung aus und kalkulierte meinen nächsten Eisprung. Christian sagte nur: »Der arme Klaus, samstags darf der bald auch nicht mehr ins Stadion.« Da ging ich auf ihn los, schrie, mit meiner Haarbürste vor ihm herumfuchtelnd: »Was ist eigentlich los mit dir? Was willst du vom Leben? Du bist echt wie eine Modelleisenbahn. Bei dir dreht sich alles im Kreis. Meinst du nicht, es wird mal so langsam Zeit für eine Weichenstellung?« Um mich zu beruhigen, bürstete ich zwischendurch meine Haare. Sinnlos, ich war in Fahrt: »Und nur zu deiner Information – ich bin sechsunddreißig Jahre, wann wachst du auf?«

»Lillylein, dein sechsunddreißigster Geburtstag ist erst zwei Monate her. Ich verstehe deine Aufregung, das liegt an Idas Schwangerschaft. Wir reden morgen in Ruhe darüber, versprochen. Komm, wir gehen jetzt auf die Party, zieh dein Trikot an.«

Eine Party ganz in Christians Sinn: eine Sportlerfete. Habe ich schon erwähnt, dass mein Freund einen Traumberuf hat? Fußballreporter im Fernsehen, das wollen doch alle Männer werden, wenn sie die Feuerwehrmann- und Lokomotivführer-Phase überwunden haben. Sportredaktionen, das weiß ich inzwischen genau, sind eine Brutstätte für ewige Jungs. Kichern, Kickern und Kugelstoßen – drei tolle Disziplinen fernab vom Alltagstrott.

Schweigend erreichten wir das Fest. Christian, in seinem geliebten Schalke-Outfit, ich in den Werder-Vereinsfarben grün-weiß. Laute Musik dröhnte uns im Hausflur entgegen. Die Party war schon in vollem Gang. Kölsch in rauen Mengen, gute Musik und jede Menge durchtrainierte Männer und Frauen. Christian stellte sich sofort zu seinen Kollegen aus der Redaktion. Er brauche jetzt etwas zu trinken, ließ er mich noch wissen. Ich fühlte mich hundeelend. Beim Blick in die Partyrunde ging es mir nicht besser. Alle Männer hatten sich an den Stylingwunsch der Gastgeberin gehalten: Kommt in den Farben eures Lieblingsvereins. Nur von den Frauen war ich die Einzige außer Beate, der Gastgeberin, die es gewagt hatte, ihre kräftigen Waden dem Licht der Öffentlichkeit preiszugeben. Alle anderen sahen in ihren High Heels und ihren Miniröcken wie Spielerfrauen aus. Aufreizende Tops, wohin ich sah. Weit und breit keine Spur von unvorteilhaften kurzen Hosen und Stulpenstrümpfen. Ich fühlte mich wie ein Moppel-Ich. Ausgesetzt auf einer Party von Supermodels. Beate kam mit offenen Armen auf mich zu und schlug mir kumpelhaft auf die Schulter, sodass mir fast mein Kölsch aus der Hand fiel:

»Mensch Lilly, du bist spitze. Hast dich ja als einzige Frau eins zu eins an meine Einladung gehalten. Steht dir gut. Auch das Grün, macht dich echt nicht blass. Du wirst bestimmt noch am Ende des Abends in die Jungsmannschaft eingewechselt.«

Lachend ging sie weiter Richtung Küche, und ich blickte auf ihr umgenähtes, rückenfreies Schalke-Outfit. Ihr kleiner Hintern wackelte in der knallengen Shorts durch die Menge. Beate könnte sich ein kariertes Küchenhandtuch umbinden und sähe auch darin sexy aus. Ich kann nicht einmal einen String anziehen, ohne dass es gleich »Arsch frisst Hose« heißt.

Ich hasse Mottopartys und ich hasse mich, weil ich immer alles so ernst nehme. Alle anderen setzen sich darüber hinweg und sehen scharf aus. Ich bin die Einzige, die sich zum Affen macht. Christians Kumpel lächelten mir aufmunternd zu, aber keiner lud mich ein, bei ihnen stehen zu bleiben. Jedes Kichern bezog ich auf mich und meinen breiten Hintern. Die Gesprächsfetzen kreisten um Tabellenplätze, Medaillenchancen und Verletzungspech. Nach einer Stunde fand ich die Situation so absurd, dass ich nur noch nach Hause wollte. Christian stand in der Küche, umringt von seinen Trikotfreunden, und sah nicht so aus, als wollte er die Party verlassen. Ich versuchte Blickkontakt mit ihm aufzunehmen. Hoffnungslos. Ich bahnte mir den Weg zu ihm, vorbei an abgestandenen Biergläsern und Eiersalatresten. Ich kuschelte mich an seine Seite und legte seinen rechten Arm um meine Schulter. Aufdringlich, aber normalerweise wirkungsvoll. Diesmal nicht. Er redete und redete. Wie lange können Männer sich eigentlich über einen verschossenen Elfmeter unterhalten? Nach vierzig Minuten wusste ich, sehr lange. Für mich war jetzt Spielende. Mir reichte es. Ich wollte weg von dieser Party, raus aus diesen albernen Klamotten. Ich verabschiedete mich mit einem kurzen Gruß von der Gastgeberin Beate und ging nach Hause. Allein.

Keine gute Idee, wie sich schnell herausstellte. In einem Werder-Trikot nachts über die Kölner Ringe zu laufen, bedeutete alle fünf Meter ein dummer Spruch: »Na, Mannschaftsbus verpasst? Wie wäre es mit einem Trikottausch, Süße?« Solche Kommentare waren genau das, was ich an jenem Abend noch brauchte.

Neun Stunden später blinzelte ich in die Sonne und Christian lag, mit zerknautschtem Gesicht, im Tiefschlaf neben mir. Er sah sexy aus. Ich nutzte die Zeit, um mich zu duschen und am Kiosk gegenüber die Sonntagszeitungen zu kaufen. Mit einem Milchkaffee und einer Zigarette setzte ich mich auf unseren Balkon und begann zu lesen. Einige Minuten später schlang Christian seine Arme um meinen Hals und küsste mich überschwänglich:« Na, Spielführerin, uns geht es doch richtig super, oder?«

Normalerweise redet er am Morgen nicht viel. Man hat eher den Eindruck, er habe für seine ersten zwei wachen Stunden ein Schweigegelübde abgelegt. An diesem Sonntag hingegen war er voller Mitteilungsdrang. Allerdings säuselte er mir kein Liebesgeflüster ins Ohr. »Diese Ruhe kann man doch vergessen mit Kindern. Keine klebrigen Patschefinger, die uns alte Keksreste in den Ausschnitt schmieren, Lilly. Lass uns das Leben noch ein paar Jahre so genießen, oder geht's uns schlecht dabei?«

Wenn alles so läuft, wie er es will, sehe ich mich schon mit zweiundvierzig verzweifelt an der Tür einer Fruchtbarkeitsklinik um Einlass betteln. Ich warf ihm einen Blick zu, der seine aktiven Spermien auf der Stelle töten konnte, und antwortete:

»So stellst du dir also unser Gespräch vor? Das ist nicht meine Ebene. Vertrösten kannst du dich langsam mal selber. Wenn du nach fünf Jahren nicht merkst, wann mir etwas ernst ist, dann passen wir wirklich nicht zusammen!«

Christians Reaktion: ein Schulterzucken. Kaum zu fassen, er kommentiert ohne Probleme ein neunzigminütiges Fußballspiel, aber bei etwas so Persönlichem schweigt er. Während ich ihn weiter ankeifte, fühlte ich mich wie meine eigene Mutter, und nicht gerade wie die Traumfrau, mit der man seine Zukunft verbringen will. Aber ich merkte, ein Leben ohne Kinder kommt für mich nicht infrage. Somit waren wir in Stufe zwei unserer Beziehung. Vergrößern wir unseren Mikrokosmos um ein Kind oder wollen wir alles beim Alten belassen?

Ich bekam schon wieder Hektikflecken, weil ich mich aufregte. Das nervte mich. Ich wurde laut und kratzte mich die ganze Zeit im Ausschnitt.

Wir hatten uns total verrannt. Zur sonntäglichen Routine führte kein Weg zurück. Ich packte in Windeseile eine kleine Reisetasche. Ich wollte nur noch weg. Christian schlug ich eine Auszeit vor und war schon aus der Tür. Er machte einen verstörten Eindruck, als ich ihn auf dem Balkon zurückließ.

Ich stand nicht weniger einsam auf der Straße. Wo sollte ich hin? Zu meiner besten Freundin Ida konnte ich nicht. Sie war mit Klaus zu ihren Eltern gefahren, um ihnen die Neuigkeit von der Schwangerschaft zu überbringen.

Ich ging mein Adressbuch im Handy durch und überlegte, zu wem ich an einem Sonntagmorgen um elf Uhr gehen könnte, ohne zu stören. Die einen haben endlich mal wieder Sex, die anderen sitzen mit der Familie vor der *Sendung mit der Maus*. Andererseits konnte ich darauf keine Rücksicht nehmen, es war ein Notfall.

Für Notfälle, auch seelischer Natur, ist Rosa zuständig. Sie ist Christians Schwester, Tierärztin und kämpft dauernd an der Krankenfront in Sachen Mauser, Bisswunden und Hüftdysplasie.

Fünfzehn Minuten später saß ich in Rosas Küche und heulte mich bei ihr aus. Sie war sehr verständnisvoll und bot mir an, bei ihr zu wohnen, bis sich die Wogen geglättet hatten.

Im ersten Moment war ich überglücklich und dankbar. Dann überlegte ich, ob Rosa noch immer eine Horde Springmäuse im Badezimmer beherbergte, die Goldfische im Weckglas auf der Fensterbank standen und ich am Ende für die Fütterung zuständig wäre.

Aber Asyl erhält man in Deutschland bekanntlich nicht so leicht, deshalb zögerte ich nicht. Ich war auch viel zu erschöpft vom Heulen und Streiten und teilte mir ohne zu murren das Sofa mit Rosas Katze Pinky. Das merkte ich aber erst beim Aufwachen an den unzähligen kleinen Kratzspuren auf meinen Armen.

Am Nachmittag wollte ich raus aus der Wohnung, nicht an Christian denken, nicht über ihn reden. Deshalb lud ich Rosa ins Kino ein. Dummerweise liefen um diese Zeit nur Action- oder Liebesfilme. Wir entschieden uns für Letzteres. Ein Riesenfehler, denn schon nach einer Viertelstunde schnäuzte ich das dritte Taschentuch voll. Beim Happy End war mein Ärmel klitschnass.

Kurz vor dem Abspann verließ ich den Kinosaal, um auf der Toilette die Tränenspuren zu beseitigen. Schwierig, wenn es nur einen Spiegel für zehn Frauen gibt, die Nase knallrot ist und die Augen klein und verheult sind. Während die anderen sich an mir vorbeidrängelten, rutschte ich immer wieder mit dem Eyeliner ab.

Vor dem Kino nahm Rosa mich in den Arm und sagte: »Komm, Lilly, wir gehen etwas essen.« Ich ließ mich widerstandslos in das nächste Brauhaus zerren. In dieser Stimmung hatte ich keine Lust, selbst zu kochen, und das Rezept »Trauerkloß auf Salat« auch nicht zur Hand. Wir bestellten jede eine Portion Reibekuchen mit extra viel Apfelmus und spülten mit jeweils fünf bis achtzehn Kölsch nach. Ich kann mich nicht mehr genau erinnern, aber am nächsten Morgen hatte ich drei neue Pickel im Gesicht und Kopfschmerzen. Super, Lilly: beinahe Single, beinahe Kleidergröße 42, beinahe arbeitslos, wenn du dich nicht sofort um Aufträge kümmerst.

Die Woche ohne Christian war die Hölle. Ich stürzte mich in die Arbeit, aber sobald ich den Kochlöffel zur Seite legte, kreisten meine Gedanken nur um ihn. Christian ging es ähnlich. Er bombardierte mich mit SMS-Nachrichten am laufenden Band und quatschte mir die Mailbox voll.

Lillyfee, meine liebste Wäscheschlampe. Räume gerade den Trockner aus. Liebe Deinen neuen schwarzen BH. Vermisse Dich.

Drei Minuten später piepste es erneut: *Du fehlst mir. Bitte melde Dich.*

Ich musste mich beherrschen, um ihn nicht sofort zurückzurufen. Schließlich sollte er zappeln und in Ruhe über alles nachdenken. Denn die entscheidende SMS kam leider nicht. Die Stichworte Wir, Familie und Kind fehlten. Natürlich war es schlimm, am Abend auf der blauen Ikea-Schlafcouch in Rosas Wohnung. Ich guckte jede Sportsendung, in der Hoffnung, seine Kommentatorenstimme zu hören. Auch wenn ich die ganze Zeit über uns nachdachte, wollte ich diesmal nicht so schnell nachgeben. Mir war klar, dass ich unter diesen Voraussetzungen nicht mehr in unser altes Leben zurückkonnte. Der Kinderwunsch war plötzlich da. Ich fühlte mich selbst davon überrollt. Ich wusste, ich will Christian nicht verlieren, aber ich wusste auch, ich will eine Familie. Hätte mir vor fünf Jahren eine Freundin gesagt, dass ich unsere Beziehung wegen hormoneller Willenlosigkeit aufs Spiel setzen würde, hätte ich sie für verrückt erklärt. Ich fragte mich, ob ich Christian nicht grenzenlos überforderte. Wenn mich diese Entwicklung schon überraschte, wie musste er sich erst fühlen? Vielleicht sollte ich ihm mehr Zeit geben. Die habe ich aber leider nicht unbegrenzt. Das vergessen die Männer gern einmal. Ich blieb standhaft und antwortete ihm nicht.

Nachts schreckte ich mehrmals aus dem Schlaf hoch, weil Rosas Pinky auf die Couch wollte. Ich lag auf ihrem Stammplatz.

Nach der vierten Nacht auf dem Sofa war ich zu allem bereit. Ich hatte ein ABC-Pflaster auf dem Rücken, Katzenkratzer auf der Wange und tiefe Augenringe. Ich vermisste Christian. Ich vermisste unsere Wohnung. Ich vermisste mein altes Leben. Ich rief ihn an.

Es war so schön, seine vertraute Stimme zu hören, am liebsten wäre ich durch die Leitung zu ihm gekrochen. Leider hatte ich ein schnurloses Telefon. Mein Anruf fiel zeitlich allerdings genau in seine Morgenmuffelphase. Nur der Sportteil der Tageszeitung kann ihm um diese Uhrzeit ein Lächeln entlocken. Ich sah ihn vor mir. Den Kaffeebecher mit Schalke-Logo vor sich, noch unrasiert und bettwarm. Immerhin gelang es ihm, ein halbwegs zärtliches »Ich freue mich auf dich« in den Hörer zu nuscheln. Mehr konnte ich nicht verlangen. Ich verbuchte es unter der Rubrik »überschäumender Gefühlsausbruch«.

Wir verabredeten uns für in drei Tagen. Früher ging es nicht, weil Christian als Reporter zu einem Auswärtsspiel der Nationalmannschaft reisen musste. Einerseits hatte ich Verständnis für die Dienstreise, andererseits fühlte es sich an, als hätte ich ein traumhaftes Fünf-Gänge-Menü gekocht, riefe: »Essen ist fertig«, und die Gäste kämen erst eine halbe Stunde später an den Tisch.

Fehlstart, auch in puncto Schönheit

6,5. Woche / Gewicht noch unbekannt / Übelkeit

Ich habe Rosas Wohnung als Ort für unser Wiedersehen vorgeschlagen. Christians kleine Schwester ist heute Abend nicht da. Somit auch niemand, der mich vor unüberlegten Handlungen bewahrt.

Belanglos plaudern werden wir ja nicht, dafür gibt es zu viel zu entscheiden. Anschließender Versöhnungssex: nicht ausgeschlossen.

Geht das? Sex in der Wohnung der Freundin und Schwägerin in spe zusammen mit dem noch unwissenden Vater, der ja gleichzeitig auch der Bruder der Wohnungsbesitzerin ist? Das macht mich nicht an. Das erinnert an den Versuch, Weihnachten bei den Eltern im ehemaligen Kinderzimmer miteinander zu schlafen. Am besten mit Blick auf das Regal mit den alten Kuscheltieren.

Noch wäre Sex ein Vergnügen, denke ich. Im Laufe der Schwangerschaft lässt das Bedürfnis bestimmt nach, oder es wird einfach zu beschwerlich. Ich glaube nicht daran, dass Hochschwangere dauerscharf sind. Eher suchen sie die Hand des Partners, um sich am Rücken kratzen zu lassen. Da bin ich mir hundertprozentig sicher.

Ich stehe in der Küche, um den gemeinsamen Abend vorzubereiten. Spontan drehe ich das Küchenradio auf und fange an zu tanzen. Während ich mich in der Praxis von Doktor Herzog mit angezogener Handbremse gefreut habe, lasse ich dem Glücksgefühl endlich freien Lauf.

Ich singe den Stones-Klassiker »Angie« laut mit. Ob seit der letzten Wahl bei dem Song alle nur noch an Angela Merkel denken? Ich singe in den Schneebesen und kreische den Abwasch an. Von Rosas Sofa nehme ich mir ein Kissen und stopfe es unter das T-Shirt. So sieht also hochschwanger sein aus. Willkommen in der Welt der XXL-T-Shirts, Lilly.

Ich gehe ganz nah an den Spiegel, lache und zähle meine Augenfalten. Nach der zehnten gebe ich auf. Wenn unser Kind zwölf ist, bin ich achtundvierzig. Dann wird es ihm peinlich sein, wenn ich es zum Abschied am Schultor küsse. Wenn das Kind zwanzig ist, bin ich sechsundfünfzig und suche schon alle Papiere für die Rentenkasse zusammen.

Am liebsten würde ich mich auf den Balkon stellen und der Welt entgegenschreien: »Ich bin schwanger!« Wahrscheinlich würden die Nachbarn antworten: »Danke. Dann zahlt ja jemand unsere Rente.«

Ich mache mir einen Früchtetee und lasse in der Küche alles stehen und liegen. Gleichzeitig ärgere ich mich, dass ich mich auf Christians Bedingung, nicht selbst zu kochen, eingelassen habe. Sonst hätte ich jetzt etwas zu tun und müsste nicht Däumchen drehen.

Die meisten Freunde denken, dass Kochen für mich anstrengend ist. Im Gegenteil, mich beruhigt es, stundenlang Gemüse zu putzen oder Nudeln selbst zu machen. Für mich wäre es viel besser, wenn ich heute ein ausgefeiltes Gericht zubereiten dürfte, dann wüsste ich wenigstens etwas mit mir anzufangen. Stattdessen: Pizzadienst.

Schon der Gedanke an den halb aufgeweichten Teig mit Einheitsgeschmack lässt meinen Magen rebellieren.

Verloren schaue ich mich in der fremden Wohnung um. Mein Blick fällt auf die Küchenuhr, und ich beschließe, mich mit Augenbrauenzupfen abzulenken.

Es ist nicht besonders hell in Rosas Bad. Tierärztinnen scheinen nicht viel Wert auf gutes Schminklicht zu legen. Braucht man im Stall wohl nicht.

Ich bin eine Augenbrauenfetischistin. Jahrelang habe ich mich gesträubt, eine Pinzette in die Hand zu nehmen, und konnte nur mit zusammengebissenen Zähnen wenige Härchen entfernen. Mittlerweile kann ich mir nahezu blind jedes überflüssige Haar ausrupfen.

Ich runzele die Stirn. In dem schlechten Licht kann ich zunächst keinen Übeltäter entdecken. Mir rutscht die Pinzette aus der Hand. Ich bücke mich, und als ich wieder hochkomme, fällt mein Blick auf mein Kinn. So hätte ich in wenigen Minuten Christian gegenübergesessen. Ekelhaft. Unübersehbar. Ein langes, schwarzes Haar sprießt an meinem Kinn. Ich erinnere mich an einen Spruch meiner Uroma: Hexenhaar! Hexenhaar! Unfruchtbar! Unfruchtbar!

Was ist für Frauen wohl schlimmer: das erste Hexenhaar am Kinn oder die ersten grauen Haare auf dem Kopf zu entdecken?

Hexenhaare kann man schlecht färben, von daher ist für mich die Antwort klar. Ich zupfe an dem Ungetüm. Mein Kinn leuchtet knallrot. Ich suche einen Abdeckstift in meinen Schminkutensilien. Schließlich werde ich fündig. Er ist beinahe ausgetrocknet. Ich überdecke die rote Stelle. Immer und immer wieder. Es blutet ein wenig an der Haarwurzel. Jetzt wirkt die Stelle dunkelbraun. Christian wird mit Sicherheit den ganzen Abend über genau auf diesen Punkt starren und nichts sagen. Er wird annehmen, dass ich mir die Gesichtsbehaarung, Stufe zwei auf der Albtraumskala älter werdender Frauen, abrasiert habe. Seit Jahren, wird er vermuten, bediene ich mich heimlich an seinem Vorrat von Gillette-klingen, nur diesmal ist es schiefgegangen. Weil ich nicht mehr mit ihm zusammenwohne und seinen Rasierer nicht mehr benutzen kann. Billige Einwegrasierer haben mich für unser erstes Treffen nach der Auszeit entstellt.

Die Zeit schleicht. Immer noch fünfzehn Minuten bis zum Wiedersehen. Damit ich nicht noch auf den Gedanken komme, Pickel auszudrücken, kehre ich zurück in die Küche.

Rosa ist eine tolle Ärztin, aber eine miserable Köchin. Sie besitzt gerade mal ein Küchensieb, zwei Kochlöffel und ein paar völlig veraltete Töpfe und Pfannen. Eine echte Herausforderung, mit diesen spärlichen Küchenwerkzeugen professionell zu arbeiten. Mit ein paar geübten Handgriffen suche ich alles Nötige in den Schränken zusammen und fange an, ein neues Rezept auszuprobieren. Egal, ob Christian das stört: Ich koche.

Für das Essen bei Katrin Bellag will ich eine neue Himbeermousse-Variante versuchen. Getreu dem Motto: Setze nie deinen Kunden etwas vor die Nase, was du nicht selbst gegessen und für lecker befunden hast. Glücklicherweise habe ich schon alle Zutaten besorgt.

Beim Himbeerenpassieren vergeht die Zeit wie im Fluge. Als ich den Eischnee vorsichtig unter die Sahne hebe, klingelt es an der Tür.

Früher haben wir bei jeder Begrüßung minutenlang geknutscht. Christian ist ein begnadeter Küsser. Jetzt gibt es nur ein freudiges »Hallo« meinerseits. Er schaut mich an und fragt:

»Willst du den Tempofitzel den ganzen Abend auf der Kruste trocknen lassen?« Scheiße, Scheiße, Scheiße!

Wieso habe ich mir nicht die Eieruhr gestellt, um das Haarwurzelbluten rechtzeitig zu beenden? Jetzt ist die Ecke des Tempos an meinem Kinn angetrocknet. Wenn ich es jetzt abreiße, beginnt es sofort wieder zu bluten. Warum musste ich nur dieses Haar zupfen? Kein Wunder, dass mir Christian zur Begrüßung, wenn auch kräftig, nur auf den Rücken klopft. Schnittwundennotpflaster strahlen eben keinerlei Erotik aus.

Da bemühe ich mich, alles richtig zu machen, und lege einen glatten Fehlstart hin.

Er sieht toll aus, denke ich, wie er in Jeans und seinem blauen Hemd vor mir steht. Er wirkt entspannt. Das Alleinsein scheint ihm gutzutun. Wahrscheinlich ist er schon längst wieder auf Frauenfang und arbeitet nach dem Rotationsprinzip Verehrerinnen ab. Die Jubelschreie seiner Kolleginnen, als sie von unserer Krise erfahren haben, klingen mir in den Ohren. Ich sehe lauter Frauen vor mir, die Schlange stehen und laut rufen:

»Hier, nimm mich, ich bin erst Mitte zwanzig und gehe dir noch nicht mit dem Kinderwunsch auf die Nerven.« »Christian«, rufen alle Praktikantinnen unisono, »wir lieben deine Schalke-Bettwäsche und sitzen nur zu gern jeden Samstag mit dir in einem eiskalten Stadion. Nimm uns, Christian, wir stellen keine Forderungen. Wir sind die Spaßfraktion. In unserer Nähe kannst du dich entspannen.«

Diese Überlegungen machen mich so wütend, dass ich unwillkürlich einen Schritt zurückweiche und unsanft in Rosas Kleiderständer lande.

Schade, dass mir die Wohnung nicht vertraut ist und ich die Abmessungen nicht kenne. Ich reibe mir den Knöchel. Auf die Idee, mich in den Arm zu nehmen, kommt Christian nicht. Er fragt lediglich: »Hast du dir wehgetan, soll ich dir einen Eisbeutel holen?«

Unbeholfen stehen wir uns gegenüber. Eine absurde Situation: Er ist noch völlig ahnungslos, ich gefühlsmäßig bereits kurz vor dem Milcheinschuss. Er hat die Absicht, unsere Zweisamkeit zu retten, ich das Wissen, dass wir bald Kindergeld beantragen können. Ich humpele in die Küche und fülle die Himbeermousse in eine große Schüssel.

Christian folgt mir. »Du bist wunderschön«, sagt er und hat schon seine Hände um meine Hüften gelegt. Immerhin hat er jetzt auf den Romantik-Modus umgeschaltet. Trotzdem frage ich mich, warum er nichts merkt. Er muss doch sehen, dass ich schwanger bin. Bei meinem Talent zuzunehmen, trage ich bestimmt schon in der nächsten Woche meine erste Schwangerschaftshose mit Gummizug am Bündchen.

Ich befreie mich aus seiner Umarmung und halte ihm stattdessen einen Löffel Himbeermousse vor die Nase: »Kannst du mal kurz testen, ob noch etwas fehlt? Mein Gaumen ist taub. Ich schmecke gerade gar nichts.« Plötzlich dämmert mir die Tragweite meiner Worte: Es stimmt. Schon seit ein paar Tagen verweigern mir die Geschmacksnerven den Dienst. Weil ich schwanger bin. Das kann ja heiter werden. Ob es wohl Studenten gibt, die für fünf Euro die Stunde schwangeren Köchinnen helfen, die richtige Gewürzdosierung zu finden?

»Dein Dessert schmeckt wunderbar, wie alles, was du kochst, Lilly. Aber komm, setz dich. Wollen wir nicht den Pizzadienst anrufen, so wie vereinbart?«

Ohne eine Antwort abzuwarten, holt Christian sein Handy aus der Hosentasche und gibt die Bestellung durch.

»Ciao, Alberto. Heute wie immer. Einmal Calzone und eine Pizza Thunfisch mit Ei. An folgende Adresse: Palmstraße 4. Nein, keine neue Freundin. Ich bin bei meiner Schwester. Die Adresse kennst du doch.«

Die Vorstellung, gleich diese merkwürdige Fisch-Ei-Kombination vor der Nase zu haben, verursacht mir ein flaues Gefühl im Magen. Ich dachte, nur Schwangere haben solche seltsamen Essgewohnheiten, aber offensichtlich hatte ich schon vor der hormonellen Veränderung komische Vorlieben. Was ist, wenn ich mich nun beim Anblick der Pizza übergeben muss? Christian holt Teller und Besteck aus dem Schrank. Wenigstens essen wir zur Feier des Tages nicht aus den Pizzaschachteln.

Während ich Christian dabei zusehe, wie er den Tisch herrichtet, rasen die wildesten Gedanken durch meinen Kopf. Ist es die Angst vor seiner Reaktion? Warum sage ich nichts?

Ungünstiger Zeitpunkt, beschließe ich. Denn im Hausflur hören wir die entnervten Rufe des Pizzaboten: »Welche Etage?« Hat Alberto schon wieder einen neuen Mitarbeiter? Eigentlich kennen alle Rosas Adresse.

Seinen Motorradhelm noch auf dem Kopf, steht er kurz darauf verschwitzt vor uns und zieht im Drei-Sekunden-Takt die Nase hoch. Auch wenn er neu in dem Laden ist, eines ist gleich geblieben: Wie die anderen hat auch dieser Bote kein Wechselgeld dabei. Während Christian mit ihm diskutiert, wo wir jetzt einen Zwanziger und einen Fünf-Euro-Schein herbekommen, wird die Pizza im Karton kalt und matschig. Ich versuche, sie dem Pizzafahrer im Laufe der Kleingelddiskussion abzunehmen, aber er dreht sich leicht zur Seite, sodass ich keine Chance habe. Meiner Meinung nach nur ein Trick. Die Pizzadüfte kriechen in die Wohnung und steigern den Heißhunger der Kunden. Warum haben Pizzafahrer nie Wechselgeld dabei? Einmal habe ich dafür Verständnis, aber jedes Mal? Wir geben irgendwann die Diskussion an der Haustür genervt auf und lassen ihn mit einem astronomisch hohen Trinkgeld gehen. Alles, um wenigstens ein Stück lauwarmen Teig zu essen.

»Rot oder weiß?«, fragt Christian mit einem Korkenzieher in der Hand.

»Weiß«, antworte ich aus alter Gewohnheit und beschließe, aufgrund der Umstände nur zu nippen.

Ich setze mich zu ihm an den Küchentisch. Während ich beginne, meine Pizza in gleiche Teile zu zerschneiden, blicke ich in sein ahnungsloses Gesicht und frage: »Fällt dir nichts an mir auf?«

»Du glänzt auf der Stirn«, antwortet er mit einem Käsefaden im Mundwinkel und kaut weiter.

Sein zweiter Anlauf ist immerhin etwas charmanter: »Die vorübergehende Trennung bekommt dir gut, du siehst super aus!«

Ich schüttele den Kopf. »Danke«, erwidere ich lachend. »Aber das ist nicht alles.«

Er beugt sich mit dem Kopf unter den Tisch und murmelt in meine Richtung: »Neue Schuhe?«

Das kann doch nicht sein, dass der zukünftige Vater noch nichts merkt? Er startet einen letzten Versuch: »Du hast abgenommen. Im Gesicht«, schiebt er noch schnell hinterher.

Früher hätte ich eine witzige Bemerkung platziert, jetzt füllt ein Vakuum die Stelle in meinem Hirn, die normalerweise für ironische Bemerkungen zuständig ist. Die Situation wird langsam peinlich zwischen uns. Stille.

Mir fällt partout nichts ein, was ich sagen könnte. Ein Gespräch zu führen, heißt doch: Beide sagen etwas, und zwar abwechselnd.

Nach den Komplimenten erwartet er jetzt sicherlich etwas von mir. Ich bin, glaube ich, dran, oder? Ich stochere in meiner Pizza, bohre die Gabel in die Eier auf dem Thunfischbelag.

Im Grunde will ich gar nichts sagen. Ich will, dass er es von allein merkt. Ich könnte jetzt ohne Probleme fünf Tage lang den Mund halten.

Ich wünsche mir, dass er mich in den Arm nimmt und meine Schwangerschaft spürt. Aber da kann ich wahrscheinlich warten, bis in neun Monaten die Fruchtblase platzt.

Hier und jetzt kann ich froh sein, wenn er nicht tot vom Stuhl fällt, sobald ich ihm sage, dass er Vater wird.

Aber wie finde ich die richtigen Worte? Ich habe das Gefühl, ich müsste einem Vegetarier erklären, wie fantastisch Fleisch schmeckt, einem Blinden die rauschende Farbenpracht eines Blütenmeeres beschreiben und einem Tauben Bruckner-Symphonien übersetzen.

Ich schaue Christian zu, wie er konzentriert den Pizzarand mit den Händen isst. Ich merke, er gefällt mir immer noch. Auch mit vor Fett triefenden Pizzafingern. Ich muss mir Mut machen. Deshalb rede ich mir ein: Wenn das Kind erst mal da ist, wird er es schon lieben. Ein Satz, mit dem sich alle Frauen selbst belügen, zumindest die, die heimlich die Pille abgesetzt haben. Vor meinem inneren Auge spule ich meinen Wunschfilm ab: Christian auf dem Spielplatz, Christian beim Windelnwechseln, Christian beim Babyschwimmen.

Gerade als ich meinen Mund öffnen will, legt er seine Hand auf meine. Ich zucke zusammen, so ungewohnt scheint mir diese Geste zwischen uns. Er lässt sich nicht beirren, sondern beginnt zu reden.

»Süße, wie machen wir das denn jetzt?«, fragt er ganz nüchtern. »Wie geht es denn nun weiter mit uns? Reicht es dir nicht langsam bei meiner Schwester in dieser Katzenwohnung? Komm nach Hause, ich vermisse dich so.«

Er benimmt sich, als wäre nichts gewesen. Er kommt auf meine Seite des Tisches und knutscht mich.

Typisches Männerverhalten. Trotzdem fühlt sich das gut an. Sofort schalten meine grauen Zellen auf Emotion um. Christians Küsse haben bei mir schon immer eine gewisse Willenlosigkeit hervorgerufen. Ich genieße den Kuss und öffne meinen Mund erneut, um endlich alles zu sagen, was mir auf dem Herzen liegt. Aber Christian ist wieder schneller als ich.

»Lilly, Engelchen, ich kann dir nicht oft genug sagen, wie sehr du mir in den letzten Tagen gefehlt hast. Ich will nicht ohne dich sein. Lass uns diesem Blödsinn ein Ende bereiten und nach Hause gehen.«

Er blickt mich aufmunternd an, sein Gesichtsausdruck ist selbstzufrieden und entspannt. Sein Handy klingelt. Er dreht sich von mir weg und ich höre ihn in seinem Reporterjargon sagen: »Ich bin gleich da. Fünf Minuten noch.«

Wo ist er gleich? Ich kann es nicht fassen. Er will doch jetzt nicht gehen. Spinnt er?

»Lilly, es tut mir leid, ich muss los. Wir haben heute Abend noch eine Sitzung. Wir treffen uns zwar in der Kneipe, aber es gibt Dringendes mit den Kollegen zu besprechen. Unsere Redaktion befindet sich gerade mächtig im Umbruch. Ich muss da hin. Lass uns heute Nacht weiterreden. Ich bin nicht lange weg.«

Während ich noch überlege, ob ich ihm meine Gabel ins Gesicht steche oder vielleicht doch die fettige Pizza nach ihm schmeiße, steht er auch schon auf. Mit den Schlüsseln in der Hand marschiert er in Richtung Tür: »Beate und die anderen warten schon, ich muss wirklich los, Lilly. Sei nicht sauer. Ich weiß, es ist blöd, ich hatte diesen Redaktionsstammtisch komplett vergessen.«

Christian scheint die Situation völlig zu unterschätzen. Für ihn ist dies hier ein kurzes Zusammentreffen, getreu dem Motto: Einmal kräftig drücken, knutschen und dann ist alles wieder gut. Ich bin so damit beschäftigt, mich innerlich auf hundert zu bringen, dass ich überhaupt nichts sage, sondern ihn nur anstarre. Außerdem wütet in mir eine schon immer vorhandene Eifersucht auf Beate.

Sie ist eine der wenigen Frauen in Christians Redaktion und ebenfalls Schalke-Fan in der vierten Generation. Eine ehemalige Leichtathletin, die nach ihrer aktiven Zeit eine zweite Karriere beim Fernsehen angefangen hat. Völlig unverdächtig, jemals den Wunsch nach einem Kind zu verspüren, schießt es mir durch den Kopf. Kinder und Hunde könne sie nicht leiden, betont Beate gern in großer Runde. Beide stören bei der Verlängerung, die einen wollen Gassi gehen, den anderen muss man die Windeln wechseln.

In Gedanken sehe ich Christian und Beate schon in trauter Zweisamkeit samstags vor der Sportschau hocken. Kein Babygebrüll stört ihre Ruhe. Eigentlich hat Christian mir nie einen Anlass gegeben, auf Beate eifersüchtig zu sein. Er hat nie erwähnt, dass er sie besonders attraktiv findet. Trotzdem belle ich hysterisch los: »Na, das ging ja schnell. Kaum sind wir eine Woche auf Probe getrennt, da telefonierst du schon regelmäßig mit abgehalfterten Hundert-Meter-Läuferinnen.«

Mein kleiner Anfall wirkt. Er hat doch noch fünf Minuten Zeit für mich. Denn er geht von der Tür weg und holt sich ein Bier aus dem Kühlschrank.

Ich reiche ihm das Feuerzeug vom Tisch, als Sportler hat er 1000 Trainingseinheiten in dieser Art des Flaschenöffnens. Mir wird klar, dass wir, was den heutigen Abend angeht, unterschiedliche Erwartungen hatten.

Er nimmt einen kräftigen Schluck Kölsch, blickt mich an und sagt dann in einem distanzierten Ton: »Lilly, was ist dein Problem? Wir sehen uns. Wir sind uns einig, dass wir uns vermissen und dass wir wieder zusammen sein wollen, oder? Ich muss jetzt noch einmal kurz weg, dann komme ich schnell nach Hause und alles ist wieder gut. Ich gebe zu, dass ich in den letzten Tagen ab und zu nach der Arbeit mit Beate ein Bier getrunken habe. Und was ist daran so schlimm? Mir ging es schlecht, sie hat zugehört. Das kann sie wirklich gut.«

Ich schiebe mir noch ein Stück Pizza in den Mund und merke, wie die Tränen in mir aufsteigen. Wüsste ich es nicht besser, ich würde meinen, ich bekäme meine Tage.

Ich räume die Teller ab und Christian versperrt mir den Weg. Er breitet seine Arme aus und drückt mich an sich.

Ungläubig schiele ich zu ihm hoch. Was redet er da? Glaubt er das wirklich, diesen Blödsinn? Gute Zuhörerin. Dass ich nicht lache. Ich erinnere mich an die Party. Beate, die strahlende Gastgeberin. Wahrscheinlich hat Christian ihr schon damals sein Herz ausgeschüttet, und Beate ist gleich dankend eingesprungen. Von der Ersatzbank direkt ins Spiel. Ich merke, wie ungerecht ich werde. Ich kenne Beate kaum. Diese dauerfröhlichen Sportlernaturen waren mir allerdings schon immer ein Gräuel. Menschen, die sogar im Urlaub morgens um sieben Uhr joggen gehen. Wenn ich ehrlich bin, habe ich die meisten auch nicht an mich rangelassen. Für mich stand fest, dass unter dem Sixpack nur wenige Interessen und kaum Tiefgang schlummern.

War das ein Fehler? Sonst könnte mir jetzt ein Kollege von Christian erzählen, was zwischen meinem Noch-Freund und der gestählten ehemaligen Athletin läuft. Wahrscheinlich nichts. Aber trotzdem: Die gute Stimmung ist dahin. Meine Vorstellung von einem romantischen Abend, an dessen Ende wir unsere Elternschaft feiern, hat sich in Nichts aufgelöst. Ich bin total wütend auf Christian: Nicht schwanger, im Vollbesitz meiner Kräfte, würde ich ihn niederbrüllen, so sage ich ungewohnt sanft: »Geh ruhig zu deinem Treffen.« In der Hektik lohnt es sich sowieso nicht zu reden, habe ich das Gefühl.

Für Christian ist die Welt wieder in Ordnung, das sehe ich an seinem zufriedenen Gesichtsausdruck. Den hat er sonst nur bei Schalke 04-Siegen. Er steht auf, wuschelt mir beiläufig durch die Haare und verschwindet mit den Worten: »Ich liebe dich, Schnuffi, das weißt du, und ab morgen ist wieder alles genauso wunderbar wie früher.«

Ich kann nicht fassen, wie dieser Abend abgelaufen ist. Für ihn war unsere Trennung deutlich harmloser als für mich. Er versteht mich nicht. Es ist weder heute so wunderbar wie vorher, noch wird es jemals wieder so sein. Es ist anders, es wird anders bleiben, und vor allen Dingen wird es spätestens in neun Monaten vollkommen anders werden.

Ich frage mich, was ich eigentlich erwartet habe. Na schön. Ich habe erwartet, dass er mich anbetet, mir dreitausend Komplimente zu meinem tollen Aussehen macht, mir immer wieder erklärt, wie sehr er mich liebt, und zu guter Letzt noch reumütig bekennt, dass er gern Vater werden möchte und dass er überhaupt alles tun würde, damit ich glücklich bin. Das und nichts anderes habe ich erwartet. Aber auch bei Rosas schummrigem Küchenlicht betrachtet, ist die Lage klar: Ich habe zu viel oder ganz einfach das Falsche erwartet. Christian ist meilenweit davon entfernt, sich so zu verhalten, wie ich es mir wünsche. Männer und Frauen leben auf verschiedenen Planeten. Frauen möchten gefragt werden, wie es ihnen geht. Ich gehöre auch noch zu der Spezies, die nicht auf Anhieb sagen kann, was sie will und meint. Mir dämmert, wie dumm meine Vorstellung von diesem Abend war. Ich hatte einfach gehofft, dass wir lange miteinander reden würden und vor allem, dass er genau in dem Moment, in dem er von der Vaterschaft erfährt, vor Freude in die Luft springt.

Schade, leider hat Christian nicht die leiseste Ahnung von dem, was sich in meinem Kopf abspielt. Ich fühle mich allein und unverstanden. Aber dass er sich nicht wie Prince Charming benimmt, kann ich Christian nicht einmal vorwerfen. Wann hat er mich zuletzt nackt gesehen? Oder bei einer gemeinsamen Dusche mein Hüftgold gemustert. Schon lange nicht mehr. Ich habe mich vor vier Tagen auch noch gewundert, warum mein BH nicht mehr zugeht.

Andererseits: Habe ich ihm nicht vor gut einer Woche mehr als deutlich zu verstehen gegeben, dass ich mir ein gemeinsames Leben nur mit Kindern vorstellen kann? Aber genau das ist der Punkt. Die Voraussetzungen sollten sich ändern. Und Christian hat nicht einmal danach gefragt. Er war nett. Gut. Er war süß. Auch richtig. Aber er ist nicht auf mich eingegangen, und das Wort Baby hat er gar nicht in den Mund genommen. Ist die Idee, mit ihm eine Familie zu gründen, vollkommen abwegig? Ist es nicht besser, alles allein durchzuziehen und ihn erst wieder anzurufen, wenn er mit dem Kind auf den Fußballplatz gehen kann? Wenn ich doch nur in sein Hirn kriechen könnte, um den Schalter auf Familienplanung umzulegen.

Heute Abend werde ich den Trick sicherlich nicht mehr erlernen. Ich muss in Ruhe nachdenken, wie es für mich weitergehen soll. Kind, Karriere, Küche, diese drei Dinge muss ich unter einen Hut bringen. So viel steht fest. Und welche Rolle Christian spielt? Das liegt an ihm. Ob Libero oder Ersatzspieler.

Ich nehme mein Handy und schicke ihm eine SMS: *Fühle mich nicht so gut. Bleibe noch bei Rosa. Lass uns telefonieren.*

Danach schalte ich das Handy aus und beschließe, bis auf Weiteres auch nicht an Rosas Telefon zu gehen.

Kampflos habe ich ihn zu seinem Redaktionsstammtisch ziehen lassen, wo er jetzt womöglich mit Beate über mein Hin und Her und meine Launenhaftigkeit debattiert. Hübsche Vorstellung. Ich könnte nur noch heulen.

Mir ist übel von der fettigen Pizza. Schützend lege

ich meine Hand auf den Bauch und gehe zielstrebig ins Badezimmer. Baden und Musik, eine gute Kombination, um mich aus dem emotionalen Tief zu retten. Rosa hat glücklicherweise Boxen in ihrem Bad. Während ich mich in den warmen Lavendelschaum sinken lasse, helfen mir die Elektrosounds von Air, mich zu beruhigen.

Entweder liegt es am heißen Badewasser oder die Eier in der Himbeermousse waren nicht mehr ganz frisch, denn plötzlich wird mir in der Wanne ganz schwindelig. Klitschnass laufe ich zur Toilette und übergebe mich. Das wievielte Mal ist das heute? Auf jeden Fall mein ganz persönlicher Rekord. Denn zuletzt wurde mir als Kind auf einem Familienfest schlecht, als ich zu viel Gulaschsuppe gegessen hatte. Blass und matt sitze ich auf dem kalten gekachelten Fußboden neben der Kloschüssel und rufe nach Christian. Eine alte Gewohnheit, die ich so schnell wie möglich ablegen sollte. Vorbei die Zeit, als Christian mir Kopfschmerztabletten gegen den Kater gab, eine Wärmflasche bereitete, wenn ich mit Magenkrämpfen im Bett lag, oder mir Heilsalbe auf Brandwunden strich. Er ist nicht mehr da. Kapier das endlich, Lilly.

Als ich mich aufrappeln will, höre ich, wie die Tür ins Schloss fällt. Rosa kommt nach Hause. Endlich. Ein Mensch. Weiblich, ledig und verständnisvoll. Genau so jemanden brauche ich jetzt. Als Rosa das Badezimmer betritt, erkenne ich an ihrem entsetzten Gesichtsausdruck, wie furchtbar ich aussehen muss.

Ich versuche, sie anzulächeln, aber es will mir nicht recht gelingen.

»Was ist denn mit dir passiert?«, fragt sie aufgeregt.

Langsam gewinne ich wieder die Kontrolle über Kopf und Körper und bitte Rosa, mir einen eiskalten Waschlappen zu bringen.

Sie reicht ihn mir, öffnet das Fenster und setzt sich neben mich: »Was ist denn los?«

Was mit mir los ist? Ganz einfach. Ich bin schwanger, mir wird ständig schlecht, und der Vater des Kindes weiß nichts von seinem Glück. Es weiß überhaupt niemand etwas von dem Glück. Außer mir, meinem Arzt und der Sprechstundenhilfe. Doch ich fühle mich viel zu müde, um Rosa alles zu erzählen.

Mit ihrer Hilfe setze ich mich auf den Badewannenrand. Den Waschlappen an der Stirn bitte ich sie: »Kannst du mir einen Kamillentee machen? Ich glaube, das würde mir jetzt helfen.« Sie lächelt mich aufmunternd an und bringt mir fünf Minuten später den Tee ans Bett oder besser: Sie stellt ihn auf den Tisch neben das Sofa. Ich nehme es noch mit halb geöffneten Augen wahr, bin aber nicht mehr in der Lage, die Tasse zum Mund zu führen. Drei Sekunden danach bin ich eingeschlafen.

Am nächsten Morgen fühle ich mich besser, bin aber immer noch wackelig auf den Beinen. Ich bin allein. Rosa hat die Wohnung bereits verlassen. Terminstress ist der zweite Vorname von Christians kleiner Schwester.

Und meine Termine? Die müssen bis heute Nachmittag warten. Ich kann nicht länger so tun, als wäre nichts passiert. Ich will endlich mit jemandem sprechen und einen Blick von außen zulassen. Wenn ich weiterhin alles mit mir selbst diskutiere, platzt spätestens morgen mein Kopf. Ich sehne mich förmlich nach meiner besten Freundin Ida. Sie hat normalerweise auch einen dicht gedrängten Zeitplan, aber seit sie schwanger ist, lässt sie alles erstaunlich ruhig angehen. Deshalb hoffe ich, dass sie heute Vormittag Zeit für einen Kaffee hat. Gerade als ich Ida anrufen will, klingelt mein Handy. Meine Tante Maria. Das ist nicht die therapeutische Begleitperson, die ich mir jetzt wünsche. Sie wohnt seit Jahren in der Nähe von Gelsenkirchen und hat sich den deftigen Akzent der Region zu eigen gemacht. Christian ist so begeistert davon, dass er ihre Nachrichten auf unserem Anrufbeantworter tagelang konserviert. Besser als Kabarett, meint er. Auch heute legt Maria gleich in ihrem besten Ruhrpottdeutsch los: »Schätzken, wie geht et dir? Kriechst du genuch zu essen? Ich wollte euch nur Bescheid sagen, dass ja am Samstach Schalke spielt und ihr gern vorher auf ein Gläsken vorbeikommen könnt.« Aus Gläsken werden bald Fläschken. Statt Pils gegen Stadionkälte wird es Milchpulver für einen ruhigen Babyschlaf geben. Das erzähle ich Tante Maria aber am besten erst beim nächsten Schalke-Heimspiel.

Ich beende das Telefonat höflich, aber bestimmt, indem ich ihr verspreche, mich vor dem Wochenende noch einmal zu melden. Ich kann unmöglich meiner fast siebzigjährigen Tante erklären, dass ich schwanger bin, aber nicht weiß, ob Christian der ideale Vater ist, und ich kann ihr schon gar nicht sagen, dass ich seit ungefähr einer Woche auf der Couch in Rosas Wohnzimmer nächtige. Meine Tante würde kategorisch erklären: Lass den Quatsch, Lilliken, Männer sind eben so, und der Christian ist auch nicht schlechter als der Rest.

Es muss schön sein, das Leben durch eine pragmatische Brille zu sehen. Ich bin leider anders gestrickt. Ich brauche jemanden, der mich versteht. Ida ist zum Glück sofort am Handy. Wenn auch ein wenig kurz angebunden, da sie sich gerade auf dem Weg zum Frauenarzt befindet. Wir einigen uns auf ein Treffen im Café Central heute Mittag.

Vielleicht kann ich dann auch mal wieder feste Nahrung zu mir nehmen. Im Moment ist daran nicht zu denken. Ich umklammere einen Becher mit Kamillentee und überlege, ob ich vielleicht doch Christian anrufen soll. Andererseits habe ich auch keine Lust, ihn bei der Arbeit zu stören. Oder beim gemeinsamen Frühstück mit Beate. Jetzt sehe ich schon Gespenster. Der Gedanke daran lässt mich gleich würgen.

Wenn das neun Monate so weitergeht, dann kann ich gleich Sozialhilfe beantragen. Wie soll ich bloß meinen Job erledigen, wenn mir beim Gedanken an Essen schon schlecht wird? Ein Trost könnte die Finanzspritze von Frau von der Leyen sein. Fürs Kinderkriegen erhält man in Zukunft Geld. Endlich einmal ein schlauer Plan der Politiker. Dummerweise habe ich sämtliche Informationen zu dem Thema nur vage abgespeichert. Aber von Ida weiß ich, dass es bis zu eintausendachthundert Euro monatlich sein können. Außerdem darf man sogar einige Stunden arbeiten. Denn ich kann niemals drei Jahre zu Hause bleiben und täglich auf meinen Kalender starren, bis ich mein Kind endlich in den Kindergarten bringen kann. Das ganze Babysponsoring würde mir meine Situation enorm erleichtern. Allerdings ist es auf ein Jahr begrenzt und nur verlängerbar, wenn auch der Partner zwei Monate aussetzt. Ich versuche mir Christian zwischen Waschmaschine und Wickelkommode vorzustellen. Mir gefällt der Gedanke. Aber mir graut davor, diese dreitausend in Beamtendeutsch formulierten Zettel auszufüllen, um das Geld zu beantragen.

Im Augenblick beschäftigt mich eher mein Dauerwürgereiz.

Wie lange hält dieser Zustand noch an? Ich könnte meine Mutter fragen. Das Verhältnis zu meinen Eltern ist allerdings nicht immer das allerbeste. Ich kann mir nicht vorstellen, dass meine Mutter von einem Enkelkind ohne Vater so richtig begeistert ist. Obwohl sie mir zuletzt in immer kürzeren Abständen mit ihrem großen Wunsch nach Enkelkindern auf den Nerv gegangen ist, sind ihre Vorstellungen von einer Familie doch sehr traditionell. Mama, Papa und nach Möglichkeit zwei Kinder. Mit nur einem Kind, so betont meine Mutter stets gern, sei man einfach nur zwei Erwachsene mit einem Winzling. Erst mit zweien sei man eine richtige Familie. Und was ist man mit einem Kind ohne Mann? Wahrscheinlich ziemlich fertig. Interessant, dass ausgerechnet meine Mutter die Zwei-Kind-Familie propagiert. Ich habe schließlich auch keine Geschwister. Ein großer Fehler, wie sie regelmäßig beteuert.

Mir schießen alle möglichen Gedanken durch den Kopf, aber einer kommt mir nie: Dass ich das Kind nicht haben will, ist völlig ausgeschlossen. Ich werde es zur

Welt bringen. Mit oder ohne Mann, mit oder ohne elterliche Unterstützung.

Aber wenn ich Mutter werden möchte, dann muss ich arbeiten. Ich nehme einen weiteren Schluck Kamillentee und beiße vorsichtig in ein Knäckebrot. Anschließend stelle ich mich unter die Dusche. Wechselbäder. Das tut gut. Mein Kreislauf wird angeregt. Nach einer ausgiebigen Körperpflege zupfe ich erneut ein paar Härchen und kontrolliere die rote Stelle, an der ich das Hexenhaar entfernt habe. Der Blick in den Spiegel ist immerhin aufbauend: Ich sehe eindeutig besser aus als gestern. Meine lockigen blonden Haare fallen ausnahmsweise weich auf meine Schultern, meine Haut wirkt fast rosig. Vielleicht werde ich am Ende doch noch eine von diesen schönen Katalogschwangeren.

Heute wird kein Trübsal geblasen. Schlechte Laune soll sich ja auf die Psyche des Babys übertragen.

Ich setze mich an Rosas überfüllten Schreibtisch und schaufele ein kleines Eckchen frei. Ich muss dringend den Fischhändler anrufen und die Bestellung für Bellags aufgeben, wenn ich nicht mit Fischstäbchen aufwarten will.

Während ich mit ruhiger Stimme, extra fürs Baby, telefoniere, mache ich mir Notizen, was ich noch alles erledigen muss, damit das Festessen für die Zahnarztgattin plus Anhang zu einem Erfolg wird. Multitasking. Sprechen und schreiben. Das können nur Frauen. Männer sind in der Regel schon mit einer Sache überfordert. Kein Wunder, dass wir die Kinder kriegen, den Garten hegen, die Eltern pflegen und den Hund Gassi führen.

Mein leerer Magen ist plötzlich ganz mutig und meldet Hungergefühle. Kurze Zeit später sitze ich im Café Central vor der Speisekarte.

Seit Jahren finden sich dort immer dieselben Gerichte. Die Einfallslosigkeit des Küchenchefs ärgert mich. Deshalb werfe ich nur einen kurzen Blick auf die Spalte mit dem Essen, um mich dann ausführlich der Getränkekarte zu widmen. Als ich in die verschiedenen Teesorten vertieft bin, biegt Ida auf ihrem alten Hollandrad um die Ecke und klingelt mich aus Assam, Darjeeling und Grünem Tee zurück ins Jetzt. Sie sieht blendend aus. Fünf Jahre regelmäßiges Fitnesstraining haben Madonna-Oberarme und eine schmale Taille bewirkt. Während ich lieber die Brötchen selbst backe, um mir den Weg zum Bäcker zu sparen, lebt Ida nach der Devise: Jeder Gang macht schlank. Und das scheint sie auch in der Schwangerschaft nicht vergessen zu haben. Ida ist schon im dritten Monat, aber man sieht: nichts. Sofort fasse ich an meine Speckröllchen und überlege, ob da nicht doch schon ein wenig mehr Speck auf den Rippen ist als noch vor vier Wochen. Meine Freundin fühlt sich bei der Begrüßungsumarmung an wie immer. Fest und durchtrainiert. Es tut gut, sie zu treffen.

Sie ist voller Mitteilungsdrang und erzählt haarklein von ihrem Frauenarztbesuch, legt schnell die ersten drei Ultraschallbilder auf den Tisch und schafft es gleichzeitig noch, genüsslich einen gesunden Salat zu essen. Ich bin ganz fasziniert von ihren Berichten, von ihrer Gelassenheit. Ida wird Mutter – genau wie ich. Vielleicht können wir unsere Kinder schon in der Wiege einander versprechen. Wenn diese Verbindung nicht hält, dann weiß ich auch nicht. Wie selbstverständlich gehe ich davon aus, dass Ida ein Mädchen zur Welt bringt und ich einen kleinen Jungen, der schon mit acht Monaten auf dem Fußballplatz steht und dessen erstes Wort »Tor« sein wird. Gebannt lausche ich Idas Bericht über Geburtsvorbereitungskurse, Hebammen und Schwangerschaftskleidung. Wir sind zwar beide Erstgebärende, aber uns trennen Welten. Ida spricht für mich in Rätseln. »Stell dir vor, Lilly. Im Wartezimmer saß gerade eine Schwangere, die war aber schon bei vierundzwanzig plus null und hatte schon den dritten US und noch immer keine Anmeldung zum GV, geschweige denn einen Kiwa in der Garage.«

»Hä«, entfährt es mir. »Ida, kannst du bitte deutsch mit mir reden? GV? Seit wann muss man sich zum Sex anmelden?«

Ida lacht und sagt nur: »Tschuldigung, typischer Fall von Mamawahnsinn. Woher sollst du das wissen? GV ist die einschlägige Abkürzung für Geburtsvorbereitung. Ein Kiwa ist natürlich ein Kinderwagen und US bedeutet selbstverständlich Ultraschall. Wenn du schwanger bist, dann findest du dich da ganz schnell rein. Die Abkürzungen gehen dir in Fleisch und Blut über. Muttersprache.«

Wenn ich die so schnell lerne wie Latein, dann gute Nacht, überlege ich.

Nach einer Weile macht sie eine Pause: »Entschuldige, Lilly, jetzt rede ich nur von mir. Es tut mir leid. Ich habe noch gar nicht gefragt, wie es dir geht. Haben sich die Wogen mit Christian wieder geglättet? Habt ihr euch endlich ausgesprochen?«

Meine heruntergezogenen Mundwinkel verraten alles. Ida kennt mich gut genug, um sofort zu wissen, dass der Abend alles andere als perfekt verlaufen ist.

Sie ist die Expertin auf dem Gebiet: dein Freund, das fremde Wesen. Immerhin kann sie auf eine längere Liste von Männern zurückblicken, mit denen sie zusammengewohnt hat, als ich. Außerdem ist sie die perfekte Christian-Kennerin. Denn zu Studentenzeiten hat sie jahrelang Tisch, Bett und Bad mit ihm geteilt.

Ich nehme meinen Teebeutel aus dem Glas und beichte Ida meine Panik, dass Christian sich mit Beate tröstet. Sie hält das für ausgemachten Blödsinn. »Erstens, Lilly: Sportler und Sportlerin, das geht nicht gut. Zweitens: Die sehen sich jeden Tag bei der Arbeit. Spätestens wenn sie einmal um denselben Job konkurrieren, ist es mit der großen Liebe vorbei.« Idas Worte zweifle ich selten an. Ihre Ratschläge sind für mich Gesetz. Während ich mit Christian gern über das Für und Wider seiner Positionen streite, bin ich Idas Tipps gegenüber immer uneingeschränkt aufgeschlossen. Das nennt man wohl Beste-Freundinnen-Syndrom. Aber ich muss ihr bei Punkt eins doch widersprechen: Rosi Mittermaier und Christian Neureuther, Steffi Graf und André Agassi – glücklich vereint, keine Krisen, wunderbare Kinder. Einfach Traumpaare.

Bevor ich ihr endlich das Allerwichtigste, Schönste und Beste erzählen kann, spüre ich: Mir ist schon wieder schlecht. Das Knäckebrot und der Kamillentee haben sich doch entschieden, nicht bei mir zu bleiben.

Ein paar Minuten später sitze ich wieder auf meinem Platz. Weiß wie eine Wand. Ida guckt mich mitleidig an und zieht kurz die Augenbrauen hoch: »Lilly, bist du schwanger? Oder warum rennst du so plötzlich auf die Toilette, und wieso isst du eigentlich nichts? Ich wundere mich schon die ganze Zeit.«

Mein Frauenarztbesuch, meine ständige Übelkeit und meine Unfähigkeit, Christian davon zu erzählen. Ich lasse nichts aus.

Ida steht die Freude ins Gesicht geschrieben. Sie jubelt, drückt mich an sich und sagt immer wieder: »Das finde ich riesig, das ist super, wir werden Mütter.« Nachdem die erste Euphorie verflogen ist, redet sie mir ins Gewissen und schärft mir ein, dass ich so schnell wie möglich mit Christian sprechen muss. Sie ist überzeugt, dass er sich freuen wird, Vater zu werden, und findet es unverantwortlich von mir, dass ich ihm noch nichts gesagt habe. Kleinlaut gebe ich zu, dass sie recht hat.

Nach ihrer Gardinenpredigt holen wir unsere Kalender heraus und fangen an zu rechnen, wann unsere Kinder zur Welt kommen.

Jetzt haben wir August. Wann wird das Kind also voraussichtlich da sein? Ich bin noch ein wenig verwirrt, was die Zahlen und Fakten betrifft. Eine Schwangerschaft, dachte ich immer, würde neun Monate dauern. Stimmt so aber nicht ganz. Der Spaß dauert vierzig Wochen. Sind zehn Monate, oder?! Wenn ich das nächste Mal bei Doktor Herzog bin, wird er mir sicher den voraussichtlichen Termin nennen können. In der Aufregung habe ich vergessen, danach zu fragen. Ich zähle die Tage. Mein Kind wird im Mai auf die Welt kommen. Ein schöner Monat. Als ich meinen Kalender gerade wieder zuklappen will, fällt ein kleines Heftchen heraus. Das hat mir der Arzt mitgegeben. Darauf lauter Zahlen, Wochenangaben und Zeichen. Jeder einzelne Schritt der Schwangerschaft ist dort genau aufgelistet. Das Richtige für solche Zahlenphobiker wie mich.

Ida weiß längst, wann sie was wie regeln wird, und hat auch schon den genauen Geburtstermin im Kopf.

»Mein ET ist für Ende März ausgerechnet«, sagt sie strahlend.

»Was um Himmels willen heißt schon wieder ET? Ida, hör auf mit diesen Abkürzungen! Machen das alle Mütter? Gibt es auch eine eigene Vatersprache? BG – Babyschwimmen geschwänzt oder HSG – Heimlich Sportschau geguckt?«

Ida lacht, belehrt mich dann aber mit dem Vorsprung der Wissenden: »ET heißt Entbindungstermin.«

Ihre Zuversicht, ihre Vorfreude haben etwas Wohltuendes. Wird doch alles gut? Und Christian findet es auch irgendwann spitze, an einem GV teilzunehmen und seine Wochenenden mit dem Tuning des Kiwas zu verbringen?

Vielleicht wird er endlich mal erwachsen, schießt es mir durch den Kopf. Was auch immer diesen Zustand definiert, eines steht fest: Verantwortung zu übernehmen, zählt eindeutig dazu. Wenn ich das von ihm verlange, sollte ich es auch bei mir selbst etwas genauer nehmen. Als ersten Schritt in diese Richtung werde ich aufhören, peinliche Bekennershirts mit dem Brandt-Zwieback-Jungen oder Ahoi-Brause-Aufdruck anzuziehen. Scheint mir nicht wirklich passend mit sechsunddreißig. Während ich in Gedanken die Klamotten in meinem Kleiderschrank aussortiere, ist Ida schon einen Schritt weiter hinsichtlich der Zukunftsplanung unserer ungeborenen Kinder. Sie schlägt vor, wenige Wochen nach der Geburt gemeinsam zur Babymassage zu gehen. Oder sogar einen PEKiP-Kurs zu buchen. Ich erinnere mich dunkel, darüber schon einmal in einer Frauenzeitschrift gelesen zu haben. Mir sind nur einige seltsame Eckdaten im Gedächtnis geblieben: Mütter und Väter sitzen in überheizten Räumen, die Babys sind nackt, und alle paar Minuten pinkelt eines seinen Erziehungsberechtigten an, woraufhin alle in laute Ohs und Ahs ausbrechen. Den Zwergen macht das Spaß. Und den Eltern? PEKiP steht für: Prager-Eltern-Kind-Programm. So viel weiß ich immerhin.

»Lilly, PEKiP-Kurse sind so begehrt wie Kindergartenplätze. Und genauso schwer zu kriegen wie ein Stylistenauftrag für Heike Makatsch. Ich melde uns am besten schon morgen an«, sagt Ida bestimmt.

»Muss das sein?«, frage ich achselzuckend. »Wir haben doch auch ohne diese ganzen Kurse krabbeln, laufen und singen gelernt. Am Ende muss ich noch für mein Baby einen Terminkalender führen. Bei meinem Job kann ich sowieso nie genau sagen, wann ich Zeit habe.«

»Mach dir darüber doch keine Sorgen. Ich nehme dein Baby mit, wenn du nicht kannst, und umgekehrt machen wir es genauso«, sagt Ida beschwichtigend.

Bei diesem einen Kurs bleibt es vorerst, denn meine Freundin ist zwar perfekt organisiert, was alles Praktische anbelangt, hat aber die Zeit nicht immer richtig im Blick. Sie muss los, und zwar schnell. Ida arbeitet als

Stylistin und will mit einem Fernsehmoderator ein neues Outfit für seine Samstag-Abend-Show aussuchen. Sie verspricht, mich am nächsten Tag anzurufen. Ich blicke ihr nach, wie sie auf ihr Fahrrad steigt und davonfährt. Ich beneide sie. Sie hat mit Klaus den idealen Vater, ihr ist nie schlecht gewesen, und sie weiß jetzt schon, dass sie Bärchengardinen fürs Kinderzimmer haben möchte. Ich hingegen weiß nicht einmal, wo das Kinderzimmer überhaupt sein wird. In unserer alten Wohnung? Suchen wir zusammen etwas Neues? Oder werde ich allein mit Kind in eine Zweizimmerwohnung ziehen?

Mein Handy piept. Ida. Die Nachricht enthält drei Worte: *Rede mit Christian.* Dann klingelt es.

Katrin Bellag ist in der Leitung und klingt sehr aufgeregt: »Entschuldige, Lilly, aber ich hoffe, du wirst das noch ermöglichen. Du musst das Problem lösen. Ich kann das nicht.«

Ich halte mein Klapphandy eine Handbreit vom Ohr weg, weil Katrin mit lauter Stimme in den Hörer spricht, und gebe mir Mühe, sie zu beruhigen: »Noch haben wir einen Tag Zeit. Nichts kann so schlimm sein, dass wir es nicht regeln könnten. Was ist denn passiert?«

Ich kann hören, wie Katrin tief Luft holt: »Ich bin ganz aufgelöst. Mein Mann hat noch drei weitere Paare eingeladen. Wir sind nun also insgesamt acht Paare. Das macht sechzehn Personen.«

Anders als beim Thema Rund-ums-Kinderkriegen weiß ich hier genau, was zu tun ist. Wenn die anderen nervös werden, fängt für mich die Herausforderung erst an. Bislang erreichte mich noch vor fast jedem Auftrag ein SOS-Anruf dieser Art. Deshalb fällt es mir nicht schwer, Katrin davon zu überzeugen, dass auch sechzehn Leute verwöhnt werden können: »Katrin, mach dir keine Sorgen. Bei mir ist noch niemand verhungert. Du kümmerst dich um dein Abendkleid. Um alles andere kümmere ich mich.«

Ich gewinne wieder Selbstbewusstsein, weil ich merke, dass ich nicht in allen Lebenslagen so unsicher bin wie in meinem Privatleben. Gegenüber meinen Kunden strahle ich die Zuversicht aus, die ich mir im Umgang mit Christian wünsche.

Die Gewissheit, als Küchenqueen wirklich begehrt zu sein, tut mir gut und versetzt mich für den Rest des Nachmittags in Hochstimmung.

Ich schlendere durch die Stadt und bin in Shoppinglaune. Diesmal kaufe ich keine Küchenutensilien, sondern ein neues T-Shirt. Sich in meinem Zustand mit neuen Klamotten einzudecken, ist schwachsinnig. Als ich die vierzig Euro bezahle, tröste ich mich damit, dass ich einen Anreiz brauche, um nach der Schwangerschaft wieder abzunehmen.

Gut gelaunt kehre ich in Rosas Wohnung zurück.

Blinis und Blickkontakt

7. Woche / geträumte 63 Kilo / gefühlte 80 Kilo / dauermüde

Ich werfe meine Tasche in eine Ecke und beginne, in einem Karton zu wühlen, den ich im Wohnzimmer abgestellt habe. Er enthält meine ganz persönlichen Schätze. Am zweiten Tag meines Auszugs bin ich in die alte Wohnung gegangen und habe diese Sachen zusammengepackt. Ich wollte ein Stück Heimat, auch bei Rosa auf dem blauen Sofa. Nach kurzer Zeit habe ich gefunden, was ich suche. Ein Fotoalbum. Meine Oma hat es mir einmal geschenkt. Lilly mit Gießkanne, Lilly in ihrem ersten Karnevalskostüm, Lilly auf dem Töpfchen. Wirklich hübsch war ich nicht. Von den Bildern lächelt mir ein glatzköpfiges Mopsgesicht entgegen, gehüllt in einen rosa Tüllalbtraum. Da muss ich etwa zwei Jahre alt gewesen sein. Meine Mutter, die auf dem Bild neben mir steht, blickt mich glückselig lächelnd an. Genau so werde ich wahrscheinlich auch bald gucken. Mütter finden immer, dass ihr kleiner Liebling der schönste, beste und klügste ist.

Schluss mit den Erinnerungen. Ich beame mich zurück in die Realität. Morgen ist Großkampftag auf dem Markt. Ich setze mich an den Küchentisch und vervollständige die Einkaufsliste. Ich beschließe, das ein oder andere Gewürz einzupacken, das in der Regel nicht im Regal einer Durchschnittsköchin steht. Wer benutzt schon regelmäßig Reisweinessig oder grünen Koriander?

Während ich dabei bin, die letzten Vorbereitungen zu treffen, schleicht sich schon wieder, ohne Vorwarnung, diese bleierne Müdigkeit an. Sie legt sich über mich wie ein Kettenhemd, und bevor ich mit dem Kopf auf die Tischplatte knalle, lege ich mich lieber schnell auf das Sofa.

Nach mehr als zwei Stunden traumlosen Tiefschlafs wache ich vom Handyklingeln auf. Eine unbekannte Nummer auf meinem Display. Schlaftrunken nenne ich meinen Namen. Die männliche Stimme am anderen Ende kann ich nicht einordnen. Der Name: Ulli Kahn. Wer soll das sein? »Ulli Kahn?«, wiederhole ich laut und frage, jetzt schon wacher: »Wie die Nummer zwei von Klinsmann? Worum geht es denn?«

»Ulli, nicht Olli. Ich trage beruflich auch keine Handschuhe«, kommt als Antwort.

Ich will gerade recht unfreundlich das Telefonat beenden, als ich höre, wie Herr Kahn in einer langen Reihe von Wörtern unter anderem auch »Wohnungsbesichtigung« sagt.

Langsam dämmert es mir. Ich hatte ihn angerufen. Er ist der Vermieter, auf dessen Anzeige im Kölner Stadtanzeiger ich mich gemeldet hatte. Seit wann haben Vermieter Künstlernamen?

Es gelingt mir, mich aufrecht hinzusetzen und anständig mit Ulli Kahn zu sprechen. Er wirkt sehr freundlich und bietet mir einen Besichtigungstermin an. Am vergangenen Mittwoch hatte er eine Zweizimmerwohnung im Belgischen Viertel annonciert. Fünfzig Quadratmeter mit Balkon. Für sechshundert Euro warm. Zu diesem Zeitpunkt wusste ich nicht, wie sich meine Beziehung mit Christian entwickeln würde. Gut, an diesem Zustand hat sich bis jetzt nichts geändert. Ich erinnere mich, dass ich auf Ulli Kahns Mailbox sprach, ohne mir Chancen auf die Wohnung auszurechnen. Das Viertel ist sehr beliebt und die Mieten sind normalerweise extrem hoch. Dass sich der Vermieter so schnell bei mir meldet, kommt mir komisch vor. Wahrscheinlich ist sein Wunschkandidat kurzfristig abgesprungen, und ich war glücklicherweise Nummer zwei auf einer endlos langen Telefonliste. Auf den ersten Blick bin ich der reinste Vermietertraum: solvent, kinderlos, endlich Nichtraucherin. Auf den zweiten Blick jedoch ein wahrer Albtraum: Nachtduscherin, Hausflurblockiererin mit Kinderwagen, Stöckelschuhträgerin (spätestens nächstes Jahr wieder).

Ich verabrede mit Ulli Kahn, mir am frühen Abend die Wohnung anzusehen.

Noch vor ein paar Tagen hätte ich mich wahnsinnig gefreut, dass ich so schnell Aussicht auf eine neue Bleibe habe. Jetzt ist alles anders. Muss ich dem Vermieter eigentlich sagen, dass ich schwanger bin?

Ich werfe einen Blick auf die Uhr. Halb vier. Noch zweieinhalb Stunden. Eine gute Gelegenheit, den lästigen Bürokram zu erledigen. Ich hasse es, Rechnungen zu schreiben oder seitenweise Angebote zu formulieren. Ich suche den aktuellen Kontoauszug. Mein Blick fällt auf eine traurige Zahlenkombination. Es macht mich wahnsinnig, in den Miesen zu sein. Bevor meine Finanzen noch düsterer aussehen, sollte ich schnell die ausstehenden Zahlungen eintreiben. Außerdem muss ich noch zwei Anfragen beantworten. Das Management der deutschen Band »Wir sind Helden« möchte wissen, ob ich bei dem Konzert der Gruppe in Köln für die Verpflegung sorgen kann. Der Auftritt ist in zwei Monaten. Dann hänge ich hoffentlich nicht mehr über der Kloschüssel. Vielleicht sollte ich neben meinem Assistenten Rekil und meiner Küchenhilfe Anka wirklich noch einen Studenten als Unterstützung einstellen. Lange werde ich die schweren Kochtöpfe und Schüsseln nicht mehr schleppen können. Ich knabbere an einem Knäckebrot und klappe meinen Laptop auf. Nach dem Start erscheint auf dem Schirm ein Bild von Christian und mir aus dem letzten Skiurlaub. Ein mittelprächtiges Desaster. Ich hatte mich von Christian nach langen Jahren des Widerstandes überreden lassen, endlich einmal mit ihm und ein paar Freunden in den Wintersport zu fahren. Stets hatte ich mich geweigert, mir die Bretter anzuschnallen. Skifahren ist mein Kindheitstrauma. Ich war dick und unbeweglich, was meine Großmutter mütterlicherseits aber nicht davon abhielt, mir regelmäßig zu Weihnachten einen Skiurlaub zu schenken. Mit meiner sportlich durchtrainierten Oma und meinem fitten Opa fuhr ich in einen kleinen Skiort nach Österreich. Nachdem ich zwei Jahre hintereinander nicht am Abschlussrennen des Skikurses teilnehmen durfte, weil die Skilehrer die Verantwortung nicht übernehmen wollten, gab meine Großmutter es auf, aus mir eine zweite Rosi Mittermaier machen zu wollen. Damals schwor ich mir, nie wieder aus einem blöden Schlepplift zu fallen, nie wieder verheult auf einer Skipiste zu liegen, um mich mit letzter Kraft aus dem Schnee hochzurappeln. Bei Christian schmolz mein Widerstand gegen den Skisport wie eine Piste im Sommer. Ich reiste mit ihm und seinen Sportlerfreunden in die Schweiz. Die erste Enttäuschung: Keiner der anderen fuhr überhaupt noch Ski. Viel zu uncool. Alle hatten zwei bis fünf Snowboards im Gepäck. Ich tröstete mich, dass ich im Skikurs bestimmt ein paar nette Menschen kennenlernen würde. Doch die nächste Enttäuschung folgte vor Ort. Es gab keinen Skikurs für Anfänger. Zumindest keinen für Erwachsene. Ich ließ mich dazu überreden, drei Tage in den Skikindergarten zu gehen. Durchschnittsalter vier Jahre. Ich vierunddreißig. Nie werde ich die Gesichter der Eltern vergessen, die ihre Kleinen zum Unterricht brachten und mich mitleidig anstarrten, wenn sie merkten, dass ich nicht die Skilehrerin, sondern ebenfalls eine Schülerin war. Ich erinnere mich noch gut, wie ich mich mit den kleinen Jungen und Mädchen an einem Seil hochzog, um dann per Schneepflug kleine Disneyfiguren wie Mickymaus und Balu, den Bären zu umfahren. Sehr schön waren auch die Pausen, in denen die Kinder, die alle Anton, Clara oder Theo hießen, mich fragten, ob ich ihnen nicht meine Ration Gummibärchen abtreten wollte. Ich wollte eigentlich nicht. Der Kinderskikurs war eine gute Vorbereitung auf das, was mich in Zukunft erwartet. Ich weiß noch, wie ich lachen musste, als der fünfjährige Robert mich mit entsetztem Blick fragte, was ich denn überhaupt so könne, wenn ich nicht einmal in der Lage sei, Ski zu laufen. Für ihn war es vollkommen unverständlich, wie man groß werden konnte, ohne diese Sportart zu beherrschen.

Nach zwei Tagen Skikindergarten war mir nichts mehr peinlich. Ich nahm sogar am Abschlussrennen teil. Dennoch habe ich den Urlaub in keiner guten Erinnerung. Im Vergleich zu Christians Sportlerkollegen fühlte ich mich wie die letzte untrainierte Idiotin. Christian unterstützte mich, feuerte mich an und versicherte mir, wie stolz er sei, dass ich mich in meinem Alter noch diesen Strapazen aussetzte. Doch die Blicke, die mir entgegenblitzten, wenn Christian, sein Kollege Alexander und dessen Freundin Christiane mich vom Kurs abholten, werde ich nie vergessen. Auf dem Foto, das nun als Bildschirmschoner meines Laptops dient, sehe ich allerdings ganz glücklich aus, mit der Urkunde vom Skirennen in der Hand.

Schnell klicke ich weiter. Als ich das nächste Mal auf die Uhr blicke, ist es schon halb sechs. Nur noch eine Viertelstunde Zeit, um mir etwas Ordentliches anzuziehen. Ein Blick in den Spiegel sagt mir, dass ich gut aussehe. Mein Magen hat sich vor Stunden beruhigt und ich fühle mich prächtig. Um mein persönliches Wohlbefinden noch zu steigern, greife ich zur Pinzette und will mal wieder an meinen Brauen zupfen. Mir fällt auf, dass es wirklich nichts zu rupfen gibt und ich mich lieber der Kleiderfrage widmen sollte. Der Vermieter hörte sich gar nicht spießig an, eher jung und dynamisch. Wahrscheinlich ein Yuppie, der viel Geld an der Börse gemacht hat oder von Papi ein schickes Mietshaus in bester Kölner Lage geerbt hat.

Ich wühle mich durch diverse Kleiderstapel, bis ich endlich meine Lieblingsjeans finde. Schuhe? Vielleicht die braunen mit ein wenig Absatz. Zum Glück habe ich nicht länger Zeit zu überlegen, ob mein Outfit perfekt ist. Ich streife mir noch eine Cordjacke über und werfe einen letzten kritischen Blick in den Spiegel, bevor ich die Treppen hinuntereile. Die Wohnung befindet sich nur hundert Meter Luftlinie von Rosas entfernt. Als ich um die Ecke in die Antwerpener Straße biege, sehe ich einen Mann vor dem Haus warten. Nicht irgendeinen Mann. Einen verdammt gut aussehenden Mann. Die perfekte Mischung aus George Clooney und Daniel Craig. Nur besser, weil größer. Himmel, schießt es mir durch den Kopf, das kann doch bitte nicht der Vermieter sein. Seine Vorgänger waren alles ältere, leicht dickliche Herren mit grauen Schläfen. Einen gut aussehenden Vermieter braucht eine Frau genauso wenig wie einen gut aussehenden Frauenarzt. Der Typ steht nur da, weil er sich ebenfalls für die Wohnung interessiert, beruhige ich mich. Außerdem können mir in meinem derzeitigen Zustand selbst Traumprinzen gar nichts anhaben. Vor einer Woche wäre ich womöglich noch in Ohnmacht gefallen beim Anblick dieses männlichen Prachtexemplars. Aber heute? Eine Woche und sieben einsame Nächte später (danke, Pinky, für deine Gesellschaft) und mit einem Ultraschallbild in der Tasche, habe ich andere Sorgen.

Auf der Rangliste überflüssiger Ereignisse rangiert eine neue Liebe noch vor einer Grippe.

Langsam schlendere ich betont lässig die letzten

Meter bis zur Hausnummer 82. Ich kenne das Haus, es ist mir schon im Vorbeilaufen aufgefallen. Ein schönes Gebäude. Altbau, hohe Decken. Wenn die Wohnung so gut ist wie die Fassade, dann wäre das ein Schnäppchen. Ich straffe die Schultern und steuere auf den Kölner Clooney zu. Ich überlege noch, was ich Schlaues sagen könnte, als er die Initiative ergreift und mit ausgestreckter Hand auf mich zukommt. »Hallo, Sie müssen Frau Heiden sein. Mein Name ist Ulli Kahn. Schön, Sie kennenzulernen.«

Er scheint wie einer jener Männer, die nicht wissen, wie anziehend sie auf Frauen wirken. Er ist bestimmt verheiratet, ein wunderbarer Vater, der am Wochenende mit seinen Kindern in den Zoo geht oder stundenlang auf dem Spielplatz Burgen baut, ohne zu maulen.

Bevor ich mir weiter Ulli Kahn als den idealen Familienmenschen zusammenspinnen kann, fasst er mich vertraulich am Arm und führt mich ins Treppenhaus. Er redet unentwegt und weist mich auf dieses und jenes Detail hin, wie den Terrazzoboden im Eingangsbereich oder den Briefkasten, der sogar DIN-A4-Umschläge frisst. Die Wohnung liegt im ersten Stock. Bevor Ulli Kahn aufschließt, zeigt er noch auf das Schild an der gegenüberliegenden Tür. »Wenn Ihnen die Wohnung gefällt, werde ich Ihr Nachbar sein. Aber keine Angst, ich kontrolliere nicht, wann Sie abends nach Hause kommen.«

Die Vorstellung, mit dem Vermieter im selben Haus zu wohnen, erfüllt mich mit leichtem Unbehagen. Mir fällt auf, dass ich bisher nicht viel zur Unterhaltung beigetragen habe. Außer einem schlappen »Hallo« habe ich nichts von mir gegeben. Herr Kahn, oder Ulli, wie ich ihn schon insgeheim nenne, scheint eine echte rheinische Frohnatur zu sein. Als wir in der Wohnung stehen, sehe ich mir die zwei Räume genau an. Ich fühle mich auf den ersten Blick wohl. Die fünfzig Quadratmeter sind geschickt aufgeteilt, sodass die Wohnung größer wirkt. Die hohen Decken und der Parkettboden geben dem Ganzen eine schöne Atmosphäre.

In Gedanken beginne ich die Räume in Kinder- und Wohnzimmer aufzuteilen und einzurichten. Während ich überlege, ob man in der Küche einen Gasherd anschließen kann, führt mich Herr Kahn auf einen kleinen Balkon mit Blick in den Innenhof. Er deutet auf den Sandkasten und sagt lächelnd: »Selbst wenn mal Nachwuchs kommen sollte. Kein Problem. Hier können die Kleinen wunderbar spielen.«

Ahnt er etwas? Steht mir die Schwangerschaft quer auf die Stirn geschrieben? Ich werfe einen prüfenden Blick in den Badezimmerspiegel. Oder benehme ich mich schon so seltsam?

Ulli Kahn erläutert unermüdlich die Vorzüge der Wohnung: »Die Kaution beträgt auch nur zwei Kaltmieten, und ich lege sie auf einem Festkonto für Sie an.«

Ich frage mich, wie er wohl in den Besitz dieses schicken Mietshauses gekommen ist, als er einen Blick auf seine Uhr wirft und plötzlich kurz angebunden sagt: »Wenn Ihnen die Wohnung gefällt, würde ich mich sehr freuen, wenn Sie zum nächsten Ersten einziehen. Schlafen Sie einfach mal eine Nacht drüber und sagen mir dann Bescheid. Am Wochenende bin ich leider nicht da, also melden Sie sich doch am Montag. Ich muss jetzt leider los.«

Vier Tage Bedenkzeit. Zum Glück muss ich nicht sofort unterschreiben und auch keine potenziellen Konkurrenten ausstechen. Normalerweise wälze ich schwerwiegende Entscheidungen, wie den Bezug einer neuen Wohnung, hundertmal hin und her. Diesmal müssen vier Tage reichen.

Im Grunde will ich gar nicht zusagen, denn ich wünsche mir, dass Christian vor Rührung zusammenbricht, wenn er erfährt, dass er Vater wird. Aber das scheint genauso unwahrscheinlich wie die Tatsache, dass der Kölner Dom einmal ohne Baugerüst zu sehen ist.

Ulli Kahn schiebt mich sanft in den Flur und verabschiedet sich mit einem kräftigen Händedruck. Kaum ist er aus meinem Blickfeld verschwunden, ist der Heißhunger da. Zum Glück gibt es bei Maria, einem kleinen Eckrestaurant, die größten und saftigsten Schnitzel und die krossesten Bratkartoffeln im ganzen Viertel. Die Hausmannskost und die Aussicht, bald von Rosas Sofa runter und wieder in eigene vier Wände zu kommen, lassen mich mutiger werden. Es muss Schluss sein mit diesen Wer-ruft-wen-zuerst-an-Spielchen zwischen Christian und mir. Und zwar noch bevor ich den Mietvertrag unterschreibe. Doch weder heute Abend noch morgen komme ich dazu, in Ruhe mit ihm zu telefonieren. Ab sechs Uhr stehe ich auf dem Großmarkt, und der Rest des Tages gehört den Bellags.

Ich zahle und schlendere langsam zu Rosas Wohnung zurück. Auf dem Weg lege ich noch einen kurzen Stopp beim Kiosk ein. Mit einer Tüte voll Lakritze und Weingummi lege ich mich auf das Sofa und schlafe nach der dritten Lakritzschnecke, ohne die Zähne zu putzen, ein.

Gegen fünf Uhr dreißig klingelt mein Handy im Dauersturm.

Es ist Rekil, mein Assistent. Bin schon sanfter aus dem Tiefschlaf geweckt worden. Schockwecken. Vielleicht keine schlechte Übung für werdende Mütter.

»Lilly«, ruft er aufgeregt, »hast du etwa verschlafen?«

Ich gähne in den Hörer: »Was, wie? Verschlafen?«

»So kenne ich dich gar nicht! Du verschläfst doch nie. Komm endlich runter, sonst kauft die Konkurrenz die besten Produkte.« Er hupt wie ein Irrer.

Ich reiße das Fenster auf und sehe seinen alten VW-Bulli vor der Haustür.

Lachend schaut er zu mir hoch. »Schnell, schnell, Chefin. Nur der frühe Vogel fängt den Wurm. Altes indisches Sprichwort!«

Ich ziehe in Windeseile eine Jeans und meine Nicki-Jacke an und setze die blaue Baseballkappe auf. Bad-Hair-Day-Styling. Ich kaue ein Kaugummi gegen den schlechten Morgenatem und renne die Treppe, immer zwei Stufen auf einmal, hinunter.

»Morgen! Willst du die ganze Nachbarschaft wecken mit dem Gehupe?«, frage ich, während ich auf den Beifahrersitz rutsche.

»Setz du dich doch ans Steuer, du kannst selbst fahren in dieser Herrgottsfrühe«, antwortet Rekil und hält mir ein lauwarmes Spinat-Feta-Fladenbrot zum Abbeißen entgegen.

»Danke, mir ist schon schlecht.« Ich suche in seinem Handschuhfach nach einem kalten Eiscafé. Den versteckt er hier immer.

»Der Kiosk hatte noch zu, und ich hatte keine Zeit, an

der Tankstelle einzukaufen«, sagt er entschuldigend, als ich enttäuscht das Fach zuklappe.

Ohne Rekil wäre ich oftmals aufgeschmissen. Mit meiner brachliegenden Fahrpraxis, achtzehn Jahre ohne aktive Teilnahme am Straßenverkehr, kann ich die Waren gar nicht transportieren. Ich müsste Einkäufe für eine zehnköpfige Gesellschaft auf dem Hollandrad balancieren. Ziemlich unpraktisch.

Rekil schleppt, schneidet, schuftet und behält dabei immer, wirklich immer seine gute Laune.

Im Gegenzug darf er an meinem Herd experimentieren. Nicht nur indische Küche wie im Restaurant seiner Eltern. Rekil ist ein begnadeter Kochkünstler. Sein Vater mag am Herd keine Veränderungen, nur traditionell Indisches. Doch Rekil hat keine Bedenken, Gewürze und Produkte neu miteinander zu kombinieren. Seine Eltern wollen, dass er ihr Restaurant übernimmt, er aber will weltweit arbeiten und Sterne sammeln.

Jetzt drängen wir uns erst mal gemeinsam durch die Gänge des Großmarkts. Um uns herum Geschiebe und Geschrei. »Hallo, Curry! Bleibe stehen. Morgäään. Was ihr brauchen?«

Wir haben unsere Händler, bei denen wir seit der Firmengründung kaufen. Der Gewürzverkäufer, Jupp Kleimanns, nervt uns. Er denkt, Rekil kaufe nur Curry. Nennt ihn auch noch Curry. Spricht, als wären wir erst gestern aus Bombay hier eingereist. »Nö, Jupp«, rufe ich ihm zu, »wir sind so schon scharf genug. Danke.«

Auf unserem Weg durch den Großmarkt probieren wir an den verschiedenen Ständen Kirschtomaten, Bauernbrote, Pasteten, riechen am Rosmarin, prüfen die Fischaugen.

Frischetest nenne ich es. Schnorren nennt es Rekil.

Ich liebe diese Atmosphäre.

Heute wird mir bei den Fischen schlecht. Ich weiß gar nicht, wohin ich mich drehen soll. Die aufgerissenen Fischmäuler. Die Glupschaugen der Rotbarben. Überall werden Schuppen abgebürstet, und dann dieser glitschige Boden. Ich muss würgen.

Nach zwei Stunden haben wir die Zutaten für Vorspeise, Hauptgang und Dessert der sechzehnköpfigen Gesellschaft in unseren Kisten.

Vorweg Carpaccio vom Thunfisch mit einer pikanten Chili-Soße. Hauptgang: ein Kalbskotelett in Rosmarinpaste mit jungen Kartoffeln, im Ofen gebraten, und Maronenmus. Katrin Bellag hat es sich so gewünscht. Der Kunde ist inzwischen auch in Deutschland König. Als Zwischengang ein Champagnersorbet und zum Dessert eine Variation mehrerer Kalorienbomben.

Meine Arbeit ist die perfekte Ablenkung. Ich habe heute früh noch gar nicht an Christian gedacht.

Rekil geht die Einkaufsliste noch einmal langsam durch: »Thunfisch, Chilischoten, Champagner, Kartoffeln, Gemüse ... Glaube, wir haben alles, Lilly. Oder fällt dir noch etwas ein?«

Er klopft auf unseren Zettel: »Vielleicht noch Zahnstocher für die Zahnärzte, die haben bestimmt nicht gern etwas zwischen den Zähnen hängen, oder?«

»Vielleicht bekommen wir nach dem Essen ein Bleaching à la Bellag umsonst«, antworte ich lachend, während wir unsere Waren zum Auto schleppen.

»Willst du mir damit sagen, ich habe es nötig?«, grummelt Rekil, einen Karton auf sein linkes Bein gestützt, sein Portemonnaie zwischen die Zähne geklemmt. »Wo ist denn nur der blöde Autoschlüssel?«

Das Portemonnaie fällt zu Boden, und als er sich bückt, rutscht ihm der Schlüssel aus der Hosentasche.

»Bestimmt gehen die Gäste nach jedem Gang gemeinsam Zähne putzen, dann können wir in Ruhe neu eindecken«, will ich ihn aufzuheitern.

Rekil verstaut alles in dem treuen VW-Bulli, und ich gehe zur Kasse, um die Parkgebühr zu zahlen.

Mein Handy klingelt, genau gesagt kräht es wie ein alter Hahn. Ida hat mir diesen Ton neulich aus Spaß eingerichtet, sie meinte, das passe gut zu einer Köchin.

»Vogelgrippe am Ohr«, ruft mir der Parkwächter zu und lacht sich über seinen eigenen Witz halb tot. »Vogelgrippe, haha, bei Ihnen piept es.«

Ich zahle, ohne darauf zu antworten. Was soll man auch zu jemandem sagen, der in einem Glaskäfig sitzt und sich nicht mehr halten kann vor Lachen?

»Hallo Lilly, hier ist Katrin Bellag. Wie geht es dir? Habt ihr alles bekommen, oder soll ich noch etwas besorgen für den heutigen Abend? Ich habe ganz wenig geschlafen. Ich bin schon ein wenig angespannt. Ob auch wirklich alles gut klappt?«

Kundschaft um acht Uhr in der Früh am Telefon, das ist kein gutes Zeichen.

Ruhe bewahren, Lilly, und freundlich bleiben.

»Guten Morgen. Alles bestens. Wir sind gegen dreizehn Uhr bei dir im Haus, dann wäre ein Kaffee super, alles andere besorgen wir.« Ich merke ihr an, dass die Antwort sie nicht zufriedenstellt.

»Das Essen ist wirklich wichtig für meinen Mann. Brauchst du nicht doch Hilfe?« Nein!, will ich am liebsten schreien. Oder sehe ich aus wie achtzig, leide an Demenz und weiß nicht mehr, wo ich wohne? Stattdessen antworte ich so charmant wie möglich: »Nicht nötig. Das ist mein Job. Vertrau mir. Ruh dich aus. Wir sind auf dem Großmarkt, ach und hallo! Du, der Empfang ist hier ... hallo? ... haaaallooooo, wenn du mich, ja, jetzt geht's wieder. Hörst du mich, ja, ich höre dich gut. Hallo, nein jetzt bist du wieder weg, schade. Ich rufe später noch mal an.« Der gute alte Trick.

Rekil verdreht die Augen: »Das fehlte noch, die Kundin mit auf dem Großmarkt. Glaubt, sie ist im Südfrankreichurlaub und bummelt romantisch über einen Markt. So Uli-Wickert-mäßig ... Ahhh, leben wie Gott in Froankraisch ... Cä bon ... dieser Lavendell. Mhmmm, Monsieur Rekil ... bon ... mal düftähnn.«

An der Ampel drückt Rekil so kräftig aufs Gas, dass das Gemüse aus der Kiste rollt. Ich greife nach hinten und sammele den Rosmarin und die Kartoffeln vom Boden auf.

Aber Rekil ist in Fahrt: »Weißt du, Lilly, was ich immer komisch finde? Erst engagieren sie uns, weil sie nicht kochen können oder wollen. Weinen in ihren Designerküchen, weil da kein Leben drin sei. Anschließend kontrollieren sie uns, als ob sie es besser könnten. Warum machen sie es dann nicht selbst?«

Bei der dritten Vollbremsung werde ich sauer. »Wirklich, jeder Rikschafahrer bremst sanfter als du, Rekil.

Pass doch auf, alles wird matschig! Als Bofrost-Fahrer kannst du so rasen, aber mit unseren frischen Produkten sei bitte vorsichtig in den Kurven.«

Meine schlechte Laune hat einen Grund. Ich mag es nicht, wenn man über unsere Kunden lästert:

»Zahnarztfrauen mit Perlweißlächeln gestehen sich eben nicht gern ein, dass sie nicht kochen können. Kochen ist unsexy und unmodern, dachten alle jahrelang. Jetzt will sie eben so tun, als zahle sie uns nicht nur, sondern nehme auch noch richtig an der Planung teil. Lass ihr den Spaß.«

Ich öffne einen Glückskeks, der unter meinen Vordersitz gerutscht ist. *Unentschlossenheit ist die schlimmste Krankheit*, steht auf meinem Keksfähnchen. Bin ich gemeint? Geht es um Christian? Lilly, jetzt denk doch nicht über diesen Spruch nach, reiner Zufall, was da steht. Das passiert eben, wenn man Glückskekse isst. Plötzlich nimmt man es persönlich.

Auch jetzt noch, nach zwei Jahren, platze ich jedes Mal vor Stolz, wenn wir mit dem vollgepackten Bulli in den Innenhof einbiegen und ich mein Firmenlogo »Herzhaft Deluxe« sehe. In unserem Atelier, das ich nach meinen Vorstellungen liebevoll in eine Profiküche verwandelt habe, beginnen wir gleich mit den Vorbereitungen. Ich freue mich immer, wenn die Neonarbeitslichter anspringen, die Herdplatten glühen, und ich auf der für meine Größe zugeschnittenen Arbeitsfläche das Fleisch filetiere, der Raum sich mit Küchengerüchen füllt, und die Scheiben von innen beschlagen. Die Hitze der Arbeit vermittelt mir Geborgenheit. Immer noch. Rekil und ich arbeiten professionell und schweigend vor uns hin. Nur ab und zu durchbricht die Bitte um eine Zutat unsere Stille.

Die Ruhe ist schlagartig vorbei, als Anka, unsere tschechische Küchenhilfe, dazukommt. Die ersten dreißig Minuten gibt sie Rezepte von Tim Mälzer vom Vorabend aus dem Fernsehen zum Besten: »Lilly, Tim ist mein Küchengott, absolut. Wie er das Messer hält, und seine Finger, wenn die an die Kühlschranktür greifen. Das ist so sexy. Und wenn er zart über das Filet streicht, wünschte ich, es wäre mein Körper.«

Ihre Wangen leuchten knallrot auf ihrer hellrosa Haut.

Kochen ist also doch erotisch. Christian hat sich zu Beginn unserer Liebe auch gerne in die Küche gesetzt und mir bei der Zubereitung des Essens zugesehen. Er saß mit einem Glas Wein am Tisch und ich war die Herrin der Töpfe. Alles wollte er wissen, und ich beantwortete ihm jede noch so blöde Frage: Sind Maultaschen das Lieblingsgericht aller Zahnärzte? Warum heißt Kohl und Pinkel in Norddeutschland Kohl und Pinkel? Und was ist da genau drin? Strammer Max, wenn ich den Kerl erwische! Wo ist diese Zweisamkeit hin, wann haben wir uns verloren?

Jedenfalls will Anka sich bei dem Fernsehkoch um eine Stelle bewerben. Rein ausbildungstechnisch, sagt sie. Meiner Meinung nach ist sie Fan mit Tendenz zum Stalker. Das ist mittlerweile strafbar, aber für Tim Mälzer und das Geheimnis seiner perfekten Doradepanade nimmt Anka das in Kauf.

»Dann übe doch schon mal Kartoffelschälen«, rufe ich ihr zu. »Beim Fernsehen passiert auch nichts in Echtzeit, da ist alles tipptopp für die Aufzeichnung vorbereitet. Kann für heute Abend ebenfalls nicht schaden.« Sie bemerkt meinen Seitenhieb und antwortet: »Die dicksten Bauern ernten die tollsten Kartoffeln.« Rekil und ich nehmen sie lachend in unsere Mitte. Er korrigiert sie: »Dumm statt dick und dick statt toll, capito?«

Mit dem in Glasschalen und auf Blechen vorbereiteten Essen stehen wir um Punkt dreizehn Uhr bei den Eheleuten Bellag vor der Tür. Alle drei frisch geduscht und für das festliche Abendessen entsprechend gekleidet. Die Villa ist jetzt schon beleuchtet, als wären es die Testwochen der Gas- und Elektrizitätswerke in Köln. Katrin läuft uns in ihren ultragemütlichen Pamela-Anderson-Fellstiefelchen aufgeregt entgegen. Die Schuhe sind beige. Ist das ein Tick von ihr, oder was? Alles in beige.

»Willkommen, Lilly. Die Einladung der Gäste ist für neunzehn Uhr ausgesprochen, reicht uns dieses Zeitfenster?«

Auch wenn sie mich noch duzt, ist ihr Tonfall deutlich geschäftsmäßiger geworden.

Rekil müht sich mit der Seitentür des Bulli, die klemmt, und sagt leise in meine Richtung: »Wenn Denver-Cristall noch einmal ›uns‹ sagt, versalze ich heute den Kaviar. Bitte, Lilly-Schatz, schick sie in den Westflügel und Blake Carrington soll ihr einen Martini schütteln nur mir zuliebe, ja?«

Wir tragen Kühlboxen, weiße Lilien als Tischdekoration, Champagnerkisten, Weißweinflaschen, die Gemüsekiste und die kleine braune Glückskeksbox ins Haus.

Ich darf nicht mehr so schwer heben. Ich bin schwanger. Jetzt kann ich im Bus die pickeligen Teenies zwingen, für mich aufzustehen. Ha! Genau dafür werde ich den Mutterpass nutzen. Achtung, werdende Mutter. Achtung, Walross, bitte zügig den Platz verlassen, wenn sie nicht zerquetscht werden wollen. Fast hätte ich es Rekil erzählt, beim Aufbauen der Stühle und Einräumen der Waren in den Kühlschrank. Ich bin sicher nicht die einzige Person auf diesem Planeten, die mit ihren Arbeitskollegen mehr Zeit verbringt als mit dem eigenen Freund. Dass ich überhaupt überlege, mich Rekil eher anzuvertrauen als Christian, lässt mich stutzig werden.

Irgendwie läuft es schief, nicht rund. Wenn ich mir jetzt vorstelle, dass die ganze von mir geplante Nummer mit den Babyschuhen an seinem Rückspiegel, Zigarren als Andeutung zum Dessert, und wenn er es dann immer noch nicht verstanden hat, den Babystrampler zum Espresso, jetzt wegfallen soll, könnte ich durchdrehen. Da erstickt der Mann, mit dem man fünf Jahre Tisch und Bett geteilt hat, auch das letzte Fünkchen Romantik im Keim.

Während ich Anka erkläre, wo das Rechaud stehen wird, höre ich Katrin rufen. Mit leicht gespreizten Fingern hält sie mir Tischkärtchen entgegen, die mit dem Firmenlogo ihres Mannes verziert sind. Karius und Baktus halten über den jeweiligen Gastnamen eine bunte Zahnbürste:

»Kitschig oder perfekt?«, fragt sie. »Wirken bei nur sechzehn Personen Platzkarten vielleicht zu steif? Du hast Erfahrung, wie machen das denn deine anderen Kunden?« Am liebsten würde ich laut schreien angesichts dieser Geschmacksverirrung, aber ich beherrsche mich.

»Hmmh …«, beginne ich, »bei Konzerten wie Rock am Ring gibt es keine Tischkarten, aber jede Menge Groupies! Ich kenne deinen Mann nicht. Bei einem gesetzten Essen geht es natürlich sehr viel formeller zu. Ist er der Chef oder will er der Chef werden?«

»Bernd ist der Chef. Aber wir haben zwei potenzielle Finanzgeber eingeladen, denn wir wollen uns mit einem Zahnlabor vergrößern«, antwortet Katrin und nestelt an einer Tischkarte herum.

Ich gebe ihr noch kleine Tipps für die Tischordnung, damit ihr Mann an sein Ziel kommt. Seine Kunden können ja auch einmal meine Kunden werden. Ich empfehle Katrin, die Gäste mit einem persönlichen Satz an ihren Platz zu geleiten, das passt besser zum privaten Umfeld und ermöglicht es Fremden, leichter ins Gespräch zu kommen.

In der Küche fetzen sich Anka und Rekil. Sie stehen beide an der Spüle und säubern Fisch. Ein altes Ehepaar klingt nicht anders: »Du musst den Fisch in Zitrone einlegen, dann riecht er nicht. Basta la pasta«, zischt Anka.

»Jetzt nerv mich nicht, oder ist Tschechien etwa bekannt für seine großartigen Fischgerichte?« Rekil stöpselt sich den iPod ins Ohr und wendet sich ab. Er beginnt, das Gemüse zu putzen, und ich bekomme Angst, dass er sich demnächst woanders bewirbt. Denn bald habe ich ihm alles beigebracht, was ich weiß.

»Karpfen!«, sagt Anka schulterzuckend. »Tschechen machen super Karpfen. An Weihnachten.«

Anka und ich decken den Tisch ein. Das gehört zu meinem Rundum-Sorglos-Service für die Kundschaft. Katrin kommt ins Zimmer und schaut uns mit einem Champagnerglas in der Hand über die Schulter.

Die Szene erinnert an einen alten Derrick-Film. Junge, steinreiche Frau trinkt am Mittag den ersten Schampus und fängt grundlos an zu kichern. Anka wird unsicher und schaut zu mir herüber. Ich decke die Gabeln ein, messe den Abstand zwischen Tischkante und Gabelende mit dem Daumen ab, damit alles symmetrisch liegt. Ich liebe dieses Gefühl, wenn der Tisch Schritt für Schritt festlicher wird. Die Spannung des Abends wird dann spürbar, sie liegt förmlich in der Luft.

Katrin bemerkt in ihrem angeheiterten Zustand allerdings nur, dass ihr Nagellack abblättert: »Jetzt kann ich alles frisch lackieren. Auf die Maniküre ist heute auch kein Verlass mehr. Gestern war ich extra noch bei ihr, damit alles für heute perfekt ist, aber wahrscheinlich hat sie wieder vergessen, das Handöl ordentlich zu entfernen. Das ist nicht zu fassen.«

Ihr Glas stellt sie einfach auf dem großen Esstisch ab und läuft die Treppe hoch ins Badezimmer.

»Und das mag ich schon mal gar nicht«, mault Anka.

»Was denn?«, frage ich, während ich in die Knie gehe und die Seitenlänge der Tischdecken im Verhältnis zur Sitzfläche der Stühle kontrolliere. Bei mir muss es immer perfekt sein.

»Na, wenn sie unsere Arbeit ignoriert, hier das Glas abstellt, auf dieser unbefleckten Tafel, um sich die Nägel zu lackieren. Hysterisch werden wegen Nagellack, dass ich nicht lache. Geld macht nicht froh, aber entspannt, dachte ich immer. Das kann man von Frau Bellag nicht gerade behaupten«, antwortet Anka. Ich bin zu beschäftigt, um mich auf sie einzulassen.

In ihrer Empörung poliert sie die Gläser auf Hochglanz.

»Was macht sie denn, wenn wirklich mal was Schlimmes passiert? Wenn ihr Türschloss vereist ist und sie zur Maniküre muss, oder der Nagel beim Öffnen der Champagnerflasche abbricht? Das sind doch richtige Probleme, mitten aus dem Leben gegriffen. Die hätte ich auch gern«, redet sie weiter.

Ihre Wangen werden immer ganz rosig, wenn sie arbeitet. Ihr Herz ist so groß wie ihre gesamte Familie, an der sie Rekil und mich stets ungefragt teilhaben lässt. Nur der Einblick in das Leben des ein oder anderen wohlhabenden Kunden kann sie aus der Fassung bringen. Aber ihre Sammlung an Kalendersprüchen hat auch für diese Situation etwas parat: »Wie sagt ihr Deutschen immer so schön: Was du heute kannst besorgen, das versuche nicht am Morgen.«

»Verschiebe heißt es, verschiebe nicht auf morgen, sonst ergibt es doch keinen Sinn, Anka«, rette ich den alten Spruch.

Als ich schnell aus der Hocke hochkomme, fühle ich sofort einen leichten Schwindel und ein Ziehen im Bauch und werde wieder an das Baby erinnert. Wieso vergesse ich zwischendurch meine Schwangerschaft? Nicht dass mir das auch passiert, wenn es erst auf der Welt ist. *Achtung! Achtung! Dies ist eine Durchsage für die Mutter des kleinen Emil. Bitte holen Sie endlich Ihr Kind im Spielparadies ab!* Solche Durchsagen gelten dann mir.

Rekil kommt aus der Küche, das Handtuch wie immer lässig über die Schulter geworfen: »Lilly, so kann ich nicht arbeiten!« Er ist richtig wütend. »Es macht mich nervös, wenn dein Handy in der Küche alle dreißig Sekunden zwitschert. Hühnergackern als Handyton, wie alt bist du? Morgen spielst du dir noch ›Tööörööööl‹ von Benjamin Blümchen drauf.«

Ich muss schmunzeln und ziehe mir unwillkürlich das T-Shirt über die Hose, bevor ich antworte: »Ja, das kann ... übrigens ...«

Reiß dich zusammen, Lilly, du sagst es ihm nicht zuerst. Dafür aber: »Meines Wissens nach ist absolute Ruhe in der Küche nur für den Hefeteig nötig!«

Rekil dreht sich um und beginnt lautstark einen RTL-II-Bollywood-Klassiker, den er bereits den ganzen Sommer auf seinem tragbaren CD-Player gedudelt hat, zu summen. Ich war am Ende des Sommers so durch den Wind, dass ich panisch um Ruhe bat, wenn er nur die CD aus seiner Tasche holte. Er verteidigte sich stets mit dem Hinweis auf Freiheit und Mitbestimmung am Arbeitsplatz. Bereits im Juni handelten wir Deals aus, die folgendermaßen klangen: Heute nur zweimal Bollywood spielen und ich schneide die Zwiebeln alleine. So weit ließ ich es kommen. Christian regte sich auf, dass ich Rekil das durchgehen ließ, und verwickelte mich in eine Prinzipiendiskussion. Ein Chef müsste immer sagen, wo es langgeht, das machten Trainer auch. Keine Diskussionen mit der Mannschaft. Weder in der Küche noch auf dem Rasen. Es kann nur einen Chef geben.

»Unser Küchenalltag hat andere Hierarchien«, entgegnete ich. »Jeder bringt seine Stärken ein und hat damit auch Anspruch auf Mitsprache.« Erst als mir beim Zwiebelnschneiden Tränen die Wangen herunterliefen, zweifelte ich an meinem Prinzip »das Team ist der Chef«.

Im September, als sich das erste Gelb an den Blättern zeigte, war die Stimmung in der Küche absolut gereizt. Meine Band, die Arctic Monkeys, hatte keine Chance gegen Rekils Bollywood-CD. Ich, die Chefin, schälte dennoch die Zwiebeln. Das mit der Mitbestimmung musste ich mir wirklich überlegen. Ich schenkte Rekil einen iPod. Der Frieden kehrte zurück.

»Da! Schon wieder! Dein Hahn kräht, ich drehe ihm den Hals um und werfe ihn in kochende Hühnerbrühe«, schreit Rekil aus der Küche. »Nun geh schon ran oder ich erzähle, wer auch immer in der Leitung ist, dass du Gammelfleisch beim Hauptgang verwendest.«

»Interessant«, sagt Doktor Bellag, der gerade nach Hause gekommen ist und die letzten Sätze mitbekommen hat.

»Dann buche ich jetzt einen Tisch in meinem Lieblingsrestaurant, und Sie packen schon mal zusammen. Freunde und Geschäftspartner zu vergiften, empfinde ich als unappetitlich.«

Ich stehe ihm mit den Resten der Blumendekoration im Arm gegenüber und weiß nicht so recht, ob er es ernst meint. Mein Versuch einer Erklärung wird von wiederholtem Handygackern aus der Küche und Katrins Rückkehr aus dem Badezimmer unterbrochen. Sie kommt die Treppe herunter, wedelt mit den noch feuchten Nägeln und spreizt die Hände im Teetassenstil ab:

»Schatz, Lilly Heiden ist eine Topköchin! Sie verwendet nur die besten Produkte. Ohne sie wären wir heute verloren. Du kennst doch meine Kochkünste?« Sie zuckt entschuldigend mit den Schultern, haucht über die Nägel und lacht ihren muffeligen Ehemann dabei entwaffnend an. Das hilft.

»Schön, Sie kennenzulernen.« Er nickt aufmunternd in meine Richtung. »Als selbstständige Unternehmerin kennen Sie ja die Bedeutung von Aufträgen, Frau Heiden. Dies ist beruflich ein wichtiger Abend für mich. Oder besser für uns.« Dabei nimmt er seine Frau in den Arm, die bei der Berührung offensichtlich Angst um ihren noch feuchten Nagellack hat. »Konzentrieren Sie sich!«, sagt er noch freundlich, aber bestimmt.

Ich sehe den beiden bei ihrer zärtlichen Begrüßung zu und werde wehmütig. Gibt es das vollkommene Glück? Sie kann nicht kochen und er liebt sie dennoch. Sie wohnen in dieser Villa und sind tatsächlich ein glückliches Paar. Nicht eines von denen, wo die Ehefrau mit seiner goldenen Kreditkarte zum Shopping geschickt wird, während er Sex mit der attraktiven Sekretärin hat. Die Bellags haben keine Kinder und führen dennoch ein erfülltes Leben. Doch das sind alles nur Vermutungen. Sollten sie zutreffen, kann man ihnen nur gratulieren.

»Muuh! Soll ich dir noch Gras bringen? Wenn man sich so festglotzt am Glück der anderen, wird man schnell hungrig.« Rekil reißt mich aus meinen Gedanken, während ich dem Paar des Hauses hinterherstarre, wie es sich in sein Arbeitszimmer zurückzieht.

»Danke. Nicht nötig, bin selber glücklich«, antworte

ich ihm, schaue dabei aber nicht in seine Augen, sondern gehe in Richtung Küche. »Und wer weiß, vielleicht ist das alles nur Fassade, weil wir jetzt hier im Haus sind. Letztlich weiß doch nur das Paar selbst, wie es bei ihnen läuft. Nach außen Happy-go-lucky ist doch wirklich kein Problem. Das kann jeder. Für eine gewisse Zeit zumindest.«

Rekil wirft mir sein Handtuch an den Kopf: »Bleib mal stehen, Lilly. Ist alles okay bei dir? Du verschläfst und sprichst privat über die Kundschaft. Das ist neu. Muss ich mir Sorgen machen? Was ist denn mit unserem Ersatzbank-Delling, gibt es Ärger bei euch?«

»Lass das, nenn ihn nicht so«, antworte ich kurz angebunden und krame dabei in der Kräuterkiste, die wir mitgebracht haben.

Anscheinend war es ein Fehler, Rekil von Christians Neid auf Gerhard Dellings Doppelmoderation mit Günter Netzer für die ARD-Fußball-Super-Spiele zu erzählen. Es ist Monate her und jetzt kramt er es wieder hervor. Die beiden sind einfach grundverschieden. Rekil hat nichts für Männer übrig, die gern Fußball spielen, Fußball im Fernsehen gucken und beruflich auch nur an Fußball denken. Wenn die sich dann noch mit ihren Kumpels in eine Premiere-Sport-Bar setzen und gern ein Zwanzig-Liter-Fässchen Kölsch zischen, wird er vollends misstrauisch.

In solch einem furchtbaren, hochemotionalen Zustand nach einem verlorenen Heimspiel des 1. FC Köln haben Rekil und ich Christian in einer dieser Kneipen mit Großbildleinwand abgeholt. Gut, ich sag mal, für Nichtfußballfans wie Rekil war es ungewohnt, Christian auf allen vieren auf dem Brauereitisch der Kneipe zu sehen. Er wimmerte und machte dazu noch den Kölner Geißbock, das Maskottchen des 1. FC Köln, nach.

Mühsam verfrachteten wir ihn auf die Rückbank von Rekils Bulli. Ich setzte mich neben ihn und versuchte, in den Kurven mit der Spucktüte unterhalb seines Gesichts bloß keine Eigentore zu verzeichnen. Eingehüllt in seine Jacke, erklärte Christian, dass dies ein Trauergesang für das verlorene Pokalspiel gegen Werder Bremen wäre. Christians erste Fußballliebe gehört zwar Schalke 04, aber als mittlerweile eingefleischter Kölner fühlt er sich auch dem Geißbockverein verbunden. Ich fand ihn damals so süß, dass ich ihn sogar auf den säuerlich riechenden Mund küsste. Rekil riss die Fenster auf, verzog das Gesicht mit Blickrichtung Rückbank, als wenn er sagen wollte: Was willst du von einem betrunkenen Fußballreporter?

Triumphierend halte ich den Topf mit dem Rosmarin in die Höhe. Schon wieder eine zu schnelle Bewegung. Nach Halt suchend, falle ich auf den Küchenstuhl. Konzentrier dich, Lilly, muss ich mich selbst ermahnen. Dann erklingen aus meinem Handy wieder Hühner. »Lillylein ... Na, hast du dich beruhigt?« Als gäbe es keine Probleme zwischen uns, zwitschert Christian in den Hörer. »Wollen wir uns gleich auf einen Kaffee treffen? Bin im Stadtgarten, komm doch vorbei, ich habe Sehnsucht nach dir.«

»Ist bei Beate besetzt oder warum rufst du mich an?«

Rekil zieht einen scharfen Luftstrahl durch seine Schneidezähne, als er mich so sprechen hört. Klinge ich wie eine Schlange?

»Moment, ich bin bei einer Kundin, wir sind mitten in den Vorbereitungen, bleib mal kurz dran. Kriegt ihr das hin?«, frage ich Anka und Rekil, die beide mit großen Augen vor mir stehen. »Euch nicht zu streiten und das Carpaccio sowie die Kalbskoteletts mit der Paste vorzubereiten? Es ist wirklich dringend«, ich deute auf das Handy.

Anka schnäuzt in ein Küchentuch und antwortet: »In Tschechien gibt es ein Sprichwort: Nichts ist wichtiger als die Liebe, heißt es. Also, wir kommen auch mal zwei Stunden ohne dich klar.«

»Zwei Stunden, nicht eine Minute länger. Das Fleisch anzubraten, ohne den Bellags Schuhsohlen zu präsentieren, traue ich mir nicht zu.« Rekil deutet auf die Uhr, gibt aber seine Zustimmung.

»Okay, Christian, ich bin spätestens in zwanzig Minuten bei dir. Ich habe eine Überraschung für dich dabei. Ich kann aber nicht länger als eine Stunde bleiben. Bis gleich.« Ich klinge so distanziert, als würde ich mit meinem Versicherungsvertreter sprechen. Ich suche die Taxinummer auf meinem Handydisplay, ziehe den Mantel über und lasse die erstaunte Katrin Bellag im Flur wissen, dass ich schnell eine vergessene Zutat aus dem Kühllager hole. Notlügen hasse ich, diese kleinen Feigheiten im Alltag. Heute ist eine Ausnahme. Ich werde für Christian die richtigen Worte finden müssen. Da sind alle Mittel erlaubt.

Klartext und ein Überraschungsgast

8. Woche / Gewicht spielt keine Rolle mehr / Existenzangst

Im Taxi versuche ich zu begreifen, was ich mir da vorgenommen habe. Ich bin mir jedenfalls noch nie so sicher gewesen in einer Entscheidung. Ich bekomme das Kind, egal, wie er gleich reagieren wird. Gut zu wissen, dass wir in einem öffentlichen Raum sein werden, ausrasten wird er wohl kaum. Was kann im schlimmsten Fall passieren? Was wäre für dich, Lilly, die furchtbarste Reaktion seinerseits? Streng dich an, denk nach.

Rückzug. Christian, der den Angriff liebt in allen Lebenslagen, startet bei mir einen Rückzug. Ich hätte das Gefühl, unsere Liebe wäre nichts als leere Worthülsen, drei traumhafte Maledivenurlaube und endlose DVD-Abende gewesen. Er trägt doch sonst auch Verantwortung, beruhige ich mich. Er gibt seine Beiträge immer pünktlich in der Redaktion ab. Er ist perfekt auf die Moderationen am Spielfeldrand vorbereitet, er weiß sogar, warum wir die Holländer, jedenfalls beim Fußball, nicht mögen. Er kneift nicht, er kneift nicht, er liebt mich, meditiere ich. Um nicht irre zu werden, spiele ich das Ampelspiel. Eine eindeutige Entscheidungshilfe: rote Ampel steht für nein, grüne Ampel für ja, ganz einfach. Ist die nächste Ampel also grün, ist er an meiner Seite, ist sie rot, sucht Christian das Weite. Ich pokere, bis wir beim Stadtgarten ankommen. Dreimal rot, dreimal grün. Unentschieden. »Welche Farbe hatte die Ampel eben?«, frage ich den Taxifahrer. Der stoppt mit einer Vollbremsung im Halteverbot vor dem Café: »Liebchen, ich fahre, entspann dich. Quittung?«

»Ist aber wichtig, die Farbe, sehr wichtig«, sage ich und wühle in meiner kleinen, weißen Börse nach dem Wechselgeld.

»Ich kassiere doch die Punkte, nicht du, Mädchen. Ich glaube, sie war gelb. Mit Datum von heute?« Er kratzt mit einem fast leeren Kuli das Datum auf den Beleg.

»Gelb ist doch keine Farbe. Gelb ist nichts. Keine Entscheidung.« Ich nehme die Quittung und öffne entschlossen die Tür.

Dem Radfahrer gelingt überraschenderweise doch noch ein Ausweichmanöver. Er umfährt die Taxitür und brüllt mir wutentbrannt irgendetwas von trotteliger Kuh und minus fünf Dioptrien hinterher.

»Van Gogh hätte ohne Gelb aber einpacken können. Oder, Mädchen, kennst du blaue Sonnenblumen?« Der elektrische Fensterheber des Taxis schließt, ich zucke nur schlaff mit den Schultern und frage mich, ob eigentlich alle arbeitslosen Kunsthistoriker Taxifahrer werden.

Im Stadtgarten sind fast alle Tische besetzt. Zeitungen liegen auf den Tischen, überall stehen Gläser mit Milchkaffee, und mir fällt auf, wie viele Gäste hier qualmen. Christian müsste doch etwas merken, wenn ich mir nicht gleich eine anstecke. Reine Gewohnheit, diese kleine, tausendfach geübte Schrittfolge. Feuerzeug aus der Seitentasche kramen, die Schachtel mit dem Handy zusammen auf den Tisch legen, sich im Raum umschauen und auf den Kellner warten. Dann die Zigarette herausholen, und wenn die Bestellung aufgegeben wurde, stecke ich sie mir an. Wenn ich rauche, bevor der Kellner kommt, muss ich meist nach einem Aschenbecher suchen. Besser also warten, dann wird er mir mit dem Getränk gebracht.

Ich bin nervös und denke daher über jedes noch so belanglose Detail nach.

Christian winkt mir zu. Er hat einen Fensterplatz ergattert. Die sind selten frei. Sollte ich weinen, kann ich hinausgucken, und keiner der anderen Gäste wird es bemerken.

Er steht auf und gibt mir einen Kuss zur Begrüßung. Keinen flüchtigen rechts und links und wieder rechts Hallo-wir-sind-gute-Freunde-haben-aber-keinen-Sex-Kuss. Einen richtigen Kuss. Ich stehe etwas steif, halte meine Tasche zwischen uns.

»Habe schon für dich bestellt, dann geht es schneller«, sagt er, nachdem er seinen Saugnapf von meinem Mund entfernt hat. Das ist ein Zeichen, Lilly, alles wendet sich zum Guten. Ich beginne mich zu entspannen.

»Was hast du mir denn bestellt?«, frage ich und freue mich, weil es heute anscheinend keine peinlichen Schweigeminuten zwischen uns gibt.

»Ich muss dir etwas erzählen, ich bin so aufgeregt, Lilly. Hmh, Vitello Tonnato und einen Salat mit gebratenen Scampis. Isst du doch immer so gern.«

»Erst du oder erst ich?«, frage ich, werde aber schon von ihm unterbrochen: »Ich muss doch gleich wieder in die Redaktion und arbeiten, Lilly, ich zuerst. Bitte, ja!?«

Was haben seine Augen, dass ich dahinschmelze und zugleich versinke, wenn ich in sie blicke? Hoffentlich bekommt das Baby diese Augen. Und seine breiten Schultern, aber nur wenn es ein Junge wird. Und seine schönen Handgelenke. Und dieses winzige Muttermal am rechten Knöchel. Bitte, liebe Chromosomen, konzentriert euch. Nicht meine trockene Nagelhaut. Bitte keine Leberflecken auf dem Rücken, auch wenn Männer sie gerne zählen. Nicht eine von diesen Brillen, die noch bei der Einschulung auf der einen Seite zugeklebt sind. Ich schaue auf seine vollen Lippen, während er das Brot in Olivenöl tunkt und redet. Er redet und redet. Namen wie Günter Netzer, Uli Hoeneß fallen, Worte wie Livesendung, ARD, Spielfeldreporter, gigantisches Stadion. Nur mit ihm habe ich ein Kind gewollt. Ich höre nicht hin, ich weiß nicht, worüber er spricht, ich schaue ihn an, den Vater meines Kindes.

Sein Mund ist schön. Und geschlossen. Richtig fest geschlossen. Schmallippig plötzlich. »Was soll das, Lilly, rede ich zur Wand?«

»Lichtwechsel je nach Mannschaft im Stadion«, wiederhole ich seine letzten Worte, »ich bin da, Christian, und?«

»Und!«, schreit Christian, »du kennst doch meinen Traum, er wird endlich wahr und du wirst taub. Wo bist du, Lilly?«

»In meinem Traum, der wird auch endlich wahr, Christian.«

Er grinst über das ganze Gesicht: »Du bekommst eine eigene Kochsendung im Fernsehen. Nee, oder?!«

»Nee, wir bekommen ein Kind.« So, jetzt ist es raus. War gar nicht so schwer. Durch diesen Satz werden wir ein Leben lang verbunden sein. Er muss jetzt antworten, er ist dran. Ich pule an meinem rechten Daumen, mit dem Zeigefinger reiße ich an der Nagelhaut. Sag was, komm, küss mich, so schön wie zur Begrüßung. Ich beiße an der Nagelhaut. Meine Schneidezähne entfernen kleine Fitzel. In Nanosekunden nehmen meine Augen alles in unserem Umfeld wahr. Christians Zigarette im Aschenbecher, die Uhr seines Vaters an seinem schönen Handgelenk, die kichernden Teeniemädchen am Nachbartisch, den lesenden Single mit dem braunen Labrador unter dem Tisch schräg gegenüber. Vielleicht sind diese Kleinigkeiten wichtig, wenn mich unser Kind in sechzehn Jahren fragen wird: »Wie hat er denn reagiert, mein Vater?« Ach ja, nicht zu vergessen, der Kellner direkt hinter mir, der mit einer lässigen Handbewegung das Vitello Tonnato vor mich stellt und fragt: »Ein Glas Weißwein dazu?«

»Nein«, antwortet Christian für mich, »sie trinkt nicht mehr.«

Er schaut an mir vorbei zum Kellner hoch. Seine Lippen kneift er zusammen, die Gesichtsfarbe würde ich zwischen weißen Bohnen und Kabeljau einordnen. Kein Kommentar. Schweigen. In meinen Albträumen hätte seine Reaktion nicht schlimmer sein können. Einfach nur in den Arm genommen zu werden, ist in dieser Situation wohl zu viel verlangt.

Christian, ich gebe dir noch fünf Minuten, dann

marschiere ich hier aus dem Stadtgarten und aus deinem Leben. Das Nächste, was du von mir hören wirst, wird dir nicht gefallen. Unterhaltsforderungen heißt das böse Wort.

Ich beginne erst gar nicht zu essen, lasse mein Besteck unberührt und krame in der Tasche nach der Sonnenbrille. Christian öffnet langsam seinen Mund, oh, will er mir, der Mutter seines Kindes, in dieser nun doch nicht ganz unwichtigen Situation etwas sagen? Ich höre: »Wann?« So viel Anstrengung für so ein kleines Wörtchen.

Was meint er nur mit wann?

Will er wissen, wann Kartoffeln gar sind? Wann Schalke 04 das nächste Heimspiel hat oder möchte er tatsächlich eine Information zum Baby? Vielleicht wann es eingeschult wird?

»Wann kommt es zur Welt?«, nuschelt er.

Bevor ich antworten kann, gerät er richtig in Fahrt. »Seit wann weißt du es? Wie willst du das jetzt alles regeln, mit deinem Job und so? In welches Krankenhaus gehst du? Was wird es denn, ein Junge? Wie geht es dir überhaupt?«

Offensichtlich hat er »wir« aus seinem Wortschatz gestrichen. Ob ich den Fragenkatalog auch schriftlich beantworten darf? Auf die Hälfte der Fragen habe ich keine Antwort parat.

»Nur so viel, mein Lieber, mir ist ununterbrochen übel. Ich übergebe mich regelmäßig in unregelmäßigen Abständen. Ich verschlafe meine Jobs und verwechsele das Ultraschallbild mit einer Sternenkarte. Wenn ich wirklich Zeit habe, über meine Situation nachzudenken, plagen mich sofort Existenzängste, ich bekomme Panikattacken, wenn ich an die Geburt denke, Schuldgefühle, Kind und Karriere nicht unter einen Hut zu bringen und niemals einen Kindergartenplatz unter sechshundert Euro im Monat zu finden.«

Ich merke, wie mir die Hektikflecken ins Gesicht schießen. Bevor sich zu den Flecken noch Tränen gesellen, will ich noch einen Satz loswerden: »Vielleicht habe ich auch eine andere Reaktion von dir erwartet. Gehofft, neben all dem Ich, Ich, Ich, diesem ganzen scheiß Egotrip, doch eine kleine Freude in deinen Augen zu sehen. Und vielleicht auch mal das Wort ›wir‹ zu hören.«

Das Handy unterbricht meinen Monolog, Christian stochert hilflos im Vitello Tonnato herum. Er wirkt verstört, auch ein wenig verloren. Auf dem Display sehe ich Rekils Nummer und schaue auf meine Uhr: »Chefin, was ist los? Wir brauchen dich hier, die Zeit rennt und das Fleisch bekommst nur du richtig hin. Katrin Bellag wird langsam nervös und das macht echt keinen Spaß. Genug mit der Beziehungskiste, komm zurück zu deiner Küchenfamilie.« Ich klappe das Telefon zu und lege die Tasche um die Schulter.

»Du kannst mich doch nicht einfach so sitzen lassen«, ruft Christian entsetzt. Er blickt zu mir hoch, die Gabel noch in der Hand. Seine Gesichtsfarbe liegt mittlerweile bei lachsrosa.

»Die Frage ist doch, wer hier wen sitzen lässt. Kleine Hausaufgabe. Darüber können wir ja beide nachdenken und dann morgen telefonieren. Ich muss jetzt los, arbeiten«, sage ich mehr als bestimmt. Zum Abschied nehme ich ihn noch flüchtig in den Arm und drücke ihm einen Kuss auf die Wange. Ich komme mir dabei so lächerlich mütterlich vor. Fehlt nur noch, dass ich ihm mit auf dem Weg gebe, sich immer warm anzuziehen. Ich verlasse das Café, ohne mich umzublicken, und gehe direkt zum Friesenplatz, wo ich in ein Taxi steige.

Während der Fahrt zu den Bellags habe ich noch meine Stimme aus dem Restaurant im Ohr. Zickig, mit leicht keifendem Unterton. Er wollte nie ein Kind, warum soll er jetzt Luftsprünge machen und den Kreißsaal mit mir aussuchen? Christian hat wirklich immer offen gesagt, dass er, zumindest in naher Zukunft, keinen Nachwuchs will. Aber es gab eben auch kein kategorisches Nein seinerseits.

Deshalb habe ich wohl gehofft, den Zeitpunkt bestimmen zu können. Hoffen darf man ja wohl noch. Bis er eine Entscheidung in puncto Familienplanung trifft, bin ich mindestens vierundvierzig. Diese ewigen Jungs langweilen mich, dauernd Latte macchiato trinkend, Turnschuhe an den Füßen und einen Comic aus Kindertagen in den Händen, ziehen sie sich beim ersten leichten Gegenwind der Erwachsenenwelt die Kapuze der Retrotrainingsjacke tief ins Gesicht und kneifen.

Jetzt ist die Wahrheit ausgesprochen, alles andere war auch kein Zustand. Ich spüre Erleichterung. Christian nichts zu sagen und abzuwarten, bis er den Bauch bemerkt, wäre noch schlimmer gewesen als seine jetzige Reaktion. Ob er morgen zuerst anruft?

Anka und Rekil haben offensichtlich ihr Kriegsbeil begraben. Beide beugen sich über ihre Schneidebretter und hacken die Kräuter für die Kotelettpaste.

»Der Typ ist Sportreporter. Der verbringt sein halbes Leben auf Fußballplätzen. Er kann einen Seeteufel nicht von einer Dorade unterscheiden, was will Lilly bloß mit dem?«, höre ich Rekil sagen, während er einen neuen Zweig Rosmarin auf das Brett legt. Er klingt besorgt.

»Wenn dein Herz für eine tolle Frau schlägt, willst du bestimmt erst wissen, wie sie ihre Gans an Weihnachten stopft. Und jetzt beantworte dir selbst die Frage: Warum hast du keine Freundin?« Anka lacht und stupst ihn mit dem Ellbogen in die Seite.

»Ganz einfach, weil Inder nicht Weihnachten feiern. Wie wäre es denn mit uns beiden, meine Schöne? Ideale Bedingungen: Wir sehen uns mindestens achtzehn Stunden am Tag, teilen die gleichen Interessen, und wir haben beide keine Zeit, jemanden kennenzulernen«, antwortet Rekil. »Und heißer Sex im Kühlraum, damit kenne ich mich aus«, fügt er grinsend hinzu.

»Keine gute Idee«, werfe ich ein. Ich mache mich bemerkbar, damit sie mich nicht für eine Lauscherin halten.

Rekil und Anka fahren mit den Köpfen auseinander und sehen ein bisschen ertappt aus.

War ich so viel mit mir selbst beschäftigt, dass ich Amors Pfeile zwischen den beiden gar nicht bemerkt habe?

»Keine Angst, Chefin«, ruft Rekil mir zu, »wir können Arbeit und Privates noch ganz gut auseinanderhalten. »Du auch, hoffentlich. Schön, dass du wieder bei uns bist. Alles okay?«

»Danke, dass ihr die Stellung gehalten habt. Wie weit seid ihr?«

Ich merke, dass ich die Stimmung ein wenig drücke, indem ich sie auf die Arbeitsebene hebe. Aber mir ist jetzt nicht nach Witzen zumute. Ich habe ein schlechtes Gewissen, denn ich habe mein eigenes oberstes Küchengebot gebrochen: Entferne dich nie, wirklich niemals weiter als zweihundert Meter von deinem Herd während eines Auftrags. Bei dem Preis, den die Bellags für diesen Abend zahlen, fühle ich mich verantwortlich dafür, dass alles wie am Schnürchen läuft.

»Das duftet bereits fantastisch.« Katrin kommt in die Küche gerauscht und hebt überall die Deckel von den Töpfen. Ich hasse dieses Schnüffeln, bevor das Essen fertig ist. Dieser Zeitpunkt, wenn das Fleisch noch halb roh, die Soßen nicht richtig eingekocht und die Beilagen nicht angerichtet sind, verfälscht Farben und Gerüche.

»Ich will ja nicht stören«, sie zupft an ihrem Cocktailkleid herum, bevor sie sich vor einen Küchenschrank hockt. Das Kleid ist rot. Nicht beige. Katrin klappert und wühlt im Schränkchen.

Rekil schneidet sich beinahe in den Finger, weil er den Blick nicht von ihrem freien Rücken abwenden kann. Ich überlege, warum sich bei Katrin kein Slip abzeichnet bei so einem engen Kleid. Würde ich dasselbe Modell tragen, sähe Rekil außer meinem Rücken noch das Etikett meiner breiten Unterhose. Ich trage nämlich gern warme Unterwäsche. Eine Angewohnheit, die zugegebenermaßen sexy Outfits ausschließt.

Katrin hält Anka nach und nach die Vasen entgegen, die sie aus dem Schrank holt. Am Ende des Abends wird sie in einem Blumenmeer versinken. Was bringt man der Gastgeberin mit? Einer Frau wie Katrin, die alles hat? Im Kino wird der Kinogutschein als ideales Gastgeschenk empfohlen. Ich habe aber bisher noch nie erlebt, dass den einer überreicht.

Anka füllt die Vasen mit Wasser und stellt sie vor das Küchenfenster. Bei der dritten Vase wendet sie sich an Katrin und fragt: »Wann kommt eigentlich die Studentin, die uns heute beim Servieren hilft?«

Katrins Gesicht nimmt die Farbe ihres Kleides an, beinahe fällt ihr die Vase aus der Hand: »Ach, du meine Güte. Der Anruf ist mir bei all dem Stress durchgegangen.«

Welcher Stress?, frage ich mich. War es so anstrengend, unter den zwanzig Designerkleidern das richtige auszuwählen?

Katrin blickt Hilfe suchend in meine Richtung: »Wer trägt denn jetzt die Teller an den Tisch? Ich muss an meinem Platz bleiben. Als Tischdame des Vermieters unserer neuen Praxisräume habe ich gewisse Verpflichtungen.«

»Dann übernehmen wir das. Wir haben das Essen zubereitet und wissen somit, was auf den Tellern ist«, beruhige ich sie.

»Ja, aber«, setzt sie noch einmal an, »ich hatte mit der Studentin auch vereinbart, dass sie die Blumen in die Vasen stellt und sich um die Mäntel und die Aschenbecher kümmert.«

Rekil schlägt vor, die Studentin sofort anzurufen. Dann käme sie noch zur Vorspeise und könnte den Service von da an übernehmen.

Katrin ist dankbar für diese naheliegende Idee, als das Klingeln der Haustür alle aufhorchen lässt.

Jetzt bleibt keine Zeit mehr zum Überlegen. Bevor

ich warte, dass eine Studentin, die wahrscheinlich am anderen Ende der Stadt wohnt, hier eintrifft, kümmere ich mich lieber selbst um alles.

Nach und nach treffen die Gäste ein. Flur und Wohnbereich füllen sich mit Stimmen. Katrin läuft mit den Blumensträußen aufgeregt hin und her, ist immer auf der Suche nach irgendetwas oder irgendjemandem. Als sie mit dem dritten Blumenstrauß aus der Küche rauscht, ahmt Rekil sie nach, indem er mit den Händen wedelt und auf seine Nägel pustet. Ich werfe ihm einen strengen Blick zu.

Zur Begrüßung wird den Gästen von Anka ein Glas Champagner serviert. Immer wieder zieht sie die Küchenschürze an oder aus, je nachdem, in welche Rolle sie schlüpft. Service ist nicht ihre Stärke, und ihr Nörgeln nimmt mit jeder Flasche zu, die sie öffnet und zum Nachschenken hinausträgt.

»Ein Essen weniger«, ruft Anka uns bei der nächsten Runde zu und bindet sich erneut ihre Schürze um. Ihre Laune ist sichtlich gestiegen. »Hübscher Mann. Ein richtiger Mann ist dabei. Er hat auch den größten Blumenstrauß mitgebracht, aber keine Frau. Braucht ihr mich hier noch?«

»Bevor du ihn heiratest, hilf mir noch, die Vorspeisen auf den Tellern anzurichten, dann bin ich auch deine Trauzeugin, versprochen«, antworte ich. »Weiß Tim Mälzer, dass du fremdgehst?«, ruft Rekil durch die Küche. Anka rollt nur mit den Augen und verschwindet erneut in Richtung Flur.

Vorspeise Nummer eins: Thunfischcarpaccio. Schweigend schneiden wir den Fisch. Ich reibe etwas Sellerie fein und verteile ihn über die hauchdünnen Scheiben, Anka dekoriert die Zitronen am Tellerrand. Ich werfe einen Blick ins Esszimmer. Zufrieden stelle ich fest, dass alle Gäste am schön gedeckten Tisch sitzen. Die Stimmung ist privat und festlich zugleich. Ich liebe diesen Moment, wenn der Tisch unberührt ist und die Gäste fast schüchtern miteinander umgehen.

»Ullichen, nein«, kichert Katrin laut und beugt sich zu einem Gast vor. »Was du alles erlebst!« Der Mann scheint ein sehr unterhaltsamer Tischherr zu sein.

»Muuuh«, brummt Rekil in mein Ohr. »Muuuuh, der Thunfisch kann zwar nicht kalt werden, aber Gäste furchtbar ungemütlich, wenn sie großen Hunger verspüren. Wie sieht es aus, bevor das Öl völlig vom Fisch aufgesogen wird, meinst du, du kannst die Teller zum Tisch bringen?«

Ich schaue an mir herunter und sehe Fettspritzer auf den Schuhspitzen, Kräuter unter meinen Nägeln, und ich fühle mich verschwitzt. Schnell ordne ich meine Haare und ziehe mir die Lippen nach. Den Stift trage ich immer bei mir. Ich schraube eine rotbraune, weiche Masse aus der Hülle und muss aufpassen, dass diese nicht abbricht. Lippenstift an Thunfisch – keine gute Kreation. Es ist ein Kunststück, die Lippen ohne Spiegel zu treffen. Eines der wenigen, das ich, wie die meisten Frauen, perfekt beherrsche.

Ob ich geschminkt besser aussehe? Ich hoffe es. Auf jeden Fall fühle ich mich besser mit neu aufgetragenem Lippenstift, und das zählt auch.

Mit drei Tellern auf dem linken Arm und einem in der rechten Hand stoße ich mit dem Hinterteil die Tür zum Esszimmer auf. Katrin erblickt mich und klopft mit einem Dessertlöffel an ihr Wasserglas: »Ah, die Küchenfee. Lilly, was hast du uns denn gezaubert?« Wenn ich zaubern könnte, dann dir ein ABC-Pflaster auf den Mund. Das kenne ich schon. In der hektischen Vorbereitungsphase bin ich der Fels in der Brandung. Vor den Gästen werde ich von meinem Auftrageber dann aber doch wie Dienstpersonal behandelt. Bei den ersten Jobs hat mich dieses Verhalten noch aus der Ruhe gebracht. Jetzt ist es mir egal, solange sie innerhalb von vierzehn Tagen ihre Rechnung bezahlen.

Gar nicht egal sind mir Überraschungen, am schlimmsten sind Überraschungsgäste. Furchtbar die Vorstellung, an so einem Abend abgelegte Liebhaber, unliebsame ehemalige Mitarbeiter oder potenzielle Vermieter zu treffen. Letzterer Fall ist in diesem Moment eingetreten.

Während ich die Teller von rechts auf den Tisch setze, spüre ich Ulli Kahns Augen auf mir ruhen. Mich verwirrt seine Anwesenheit. Beim Arbeiten denke ich sonst selten über mein Outfit nach, aber hier, zwischen all den top gestylten, rückenfreien oder tief dekolletierten Mittdreißigerinnen fühle ich mich wie ein Trampeltier auf dem Laufsteg. Während bei mir bereits der oberste Hosenknopf spannt, nippen die Frauen in der Runde nur mit spitzen Lippen am Weißwein, um bloß nicht zuzunehmen. Wahrscheinlich bekomme ich die Wohnung sowieso nicht, weil Herr Kahn denkt, ich könne die Miete nicht zahlen, da ich als Kellnerin nicht genug

Geld verdiene. Gesprächsfetzen dringen an mein Ohr. Ich kann nicht glauben, worüber sich die Gäste unterhalten. Fünf Meter hohe Hüpfburgen für das Kinderfest, akuter Kindermädchenmangel und Chinesischkurse für den dreijährigen Nachwuchs. Haben die keine anderen Sorgen? Ich sehe mir die Runde etwas genauer an. Sind diese Frauen glücklich? Erfüllt es sie, den ganzen Tag zwischen Terminen bei der Kosmetikerin und Kursen für die Kleinen zu verbringen? Ich muss zugeben, dass sie alle sehr gepflegt aussehen. Aber sind sie ausgelastet? Selbstbewusst? Ich habe keine Ahnung, was Prada-Schuhe für die Stabilität der Psyche bedeuten. Ich beschließe, meinen Beruf auf keinen Fall aufzugeben. Spätestens, als ich mitbekomme, wie Superehefrau Nummer eins zu Superehefrau zwei sagt: »Unsere Prinzessin geht für ein Jahr nach England. Was soll ich denn jetzt machen? Ich kann doch nicht den ganzen Tag Golf spielen.« Antwort Superehefrau Nummer zwei: »Schaff dir einen Liebhaber an.«

Ist das zu fassen? Die Unterhaltung geht in ähnlichem Stil weiter: »Ich war vor der Geburt Lektorin in einem Kunstbuchverlag. Aber das konnte ich doch danach nicht weitermachen. Da musste ich auch ab und zu reisen, und das wollte ich unseren Kindern nicht zumuten.« Die Einstellung muss man sich leisten können. Wenn ich mir diese Frauen näher ansehe, dann halte ich ihre Lebensweise für wenig erstrebenswert. Abgesehen davon, dass mein Bankberater dies auch nicht zuließe. Vielleicht bin ich auch einfach neidisch auf die soziale Sicherheit, die hier verströmt wird. Es muss ein entspanntes Gefühl sein, einzig für den Spaß und nicht für die Miete zu ackern.

Ich höre noch, wie zwei Vollblutmütter sich über Erziehungsfragen austauschen: »Also, ich mach das immer so«, sagt Rückenfrei blau zu Schulterfrei grün, »niemals eine Ausnahme erlauben. Rhythmus, Rhythmus, Rhythmus. Rituale sind die halbe Miete bei den Kindern.« Schulterfrei grün nickt und stimmt zu. »Ja, aber das schaffe ich wirklich nur mithilfe meines Au-pairs.« Dann stelle ich meine Ohren auf Durchzug.

Als ich den Hauptgang serviere, blicke ich verstohlen zu Ulli Kahn. Er ist in ein Gespräch mit Katrin Bellag vertieft und scheint mich zu übersehen. Ich schreibe die Wohnung nun endgültig ab. Um mich zu trösten, rede ich mir ein, dass es auch besser so ist, dass er mit Sicherheit ein unsympathischer Vermieter wäre. Einer von der Sorte, die ständig die Miete erhöhen, keine Partys erlauben, an Familien mit Kindern nur ungern vermieten. Der Spielplatz im Innenhof seines Hauses ist bestimmt nur für sein Kind. Eine verwöhnte, kleine Prinzessin mit blonden Locken.

Beim Abräumen des Hauptgangs ist er für mich bereits ein Idiot, er grüßt ja noch nicht einmal. Wäre ich gerecht, aber das bin ich nie, wenn ich mich in etwas hineinsteigere, dann müsste ich einmal richtig zu ihm hinübersehen und seinem Blick nicht stets panisch ausweichen. Ich bin richtig wütend auf ihn, hektisch nehme ich seinen Teller. Etwas zu schwungvoll, denn der Knochen des Koteletts landet auf seiner dunklen Anzughose. Zum ersten Mal treffen sich unsere Blicke an diesem Abend. Jetzt bin ich nicht nur die Wohnung los, sondern muss auch noch die Reinigung seines Anzugs zahlen. Der Tag ist nicht zu überbieten. Auf der Liste meiner Lieblingstage rückt er immer weiter nach oben. Ich begutachte den Schaden auf Ulli Kahns Hose. »Tschuldigung«, flüstere ich, »es tut mir leid. In der Küche habe ich ein Tuch für Sie.«

An der Spüle reibt er sein Hosenbein mit einem Geschirrtuch trocken. Noch hat er mit keiner Geste signalisiert, dass er mich wiedererkennt. Hat er etwa innerhalb von vierundzwanzig Stunden sein Gedächtnis verloren?

Nebenbei bedankt er sich bei Rekil für das wunderbare Essen. »Geben Sie mir doch Ihre Visitenkarte, dann engagiere ich Sie für meinen nächsten Abend unter Freunden.«

Rekil deutet in meine Richtung. Ich beuge mich gerade über die Spülmaschine, um die Teller einzuräumen. »Danke fürs Lob, das gebe ich direkt an meine Chefin weiter, denn sie ist die Königin der Töpfe.«

Ulli Kahn kommt lachend auf mich zu: »Eigentlich hasse ich Kochgerüche im Treppenhaus, aber bei Ihnen wird Weißkohlmief bestimmt zum Erlebnis. Haben Sie sich schon entschieden, Frau Heiden?« Ah, er weiß doch noch, wer ich bin und wie ich heiße. Dennoch zögere ich, ihm zu antworten. Ich will nicht vor Rekil und Anka mit ihm über die Wohnung reden. Aber schön, dass mich wenigstens Herr Kahn begehrt. Auch wenn er nur mein Vermieter ist. Gewinnend lächele ich in seine Richtung und fasele irgendetwas von falscher Ort, falscher Zeitpunkt und dass ich mich am Montagmorgen bei ihm melden werde.

Bis zum Ende der Veranstaltung meide ich das Esszimmer. Anka serviert die Desserts und trägt eine Viertelstunde später die kaum berührten Nachspeisen zurück in die Küche. Rekil schaut kopfschüttelnd auf die Teller und regt sich maßlos auf: »Die Arbeit hätten wir uns sparen können. Hat es ihnen nicht geschmeckt?«

»Verträgst du die Wahrheit?«, entgegnet Anka. »Geh raus und hör dir die Gespräche an. Puh, ich habe schon so viel gegessen. Ich kann wirklich nicht mehr. Es sieht alles ganz lecker aus, aber ein Blick reicht mir und ich bin schon satt.«

Rekil sagt nur lakonisch: »Ich verstehe Frauen nicht.«

»Vielleicht hätten wir ›die Freude aller Tschechen‹ kochen sollen. Das essen bei uns alle. Alt und Jung. Es ist ein Grießbrei mit Schokolade, Zimt, Zucker und jeder Menge Butter. Wir essen ihn, wenn wir traurig und wenn wir glücklich sind. Da kommt nie ein voller Teller zurück.«

Mit diesen Worten macht Anka sich erneut daran, mit mir zusammen die Küche wieder auf Vordermann zu bringen. Gegen ein Uhr nachts bin ich erschöpft und lasse mich auf einen Küchenstuhl fallen. So kaputt habe ich mich noch nie gefühlt. Ein Königreich für eine Zigarette. Aber die Vernunft ist stärker. Wäre der Küchenstuhl gepolstert, könnte ich auf der Stelle einschlafen. Katrin und Bernd Bellag verabschieden Arm in Arm und unter lautem Getöse ihre Gäste. »Toll, dass ihr da wart. Ich rufe an und dann gehen wir achtzehn Loch.«

Ulli Kahn kommt als Einziger noch einmal zu uns in die Küche und drückt Anka und Rekil mit den Worten

»Sie haben tolle Arbeit geleistet« Trinkgeld in die Hand. Mir zwinkert er zu und verlässt dann mit den anderen Gästen das Haus.

Die Tür fällt ins Schloss und von mir die Anspannung des Tages ab. Kurze Zeit später erscheint Katrin Bellag im Türrahmen und bedankt sich überschwänglich bei uns. »Ihr wart super. Lilly, das Essen war hervorragend. Noch nie bin ich so sehr für einen Nachtisch gelobt worden. Danke noch einmal, dass du mir die kleine Notlüge gestattet hast.«

Das hatte ich ganz vergessen. Katrin hatte mich vorher gefragt, ob sie die Himbeermousse als ihre Kreation ausgeben dürfe. Ich fand das eine seltsame Idee, dass die Gastgeberin sich mit fremden Federn schmückt, aber bitte.

Selbst ihr Mann glaubt, dass sie das Dessert gezaubert hat. Er kommt jetzt ebenfalls in die Küche und schwärmt von ihrer Himbeermousse. In einer ehrlichen Beziehung könnte Katrin doch spätestens jetzt zugeben, dass ich den Nachttisch zubereitet habe. Aber Eheflunkereien kümmern mich zu dieser Uhrzeit nicht mehr.

Rekil drückt mir noch die Gewürzkiste in die Hand, dann verabschieden wir uns von den Bellags. Ich bin froh, dass der Abend vorbei ist, alle zufrieden sind und wir endlich ins Auto steigen können. Anka quetscht sich auf die Rücksitzbank und schon fahren wir durch die Nacht.

Wie soll ich solche Abende in den letzten Monaten der Schwangerschaft überstehen und wie erst, wenn das Kind auf der Welt ist? Als könne Rekil meine Gedanken lesen, blickt er mich fragend von der Seite an und legt mir, ganz ungewohnt, die Hand auf das Knie: »Alles klar, Chefin? Du siehst sehr müde aus. Ist doch super gelaufen, bei denen kriegen wir bestimmt bald wieder einen Auftrag«, fügt er aufmunternd hinzu.

Das wäre gut, denke ich. Wenn ich mich dann noch bewegen kann, bin ich gern dabei. Laut sage ich: »Ja, war ein toller Abend.«

Rekil fährt mich zu Rosas Wohnung. Er und Anka verabschieden mich heute ganz besonders herzlich und wünschen mir eine gute Nacht.

Ich schleppe mich die Treppen hinauf, komme dabei leicht außer Atem. Bevor ich ins Bett falle, schminke ich mich notdürftig ab.

Ich wache erst wieder auf, als mein Handy am nächsten Morgen klingelt. Ein Blick aufs Display: Jetzt wird es ernst. Christian ist dran.

Unausgeschlafen lange Diskussionen zu führen, zählte noch nie zu meinen Stärken. Zum Glück schlägt er nach einer kurzen, liebevollen Begrüßung: »Na, Superköchin, gut geschlafen?« vor, dass wir uns gegen Mittag im Ostasiatischen Museum treffen. Der Plan: gemeinsames Sushi-Essen mit anschließendem Spaziergang am See, um alles Weitere zu besprechen. Sushi-Essen. Wenn das Doktor Herzog hören würde. Roher Fisch während der Schwangerschaft ist wahrscheinlich verboten. Ich hingegen finde, dass es ganz gut klingt. Denn mir ist gar nicht schlecht heute Morgen.

Sollte die dreimonatige Übelkeitsphase bei mir schon nach acht Wochen vorbei sein? Bin ich überhaupt schon in der achten Woche? Die Berechnung des exakten Fortschritts meiner Schwangerschaft ist für mich als Matheniete eine echte Herausforderung. Diese Wochenrechnung nervt. Ein Zeitgeistphänomen. Als meine Mutter schwanger war, rechnete man noch in Monaten. Da wusste man noch genau, wann das Kind kommt. Da war man neun Monate schwanger und nicht vierzig Wochen. Ich verstehe nicht, warum ich das jetzt plötzlich zehn Monate durchmachen muss. Ist das eine Frage der Globalisierung? Müssen die Kinder größer und kräftiger werden, damit sie den Zivilisationswirren standhalten?

Während ich in Rosas Küche sitze und an einem Milchkaffee nippe, fällt mein Blick auf einen Zettel, den sie mir auf dem Tisch hinterlassen hat. Sie ist mit Freunden in die Eifel zum Wandern gefahren. So sorglos wie Rosa einfach eine Tasche packen und für eine Zeit abtauchen, das würde ich auch gern machen. Ich nehme mir fest vor, Ida zu fragen, ob wir uns noch ein schönes Mädelswochenende machen, bevor unsere Kinder auf die Welt kommen.

Die Zeit bis zur Verabredung mit Christian nutze ich für ein Beauty-Programm. Ich gönne meinen Haaren eine Kurpackung, meiner müden Haut eine Feuchtigkeitsmaske und meinen Händen ein Peeling. Beim Anziehen wird es schwierig, den Knopf meiner Lieblingsjeans zuzubekommen. Mein Busen will im Wet-T-Shirt-Contest mit Pamela Anderson konkurrieren. Das Geld für neue BHs sollte ich bald zur Seite legen. Mit gemischten Gefühlen gehe ich zu dem Treffen mit Christian. Ich habe einen Knoten im Magen, atme nervös, laufe viel zu schnell und knicke auf meinen High Heels am Bordstein um. Ich fühle mich, als müsste ich zu einem Bewerbungsgespräch.

Das Museumscafé gleicht einem Kindergeburtstag. Kinderwagen und spielende Jungen und Mädchen, so weit mein Auge reicht. Hat sich mein Blick verändert? Früher ist mir gar nicht aufgefallen, dass dieser Ort bei Eltern sehr beliebt ist. An jedem zweiten Tisch sitzt eine Kleinfamilie. Direkt vor mir will ein verzweifelter Vater seinem schreienden Sohnemann ein wenig Brei einfüllen. Der Versuch misslingt. Das zappelnde Kindchen spuckt alles auf Papis T-Shirt. Der nimmt es gelassen, lacht, während seine Frau sich gerade hektisch bemüht, das ältere Kind davon abzuhalten, die Milch in den Zuckerbehälter zu schütten. Der Geräuschpegel ist enorm. Ein einziges Rufen, Schreien und Johlen dringt durch die Räume.

Kein Wunder, dass ich Christian hier drinnen nicht entdecken kann. Er hat sich auf die Terrasse verzogen, unbehelligt von den Geschehnissen um ihn herum, ist er in die Sportseiten der *Frankfurter Allgemeinen am Sonntag* vertieft. Das gibt einen Minuspunkt. Warum setzt er sich nicht rein und holt sich eine Portion Familienleben ab? Seine Haltung ist wohl: Ruhe und Muße genießen, solange es noch geht.

Als ich mir einen Weg durch die Kinderwagenfront bahne, stolpere ich über eine Autostraße. Ein kleiner, ungefähr dreijähriger Junge guckt mich wütend an, und ich meine, etwas wie »Blödmann« zu hören. Seine Mutter kann den aufgebrachten Winzling gerade noch davon abhalten, mit einem Auto nach mir zu schmeißen. Geduldig erklärt sie ihm: »Schätzchen, werfen darf man nur Bälle. Autos nicht.« Den Satz hat sie wohl schon öfter wiederholt. Wird es mir auch gelingen, so geduldig und einfühlsam mit einem Kind zu reden? Ruhe und Ausgeglichenheit zählen nicht unbedingt zu meinen Stärken. Dafür besitze ich Konsequenz und Durchsetzungsvermögen. Sind meine Küchenregeln – der Gast darf nicht warten, das Essen muss immer warm sein und auch bei Nörglern immer die Fassung bewahren – auf Kinder übertragbar?

Ich fühle mich in dieser Atmosphäre des prallen Lebens wohl. Am liebsten würde ich Christian um den Hals fallen. Meine Stimmungen wechseln sekündlich, mit diesen tausend Hormonen in meinem Körper spielen die Launen verrückt. Im Moment stehen die Zeichen auf »Ich könnte die ganze Welt umarmen«. Aber ich beherrsche mich und berühre Christian nur dezent am Arm. Sofort blickt er hoch und streichelt mir den Handrücken. Eine komische Geste. Passt so gar nicht zu uns. Als er die Sonnenbrille absetzt, sehe ich seine müden Augen. Wahrscheinlich hat er sich gestern betrunken oder die ganze Nacht ins Kopfkissen geheult, weil er Vater wird. Bevor er ein Wort gesagt hat, bin ich schon wieder sauer auf ihn. Hormonschübe eben. Erst setzt er sich weit weg von allen Kindern, dann guckt er müde aus der Wäsche. Insgeheim hatte ich gehofft, er schmachtet meiner Ankunft entgegen und wedelt schon mit Prospekten für die neuesten Kinderwagenmodelle. Doch davon scheint er Lichtjahre entfernt. Ich habe keine Lust, das Gespräch in Gang zu bringen. Er ist am Zug. Christian sieht das anders. Statt sofort auf den

Punkt zu kommen, bestellen wir etwas zu essen. Wir reden über alles Mögliche, nur nicht über das, worum es eigentlich geht. Über uns.

Christian merkt, dass ich angespannt bin. Er schlägt vor, zu bezahlen und einen Spaziergang zu machen. Vielleicht besser so. Die Situation ist nicht wirklich intim, es sind zu viele Menschen um uns herum. Es ist auch nicht leicht, sich auf eine gemeinsame Zukunft zu konzentrieren, wenn einem kleine Kinder alle zwei Minuten mit einem Bobbycar an das Schienbein fahren.

Schweigend verlassen wir das Café und schlendern langsam um den See. Auch hier begegnen uns spielende Kinder, lachende Väter und Mütter, die Riesentaschen geschultert haben, so als wollten sie von jetzt auf gleich auswandern.

Bis Christian die richtigen Worte findet, vertreibe ich mir die Zeit, indem ich das Leben der anderen beobachte.

»Lillyfee«, leitet er seine kleine Ansprache ein. Das ist schon mal gut. So hat er mich lange nicht genannt. »Lillyfee« nennt er mich nur vor oder nach dem Sex oder wenn er besonders gut gelaunt ist. »Lillyfee«, wiederholt er, »ich habe lange nachgedacht.«

»Das hoffe ich für dich«, rutscht es mir heraus.

»Jetzt lass mich doch weitersprechen. Wir sind doch beide beruflich viel zu stark eingebunden. Gerade jetzt, mit meiner neuen Perspektive, werde ich noch seltener zu Hause sein. Ständige Auswärtsspiele. Können wir nicht mit dem Kinderkriegen noch warten, bis ich mich wirklich etabliert habe in meiner neuen Position?«

»Wie lange, bitte schön, willst du noch warten?«, brülle ich ihn an. »Wie lange dauert es denn deiner Ansicht nach, bis du dich beruflich etabliert hast? Du bist doch seit Jahren in der Sportredaktion, du machst deine Sache gut, jetzt kommt eine neue Aufgabe hinzu, und?«

Ich blicke ihn wütend an und rücke automatisch ein Stück von ihm ab. Ich kann nicht glauben, was ich höre. Aber Christian redet unbeirrt weiter: »Lilly, es ist einfach nicht der richtige Zeitpunkt. Ich fühle mich nicht reif genug, nicht entspannt genug für ein Kind. Bitte lass uns die Familienplanung noch zwei Jahre verschieben. Ich bin mir sicher, dass ich dann so weit bin.«

Ich hätte nicht übel Lust, diesen Mann, den ich bis vor Kurzem grenzenlos geliebt habe, mit einem kräftigen Tritt in den See zu befördern, an dessen Ufer wir entlanglaufen. Anstatt körperlich aktiv zu werden, setze ich zu einer Verbalattacke an: »Hör zu, Christian, Kinderkriegen ist kein Autokauf. Ich kann nicht heute zum Händler gehen und das neueste Babymodell mit Lieferdatum in zwei Jahren bestellen. Es ist auch nicht auf den Punkt planbar, wie du es gern hättest, und, nur zu deiner Information: Ich bin sechsunddreißig Jahre alt und du steuerst mit schnellen Schritten auf die Vierzig zu. Wir werden älter, unsere Körper auch. Nicht nur meiner, sondern auch deiner. Wahrscheinlich können wir froh sein, dass deine Spermien jetzt noch den richtigen Weg gefunden haben und überlebensfähig sind. Ich habe auf jeden Fall keine Lust, darauf zu warten, ob es in zwei Jahren noch einmal funktioniert. Ganz abgesehen davon, bin ich schon viel zu schwanger, viel zu sehr mit dem Gedanken bei dem Kind, als dass ich jetzt sagen könnte: Nee, lass mal. Passt gerade nicht, wir verschieben es auf später.«

Christian versucht, mich in den Arm zu nehmen. Ich stoße ihn weg und rede ruhig weiter: »Ich bekomme das Kind. Ob du willst oder nicht. Auch ohne dich. Vielleicht nehmen wir uns erst einmal eine Auszeit. Du bist ja beschäftigt genug, um das zu verkraften.«

Christian will mich beschwichtigen, nimmt meine Hände und sagt immer wieder: »Lilly, ich liebe dich, ich will dich, ich will dich nicht verlieren. Das kann doch alles nicht wahr sein. Ich kann nur einfach jetzt noch nicht.«

Worauf will dieser Schwachkopf eigentlich warten, schießt es mir durch den Kopf: Dass Schalke 04 Meister wird und er dem Kleinen einen blau-weißen Strampler anziehen kann?

»Nur so viel, Christian, mich gibt es ab sofort nur noch im Doppelpack. Ich will gar keinen Mann lieben, der nicht in der Lage ist, Verantwortung zu übernehmen. Du kannst mich mal. Schönen Sonntag noch. Und tu mir einen Gefallen: Melde dich erst einmal nicht bei mir.«

Ich drehe mich um und laufe schnell in die andere Richtung. Es schmerzt unendlich, dass wir getrennte Wege gehen. Ich fühle mich leer und kraftlos. Meine Arme hängen wie Blei an mir herunter, mein Gang ist schwer. Ich will ihn nicht mehr sehen, es tut einfach zu weh. Eines wird mir immer klarer: Auf Christian, der mich an Regentagen zum Lachen brachte, mit dem ich bis vor Kurzem immer noch dreimal die Woche den besten Sex hatte, kann ich momentan nicht zählen. Ich muss mit jemandem reden, ich will jetzt auf keinen Fall allein sein. Als könnte meine beste Freundin Ida, mein Seelenzwilling, Gedanken lesen, schickt sie mir genau in diesem Moment eine SMS:

Wie läuft es mit Christian? Schon Versöhnungssex? Kaffee danach bei mir?

Als ich Ida die Zusage simse, höre ich Christians Schritte hinter mir.

»Lilly, nun lauf nicht einfach weg.«

Meine Augen füllen sich mit Tränen, in meiner Tasche ballen sich meine Hände zu Fäusten. Wenn wir nicht in einer öffentlichen Parkanlage wären, würde ich wild auf ihn einschlagen. Als könnte das die Mauer, die ihn umgibt, durchbrechen. Ich kann nicht verstehen, warum er nicht an meiner Seite ist.

Wie durch einen Schleier höre ich ihn sagen: »Wir sind schon so lange zusammen, wir finden auch jetzt eine Lösung.«

Immerhin war er in der Lage, das Wort »wir« in einen Satz zu integrieren.

Es ist nicht so, wie ich mir unser Wir-werden-Eltern-Erlebnis erträumt habe. Das ist aber wahrscheinlich alles, was Christian derzeit geben kann. In seinem Gesicht lese ich, dass er meint, Großartiges gesagt zu haben. Hat er für seine Verhältnisse vielleicht auch. Er nimmt mich zärtlich in den Arm und bekräftigt immer wieder, dass er sich bemühen will, aber dass die Schwangerschaft für ihn so überraschend kommt und dass er noch Zeit braucht. »Lilly, ich fühle mich überrumpelt. Du musst auch meine Lebensplanung respektieren. Du bist seit acht Wochen schwanger, ich seit zwei Tagen.«

Wie viel Zeit braucht ein Mann, um eine neue Situation zu verarbeiten? Eine Schwangerschaft dauert vierzig Wochen. Acht davon sind bereits um. Macht noch zweiunddreißig Wochen oder zweihundertvierundzwanzig Tage, in denen er sich auf die neue Rolle vorbereiten kann. Hat uns Frauen mal jemand gefragt, wie wir von jetzt auf gleich mit der Veränderung fertig werden? Also mich nicht. Ich wollte immer ein Kind, aber Heulkrämpfe, Fressattacken, Unsicherheit und Übelkeit habe ich nicht auf dem Bestellschein für werdende Mütter angekreuzt.

Christians Emotionen sind mir nicht stark genug. Will ich ihn so, um jeden Preis? Oder will ich nicht lieber allein mit dem Kind glücklich sein, mit Christian als Teilzeitpapi? Welche Bedingungen kann man an die Liebe knüpfen, ohne jemanden zu verbiegen? Sehr gefasst und für meine Verhältnisse völlig unhysterisch, lege ich Christian meinen Plan dar. Als ich beginne, meine Zukunftsvision zu skizzieren, merke ich, dass ich im Grunde schon lange weiß, wie es weitergeht, aber erst jetzt in der Lage bin, meine Gedanken in Worte zu fassen: »Ich kann eine kleine Wohnung haben. Ganz bei dir in der Nähe. Ich glaube, ich nehme sie erst einmal. Ich will unser Kind. Aber ich hätte mir gewünscht, dass deine Begeisterung größer ist. Ich verstehe, dass du dich nicht von heute auf morgen zum glücklichen werdenden Vater wandeln kannst. Du warst immer ehrlich. Du hast mir immer gesagt, dass du noch keine Kinder willst, vielleicht später oder keine Ahnung. Ich bekomme aber jetzt ein Kind. Und ich möchte, dass es in einer entspannten Atmosphäre groß wird. So wie die

Dinge liegen, ist es besser für alle Beteiligten, wenn wir nicht das klassische Familienmodell planen. Vielleicht kannst du dich mit deiner Vaterrolle anfreunden, wenn du erst einmal Abstand hast. Mein Vorschlag: Wir gehen vorerst getrennte Wege. Zumindest was die Wohnungssituation betrifft.« Ich bin erleichtert und glaube mir wirklich jeden Satz, den ich da gerade so souverän gesagt habe.

Christian blickt mich ungläubig an. »Du kommst nicht zurück?«, fragt er ängstlich. Ich schüttele den Kopf und gehe langsam von ihm weg.

Montagsmodell und Mietvertrag

9. Woche / Gewicht wird verheimlicht / Rückenschmerzen

Montagmorgen im Agrippabad. Achtundzwanzig Grad Wassertemperatur, hundert Prozent Rentnerdichte. An meinem freien Tag ziehe ich Bahnen im Fünfundzwanzig-Meter-Becken. Dabei fallen mir neue Rezepte ein, ich kann wunderbar den Veranstaltungsstress vom Wochenende abbauen und wieder zu mir finden. Das Kachelzählen durch die Chlorbrille hat mich schon immer entspannt. Aus dem Augenwinkel sehe ich Ida in der Nebenbahn. Ihre rote Badekappe ragt aus dem Wasser. Sie schwimmt wie eine Anfängerin. Sogar Hundepaddeln wirkt eleganter. Im Gegensatz zu mir ist Ida keine Wasserratte. Sie steigt nur in ihren James-Bond-Bikini, weil Klaus gelesen hat, schwimmen sei gut für Mutter und Kind. Und Ida macht momentan alles, was Klaus aus Babyratgebern empfiehlt. Gestern Nachmittag, als mich die beiden nach dem Streit mit Christian tröstend in die Arme schlossen, ist mir aufgefallen, dass auch Klaus zugenommen hat. Co-schwanger heißt das wohl. Er behütet Ida wie ein rohes Ei, verbietet ihr, Einkaufstüten zu tragen, Kaffee zu trinken und heißes Badewasser sowieso. Meine Situation ist nicht gerade einfach, aber ehrlich gesagt, Ida ist auch nicht zu beneiden. Gibt es eigentlich Männer, die souverän und entspannt auf die Schwangerschaft ihrer Frau reagieren? Es muss doch ein Verhalten geben, das zwischen dem Gluckenphänomen von Klaus und dem Fluchtverhalten von Christian liegt.

Ida winkt mir vom Beckenrand zu und zeigt in Richtung Dusche.

Heute ist ein besonderer Tag. Nach fünf Jahren Zweisamkeit werde ich gleich einen Mietvertrag ohne Christian unterschreiben. Mir ist zum Heulen zumute. Meine Chlorbrille füllt sich mit Wasser. Sind es Tränen oder ist es nur das Wasser aus dem Becken? Ich bin um zwölf Uhr mit Ulli Kahn in meiner neuen Wohnung verabredet. Bis heute Morgen habe ich gehofft, dass Christian anruft und mir den Auszug ausredet. Trotz vollem Empfang auf dem Handy habe ich alle fünf Minuten überprüft, ob das Telefon auch wirklich funktioniert. Es war mir nicht einmal peinlich, mich selbst anzurufen, aus Angst, ich könnte Christian verpassen.

Als ich endlich zu den Duschen komme, steht Ida noch darunter. Das Gesicht zur Wand, lässt sie sich das warme Wasser über den Rücken laufen. »Diese Rückenschmerzen bringen mich um. Klaus meint, ich solle nicht mehr zum Pilates gehen. Yoga für Schwangere sei viel besser. Außerdem überlegt er, ein Bett zu kaufen, bei dem ich Fuß- und Kopfteil elektrisch regulieren kann.« Ich drehe meinen Duschhahn auf, teste mit den Fingerspitzen den Wärmegrad und antworte Ida: »Du hörst dich an wie meine Oma. Die Zeiten, als wir nach einem Konzert auf Isomatten im Zelt oder nach Partys auf einem Stuhl schliefen, scheinen Lichtjahre entfernt. Du konntest sogar im Stehen pennen. Willst du Sex haben in einem Bett, das normalerweise nur in Rehakliniken steht? Das kann doch nicht dein Ernst sein?«

Ida blickt in meine Richtung, wir müssen beide lachen. Während sie ihre Haare shampooniert, gibt sie zu, dass Klaus wohl selbst gern schwanger wäre. Das liebe ich an Ida: Ihr Mann mutiert zum Hobbygynäkologen und sie behält die Nerven.

Mir fällt auf, dass man ihr die Schwangerschaft noch gar nicht ansieht. Mein Bauch hat jetzt schon die Ausmaße eines Schwimmreifens. Ida wächst bestimmt ein supersüßes Babybäuchlein, das jeder gern anfassen möchte. Mir hingegen werden wildfremde Menschen bei jeder sich bietenden Gelegenheit das neueste Massageöl gegen Schwangerschaftsstreifen empfehlen. Momentan ist sie noch schlanker, als ich es vor der Schwangerschaft gewesen bin. Unsere Körper unterscheiden sich wie ein Porsche Carrera von einer Familienkutsche. Ida ist feingliedrig, ich bin stark gebaut, wie meine Mutter meine breiten Hüften charmant umschreibt. Meine Freundin hat eine elfengleiche Taille, ich quäle mich mit Speckrollen, seit ich denken kann. Während ich noch nicht einmal darüber nachdenke, mit dem Joggen anzufangen, weil ich zwei BHs übereinanderziehen müsste, um meinen Busen im Zaum zu halten, ging Ida früher jeden zweiten Tag laufen. Ohne BH.

Der größte Unterschied zwischen Ida-Elfe und mir: Ihre zarten Füße stecken in Schuhgröße 37, meine in klobigen 41.

Eine halbe Stunde später sitzen wir in Idas Wohnung am Küchentisch. Ich beobachte sie dabei, wie sie einen Apfel klein schneidet und in die Pfanne wirft. Ihre Gesten sind mir vertraut, aber ihr Küchenengagement ist neu. Normalerweise bin ich diejenige, die für uns etwas zu essen macht.

Wir begegneten uns das erste Mal vor mehr als zehn Jahren beim Shoppen. Ich stand gerade vor dem Spiegel mit einer kakifarbenen Dreiviertelhose und einem förstergrünen Wickeltop. An den Füßen: ausgelatschte Turnschuhe. An meiner Seite eine Verkäuferin, die seit einer Viertelstunde auf mich einredete: »Die Farben sind wie für dich gemacht. Auch von hinten eine ganz tolle Silhouette. Das schmeichelt deiner Figur, wirklich.«

Ich drehte mich ungläubig vor dem Spiegel hin und her und sah etwas anderes: Mein BH zeichnete sich unter dem Wickeltop deutlich ab, dieses wiederum spannte unter den Armen, und aus der Dreiviertelhose ragten zwei weiße, dicke Waden. Trotzdem war ich nur allzu bereit, ihr zu glauben. Grundsätzlich vermeide ich diese Beratungsgespräche mit übereifrigen Verkäuferinnen, aber was soll man machen, wenn in der Umkleidekabine kein Spiegel ist. Ich hasse es, wenn ich mich nicht erst einmal allein ansehen kann. Wenn ich noch unschlüssig und schüchtern mit dem neuen Kleidungsstück hinaus in den Laden muss. Immer in der Angst, dass die nächste Kundin hereinkommt und mich in zu engen Hosen überrascht. Keine Chance, sich zehn Sekunden in Ruhe zu betrachten, schon flötet einem die Verkäuferin: »Den Rock habe ich auch«, entgegen.

Genau in dieser Situation betrat Ida damals das Geschäft. Sie ging mit den Händen in Sekundenschnelle über die einzelnen Kleidungsstücke und warf dann einen kurzen Blick zu mir herüber.

»Dieses Modell ist gerade sehr modern. Habe ich in der letzten Woche ganz oft verkauft«, redete die Verkäuferin weiter. Ich war ein bereitwilliges Opfer. Damals in Größe achtunddreißig. Betrat ich einen Laden, witterten Verkäuferinnen sofort eine dicke Provision. Drei billige Komplimente, und ich stand schon an der Kasse. In meinem Kleiderschrank stapelten sich die Fehl- und Frustkäufe. Glockenröcke machen immer breite Hüften. Die zehn Kilo für bauchfreie Tops habe ich trotz Kohlsuppendiät nie abgenommen. Die-weitet-sich-noch-Jeans ist auch dabei. Denn leider hatte ich keine Badewanne, um sie darin anzuziehen.

Nicht dabei – die Kakihose. Ida rettete mich vor einem weiteren Fehlkauf. Als die Verkäuferin zum wiederholten Male »meine tolle Figur« lobte, entfuhr Ida die Bemerkung: »Aber nicht in dieser Hose.« Das war für mich neu, dass andere Kundinnen sich nicht zu Komplizinnen der Verkäuferinnen machten, sondern die Wahrheit sagten. Drei Minuten später stand ich ohne Tüte, aber mit Ida vor dem Laden. Ich lud sie zum Kaffee ein. Ihre spontane Reaktion war der Grundstein für unsere Freundschaft.

Damals war Ida nicht nur frech und vorlaut gegenüber Verkäuferinnen, sondern hatte auch noch eine liebenswerte Vorliebe für Junkfood.

Vergangene Zeiten. Vor Monaten hat Ida Ökonahrung für sich entdeckt und isst morgens warmen Hirsebrei.

Heute die Apfelvariante. Klaus und sie haben jahrelang vergeblich probiert, ein Kind zu bekommen. Ida ging dann zu einer Frauenärztin, die sich auf chinesische Heilkunde spezialisiert hat. Sie nahm täglich stinkende Kräuter zu sich und ließ sich mehrmals akupunktieren, um die Empfänglichkeit anzuregen. Gleichzeitig stellte sie ihre Ernährung auf Bioprodukte um. Da die ganze Prozedur zum Erfolg geführt hat, müssen wir jetzt warmen Hirsebrei essen. Immer noch besser, als dem akuten Kinderwunsch mit Kopfstand nach dem Sex beizukommen. Ich träume gerade von einem Toastbrot oder einem schönen Croissant mit Nutella, als Ida mir zuruft: »Viel oder wenig Zimt?« Zur Freundschaft gehört eben auch, das zu essen, was die andere kocht.

Lächelnd stellt Ida die zwei rosa Schälchen mit Brei vor uns.

Als ich beschließe, das Frühstück zu genießen, schiebt Ida ihr Essen abrupt zur Seite, grinst mich an und sagt: »Es reicht, ich bin schwanger, ich kann diesen Ökobrei nicht mehr sehen, ich esse das jetzt seit einem halben Jahr. Ich habe so einen Heißhunger auf Käsecroissants. Ich gehe zum Bäcker und kaufe uns welche. Selbst wenn ich hinterher die Brötchentüten vor Klaus verstecken muss, um mir keine Moralpredigt anzuhören. Das muss jetzt sein. Kannst du uns in der Zwischenzeit noch einen richtig schönen Kaffee machen? Wenn Klaus nicht das gesamte Pulver weggeschmissen hat, dann müsstest du noch welchen hinten im Schrank finden.«

Das ist meine Ida. Ich erkenne sie wieder. Dieser blinde Schwangerschaftsgehorsam Klaus gegenüber ist nicht normal. Ich hatte schon ganz vergessen, wie unvorsichtig Ida noch vor fünf Monaten war. Sie hat keine Party ausgelassen, liebte Fritten über alles und konnte auch nachts noch drei Espressi trinken, ohne mit Herzrasen wach zu liegen.

Ich glaube, ich hätte Klaus mit seinen Weisheiten und seiner Fürsorglichkeit schon längst vom Balkon gestoßen. Was Christian zu wenig hat, hat er eindeutig zu viel.

Während ich auf Ida warte, stochere ich noch mal im Hirsebrei herum. Schmeckt gar nicht so schlecht. Warm und süß zugleich. Ein echtes Kinderessen.

Mein Blick fällt auf die Küchenuhr, und ich werde nervös. Wenn ich mich jetzt nicht beeile, verpasse ich meinen neuen Vermieter. Fünf vor zwölf. Ich packe meine Sachen und fange Ida, die mitkommen will, im Hausflur ab. Die Croissants essen wir im Auto.

Ulli Kahn wartet bereits vor der Haustür. Er sieht wieder umwerfend aus. Ich sehe mich schon täglich nach Milch und Zucker fragend an seiner Wohnungstür kratzen. Ida sagt leise: »Suchst du eine neue Wohnung, Lilly, oder einen neuen Mann? Der sieht ja super aus.« Sie kriegt sich kaum noch ein, und ich muss sie mit den Worten »Wer ist der Vater deines Kindes?« zum Schweigen bringen.

Der Mietpreis ist schließlich wichtiger als Ulli Kahns Aussehen.

In der Wohnung bespreche ich mit ihm alle Details. Nebenkosten, Sicherheitsschlösser an den Fenstern und Treppenhausreinigung. Ida nickt mir aufmunternd zu, die Räume gefallen ihr. »Lilly, das hier wird doch das Kinderzimmer, oder?« Für einen Moment entgleiten mir meine Gesichtszüge. Ich lege den Finger auf meine Lippen und deute ihr an, nicht weiterzureden, aus Angst, die Wohnung nicht zu bekommen.

»Wie schön, Frau Heiden, Sie sind Mutter? Ich habe auch ein Kind, eine Tochter. Geht Ihres auch schon zur Schule oder noch in den Kindergarten?« Er strahlt mich an, und ich vermute, dass er gleich Fotos aus seiner Brieftasche herausholt.

Soll ich ihm mein einziges Ultraschallbild zeigen? Oder ist das Ganze hier eine Falle, weil er Mieter mit Kindern hasst? Ein gut aussehender, netter und kinderlieber Vermieter, wo gibt es denn so etwas in Deutschland?

Ida löst das peinliche Schweigen auf: »Kindergarten oder Schule, das dauert noch, erst mal müssen wir unsere Kinder gesund zur Welt bringen.« Wieder ganz werdende Mutter, schenkt sie ihm ihr schönstes Lächeln. Ulli Kahn kommentiert die Situation netterweise nicht weiter, sondern bittet mich, den Mietvertrag auf dem Fensterbrett zu unterschreiben. Er bietet mir an, die Wohnung bereits zwei Wochen vor Mietbeginn zu beziehen.

Eine reizvolle Aussicht. Wenn Rekil und Anka mir beim Umzug helfen würden, käme ich schnell wieder in meine eigenen vier Wände. Ulli Kahn überreicht mir die Haustürschlüssel mit den Worten: »So sind Sie unabhängig, Frau Heiden.« Dann verabschiedet er sich.

Fünf Minuten später sitzen wir in Idas Auto und starren durch die Windschutzscheibe. »Der muss doch irgendeinen Fehler haben«, bemerkt Ida kopfschüttelnd. Ich spiele mit dem Haustürschlüssel zu meinem neuen

Lebensabschnitt und sage: »Wieso haben andere Frauen mit solchen Supermännern Kinder? Ich habe dieses zögerliche Montagsmodell abbekommen, das ist wirklich unfair.«

Selbstmitleid hilft bekanntlich nicht weiter, tut aber hin und wieder ganz gut. Ida schiebt eine CD rein, startet den Wagen, parkt aber nicht aus.

»Soll ich mal mit Christian reden?«, fragt sie. »Vielleicht verrät er mir, was er sich dir gegenüber nicht zu sagen traut. Ich bin fest davon überzeugt, dass er dich nach wie vor liebt. Ein Kind kann doch kein Trennungsgrund sein.« Beim Ausparken beugt sie sich so weit es geht vor und schielt über das Lenkrad hinweg, wie viele Zentimeter ihr bis zur nächsten Stoßstange noch bleiben. »Ida, was redest du da? Gerade Kinder führen zu Trennungen. Sex nur, wenn die Kleinen schlafen, Babyschwimmen statt Boutiquenbummel, Still-BH statt Stringtanga. Meinst du, dass Mütter in ihren schlabbernden T-Shirts mit Schwangerschaftsübergewicht und dauermüde eine erotische Herausforderung für die Männer sind?«

»Vielleicht ist es das Geld, Lilly? Er hat Angst vor der lebenslangen finanziellen Verantwortung. Euch nicht gerecht zu werden, wenn er den Job verliert.«

Ich ziehe die Augenbrauen hoch: »Vor welcher finanziellen Verantwortung? Er hat doch ausgesorgt. Christian macht einen Beamtenjob, wenn auch einen der spannenderen Sorte. Aber nenn mir einen Unterschied zwischen einem Staatsdiener und einem Redakteur eines öffentlich-rechtlichen Rundfunksenders. Christian müsste schon während einer Liveübertragung mit dem

Messer auf einen Fußballstar losgehen, um rauszufliegen. Außerdem stimmt es nicht, dass Kinder einen gleich an den Rand der Sozialhilfe bringen.«

Jetzt kratzt Ida an der Stoßstange des kleinen Stadtwagens vor uns. Ohne mit der Wimper zu zucken, rangiert sie vor und zurück, bei dem Auto müssen die Besitzer mindestens das Rücklicht austauschen, wenn sie nicht gleich aufhört.

»Soll ich aussteigen und dich rauswinken?«, biete ich ihr an, ernte aber nur einen wütenden Blick.

»Ich bin schwanger, nicht blind. Sei doch nicht immer so ungeduldig, Lilly.« Schweigend setzt sie mich vor Rosas Wohnung ab. Ich bedanke mich für die gemeinsame Wohnungsbesichtigung und beuge mich beim Verabschieden noch mal zum Fenster: »Nicht alle Männer sind wie Klaus, Ida, ich will Christian nicht drängen. Ansonsten höre ich mir seine Vorwürfe für den Rest des Lebens an. Er muss kapieren, was er verpasst.« Ich winke mit meinem neuen Wohnungsschlüssel und füge, viel souveräner, als ich mich fühle, hinzu: »Manchmal muss man gehen, um wieder zueinanderzufinden.«

Ida nickt, schenkt mir einen Luftkuss und braust in Richtung Innenstadt, um eine Babybadewanne für das KiZi zu kaufen. Den Hirsebrei hat meine Freundin zwar aus der Küche verbannt, aber ansonsten läuft in ihrem Hirn »Baby, Baby, Balla, Balla« in Endlosschleife.

Ein Fehler, dass sie mich allein lässt. Mein neuer Freund fordert sofort sein Recht: Der kleine Hunger, der täglich größer wird, meldet sich erbarmungslos. Mich überfällt eine Heißhungerattacke. Ich kaufe mir ein

Spaghettieis mit extra viel Sahne. Eine Viertelstunde später stopfe ich gierig drei vegetarische Frühlingsrollen beim Thai-Imbiss in mich rein, um dann, mit einem Bismarckheringbrötchen in der Hand und zwei Berlinern in der Tasche nach Hause zu gehen. Garantiert zwei Kilo schwerer.

Tandoori Marsala Chicken

9. Woche / 72 Kilo / striktes Schokoladenverbot

»Hmmh, ja, hier Heiden«, mampfe ich in den Hörer. »Tschuldigung, habe gerade etwas im Mund, Berufsrisiko sozusagen.« Gott, so ein schlechter, uralter Köchinnenwitz und der Typ am anderen Ende der Leitung lacht. Er lässt sich auch nicht davon abhalten, mir einen neuen Auftrag zu geben. Ich kann sowohl das Geld als auch die Ablenkung gut gebrauchen. Catering auf einem Konzert, alle Bandmitglieder sind Vegetarier und spielen am Donnerstag in Köln. Die Kochsituation wird sicherlich hektisch, aber die Stimmung backstage ist meist sehr entspannt.

Ich wähle Rekils Nummer, um mit ihm alles Weitere zu organisieren. Er reagiert zunächst gar nicht, als ich ihm sage, dass wir für »the house boss« arbeiten sollen.

»Kenne ich einen Song von denen, sind die berühmt?«, will er wissen.

»Klar«, entgegne ich ganz selbstsicher, obwohl ich keine Ahnung von den aktuellen Charts habe. »Die haben doch dieses Eislied«, summe ich in den Hörer.

Da flippt Rekil völlig aus. »Mensch, Chefin. Das sind

die coolsten Jungs zwischen Emden und München. Die heißen ›the boss hoss‹.«

»Aha«, murmele ich verständnislos in den Hörer und merke, dass ich einfach nicht mehr zu der Generation gehöre, die am Samstagabend mit einem Clubstempel auf dem Handrücken nach Hause kommt.

Rekil wird ganz euphorisch: »Für die lege ich mich richtig ins Zeug. Denen mache ich ein paar Samosas, da werden sie sich noch Monate später die Finger nach lecken. Dann kann ich mir auch ihre neueste CD signieren lassen.«

Wir verabreden, am Donnerstagmorgen zusammen zum Großmarkt zu fahren. Zwischen Rucola und Radicchio werde ich mit ihm dann noch meinen Umzug besprechen.

Mit dem neuen Auftrag im Gepäck sitze ich im Wartezimmer meines Frauenarztes. Heute ist die erste Kontrolle. Um mich abzulenken, lese ich Frauenzeitschriften. Nur beim Arzt komme ich dazu, das Leben der Schönen und Reichen zu studieren. Aber weiter bringt mich das auch nicht. Wie machen das die Prominenten, immer so perfekt gestylt auszusehen? Naja. Bei dreißig Millionen Dollar pro Film könnte ich mir auch jeden Morgen Haare und Make-up herrichten lassen, bevor ich zum Briefkasten gehe, um die Zeitung zu holen. Kind und Karriere zu vereinen, fällt mit einer Armada Kindermädchen wohl auch nicht mehr schwer. Nur Pretty Woman Julia Roberts hat lange keinen Film gedreht, um sich in Ruhe um ihre Zwillinge zu kümmern, lese ich. Hat ihr offensichtlich gutgetan. Sie ist schon wieder schwanger. Kann ich es mir finanziell leisten, sechs Monate nicht hinter dem Herd zu stehen? Ich blättere weiter und bleibe bei den Kochrezepten hängen. Eines interessiert mich. Langsam trenne ich die Seite aus der Zeitschrift und lasse das Blatt mit dem Rezept für vegetarisches Fingerfood in meine Tasche gleiten. Gerade als ich überlege, ob so etwas eigentlich den Tatbestand des Diebstahls erfüllt, werde ich aufgerufen.

Im Sprechzimmer strahlt mich Doktor Herzog glücklich an. Er scheint erfreut, dass ich schwanger bin. Jahrelang hat er mich sanft gedrängt, endlich mit der Familienplanung zu beginnen. Als ich meine Freunde noch auf ihren Spaßfaktor und nicht auf Familientauglichkeit prüfte, erinnerte er mich in regelmäßigen Abständen an meinen biologischen Countdown.

Zunächst fragt Doktor Herzog die üblichen medizinischen Fakten ab. Übelkeit? Müdigkeit? Dann fordert er mich auf, nach nebenan ins Behandlungszimmer zu gehen.

»So, jetzt wollen wir mal nachsehen, ob sich alles gut entwickelt hat«, sagt er zu mir und weist mit einem sanften Lächeln in Richtung Gynäkologiestuhl.

»Das sieht ja alles bestens aus. Das Baby ist gut gewachsen, acht Zentimeter, die Herztöne sind schon da. Alles wunderbar. Wir können sehr zufrieden sein, Frau Heiden.«

Ohne Vorwarnung schießen mir Tränen in die Augen. Mit einem Mal bin ich erleichtert, mein Herz läuft vor Glück über.

»Sie sind bestimmt eine dieser Superfrauen, die Wasserkisten, Riesenkoffer und Sessel allein durch die Gegend wuchten, bevor sie lange mit einem Mann diskutieren. Schluss damit«, ermahnt mich Doktor Herzog.

Als ich denke, unser Gespräch sei für heute beendet, fragt er mich, ob ich eine Fruchtwasseruntersuchung machen möchte.

»Sie sind über fünfunddreißig, da wird diese Art von Untersuchung empfohlen. Ich denke aber, es genügt, wenn wir zunächst warten, ob in der zwölften Woche alles mit der Nackenfalte in Ordnung ist.«

Welche Nackenfalte, was meint er genau? In diesem Moment bereue ich, bisher keine Babyratgeber gelesen zu haben.

Doktor Herzog bemerkt meine Verwirrung.

»Wir können in der zwölften Woche mit einem Test die Nackenfalte messen. Wenn sie nur wenige Millimeter dick ist, dann kann man eine Trisomie 21 ausschließen und davon ausgehen, dass mit dem Kind alles in Ordnung ist. In diesem Fall könnten wir auf eine Fruchtwasseruntersuchung verzichten. Die Entscheidung liegt allein bei Ihnen.«

Ich beschließe, diesen Test auf jeden Fall durchführen zu lassen und auch mit Ida darüber zu sprechen.

Zum Abschied lächelt Doktor Herzog und bittet mich, noch ins Labor zu gehen.

»Wir müssen Sie noch wiegen und Ihnen Blut abnehmen. Außerdem stellt Ihnen meine Sprechstundenhilfe heute den Mutterpass aus.«

Er hat es gesagt, das magische Wort: Mutterpass. Wie das klingt: Ich habe einen Mutterpass. Ich kann es gar nicht glauben. M-A-M-A, geht es mir durch den Kopf.

»Zweiundsiebzig Kilo bei Frau Heiden, Steffi!«, brüllt die Assistentin durch das Labor. »Trägst du es bitte in ihren Pass ein?«

Carmen, die blonde Labormaus von Doktor Herzog, blickt mich aufmunternd an. »Wie viel haben Sie gewogen, Frau Heiden? Vor der Schwangerschaft«, fügt sie schmunzelnd hinzu.

Carmen wiegt höchstens zweiundfünfzig Kilo, und das bei einer Größe von über einem Meter siebzig.

Ich schaue auf ihre weiße Jeans in Größe 28/29, ihre weißen Clogs, und bin mir sicher, dass sie selbst mit diesen schweren Holzpantinen nur zweiundfünfzigeinhalb Kilo auf die Waage bringt.

»Ich weiß es nicht«, gestehe ich kopfschüttelnd. Es stimmt wirklich. Ich kann mich nicht erinnern, wann ich mich das letzte Mal bewusst auf eine Waage gestellt habe. Es muss Jahre her sein. »Ich meine, ich hätte dreiundsechzig Kilo gewogen.« Hört sich gut an, denke ich. Dreiundsechzig Kilo bei einer Größe von ein Meter fünfundsiebzig entspricht zwar keinen Modelmaßen, ist aber nicht so schlecht.

»Na, dann stellen Sie sich vielleicht noch mal drauf«, sagt Carmen und schiebt mich unerbittlich wieder in Richtung Waage. Ich kann es nicht fassen. Die Anzeige bleibt erneut bei zweiundsiebzig Kilo stehen. Das darf doch nicht wahr sein. Ich habe schon in den ersten acht Wochen der Schwangerschaft neun Kilo zugenommen. Wie soll das enden? Carmen scheint ähnlich entsetzt. Denn sie blickt dreimal auf die digitalen Ziffern, bevor sie die Kilos in den Mutterpass einträgt. Dann versucht sie mich zu trösten: »Wahrscheinlich lag Ihr Ausgangsgewicht eher bei achtundsechzig Kilo, dann ist es jetzt nicht so viel mehr.«

Oh, danke, ich war also schon vor der Schwangerschaft eine fette Kuh, oder was möchte mir dieses Klappergestell mit ihrer sanften Stimme mitteilen?

Ich halte den Mutterpass in den Händen. Ich bin stolz, einen zu haben, aber ich werde ihn garantiert niemandem zeigen. Diese fiese Kilozahl darf niemals das Licht der Öffentlichkeit erblicken.

Wenn ich zu Hause bin, muss ich Ida anrufen und sie fragen, wie viel sie in den ersten Wochen zugenommen hat. Maximal drei Gramm, vermute ich.

Heißhungergefühle werde ich ab sofort mit einem Apfel oder einer Möhre bekämpfen. Es gilt das totale Schokoladenverbot.

Carmens letzter Trostversuch ist die Aussage, dass jeder Raucher zunimmt, wenn er mit dem Qualmen aufhört.

Ich überlege, ab wann ich meine Garderobe komplett auf Umstandsmode umstellen muss. Noch trete ich in die Pedale gegen Kleidergröße sechsundvierzig an.

Als ich mit meinem Fahrrad um die Ecke biege, sehe ich Ida vor Rosas Haustür. Sie winkt mir zu. »Überraschung«, ruft sie. »Ich brauche Asyl. Ich halte es nicht mehr aus zu Hause. Ich bin geflüchtet, ohne mich zu verabschieden. Madonna, Dixie Chicks. Darf ich jetzt alles nicht mehr hören. Klaus kam gerade mit einer Mozart-CD für Babys nach Hause. Die Musik soll angeblich den IQ schon im Mutterleib nach oben katapultieren. Der macht mich wahnsinnig. Mir reicht es langsam. Klaus war doch nicht immer so. Hoffentlich wird er wieder normal, wenn das Kind auf der Welt ist.«

Rosas Singlehöhle entwickelt sich langsam zum Zufluchtsort für Schwangere. Während ich uns einen Kaffee mache, blickt Ida sich suchend in der Wohnung um und fragt: »Wo ist Rosa eigentlich? Geht sie gerade mit fünf Hunden Gassi, sterilisiert Kätzchen aus der Nachbarschaft oder ist sie nur vor deinen Küchendünsten geflüchtet?«

»Nein«, entgegne ich lachend, »Rosa feiert ihre Überstunden ab und ist mit einer Freundin nach Marbella geflogen. Natürlich liegt sie nicht wie wir einfach nur am Strand, sie hilft bei einem Projekt mit spanischen Straßenhunden.«

»Wieso ziehst du überhaupt aus? Rosa ist doch sowieso nie da. Entweder arbeitet sie oder ist im Urlaub.«

»Ich will mir aber das Sofa nicht mehr mit der Katze teilen. Ich will endlich wieder in meinem eigenen Bett schlafen.«

Ida nickt verständnisvoll und kramt in ihrer Handtasche minutenlang nach einem Zettel. »Hier, das sollte ich dir schon vor Tagen von Klaus geben«, sagt sie und reicht mir einen Umschlag.

»Eine Liste mit Hebammen? Was soll das denn?«, frage ich irritiert.

Ida schüttelt den Kopf. »Jetzt dreht er völlig durch. Ich wusste nicht, dass er dir so etwas schreibt. Der kann es einfach nicht lassen. Nicht nur, dass er mich rund um die Uhr mit Babytipps versorgt, jetzt musst du auch dran glauben.«

Ich falte langsam den Zettel zusammen, streiche

über die Papierkanten und sage gerührt: »Es ist doch ganz süß, dass Klaus an mich denkt, dass er sich sorgt.«

Ida lächelt mich an: »In Maßen ist Klaus mit seiner Fürsorge kein Problem. Aber ich habe gerade eine Überdosis, und gegen Klaus, den Babynator, haben wir beide keine Chance.«

Ida liegt entspannt auf Rosas Sofa, hat sich die Schuhe ausgezogen und zappt durch das nachmittägliche Fernsehprogramm. Sie behauptet, sich aus beruflichen Gründen die Outfits der Fernsehrichter anschauen zu müssen.

Ich vermute, dass sie eine heimliche Schwäche für Nachbarschaftsstreitigkeiten und Eheprobleme hat.

»Habe ich für die organisatorischen Dinge nicht sechs Wochen Mutterschutz?«, rufe ich aus der Küche.

Aber mir antworten nur die streitenden Fernsehgäste aus der Gerichtsshow. Auch wenn Ida gerade die Nase von Geburtsvorbereitungskursen, Kreißsälen und Still-BHs voll hat, muss sie mir eine Frage beantworten. »Aber es war schon wichtig, dass Klaus dich zur Nackenfaltenuntersuchung begleitet hat, oder?« Ida hat die Untersuchung gerade hinter sich.

Sie richtet sich auf und schwingt die Beine auf den Boden: »Ohne ihn hätte mich das schon gestresst. Immerhin geht es ja um etwas. Es war schön, ihn an meiner Seite zu haben. Ich hätte natürlich darauf verzichten können, dass Klaus meinem Frauenarzt gegenüber etwas ausfallend wurde, weil er der Meinung war, das Ultraschallgel hätte für mich und das Baby die falsche Temperatur.«

Wir müssen beide herzhaft lachen. Trotzdem werde ich ganz sentimental. Wer begleitet mich zu diesem wichtigen Termin? Wenn ich Glück habe, dann halten vielleicht Rekil und Anka meine Hand. Ich muss plötzlich heulen. Diese Hormone bringen mich noch um. Da freut man sich, dass die monatlichen Kopfschmerzen und die Schlechte-Laune-Attacken ausbleiben, und im Gegenzug gibt es Achterbahnfahrten der Gefühle.

Ida tröstet mich und wird für ihre Verhältnisse richtig wütend:

»Es reicht, ich rufe Christian an. Er nimmt das Ganze ein bisschen zu leicht. Ich nehme es nicht mehr hin, dass er meine beste Freundin so schlecht behandelt. Wo andere ein Herz haben, hat er einen Fußball sitzen.«

Ich bin skeptisch. »Willst du ihn mit eurer Bibliothek an Babyliteratur in einen stolzen Vater verwandeln? Sei nicht naiv, Ida. Aber bitte, ruf ihn an, vielleicht gelingt dir ja das Unmögliche.«

Ich sehe die beiden schon in Christians neuem Lieblingscafé Metzgerei Schmitz sitzen. Er an einem Cappuccino nippend, sie einen Roibushtee vor sich. So unterschiedlich wie die Getränke sind auch ihre Ansichten zum Thema Kinder.

Warum sollte Ida gelingen, woran ich seit Wochen scheitere? Aber es ist wunderbar, eine Freundin zu haben, die für mich kämpft.

Das Fernsehgericht muss das Urteil ohne Ida fällen, denn meine beste Freundin darf das machen, wovon viele Frauen träumen: exzessiv einkaufen in einer Edelboutique in der Kölner Innenstadt. Ida legt die Fernbedienung auf den Couchtisch und stöhnt:

»Ich kann keine Handtaschen mehr sehen, Röhrenjeans machen mich aggressiv und Wickelkleider aus New York würde ich am liebsten direkt in die Altkleidersammlung werfen.«

Erstaunt blicke ich sie an und erkenne meine Shoppingqueen nicht wieder: »Vor dir ist doch normalerweise keine Boutique sicher. Du kannst auf High Heels durch die Läden laufen und nach fünf Stunden aus dem hintersten Regal ein Oberteil ziehen, das Begeisterungsstürme auslöst. Was ist denn los mit dir?«

Ida zieht sich die Schuhe an, bindet ihre Haare mit einer lässigen Drehung zusammen, und auf dem Weg zur Tür sagt sie:

»Boutiquebesitzerinnen auf Dauerdiät langweilen mich immer mehr. Weißt du eigentlich, wie schön es ist, mit dir normal essen gehen zu können, Lilly? Du sagst nie: Ich bin schon satt, nachdem du zum Frühstück eine halbe Melonescheibe gegessen hast. Ich mache Termine auf dem Stepper im Fitnessstudio, da meine Kunden ihren Pomodorinisalat noch abtrainieren müssen.«

»Eine so konsequente Abneigung gegen Essbares wäre für mich existenzschädigend«, entgegne ich.

Aber Ida ist voll in Fahrt: »Ich will endlich wieder unter normale Menschen und nicht immer Angst haben müssen, dass ich die Moderatorin nach zwei Wochen nicht mehr erkenne, da sie schon wieder fünf Kilo abgenommen hat!«

Unter Gelächter verabreden wir uns zu einem Mittagessen in der Pommesbude.

Idas Sorgen mit der Kleiderwelt erinnern mich daran, dass ich endlich offen mit meinen Mitarbeitern reden muss. Diese Geheimniskrämerei ist unfair.

Heute ist Dienstag. Der Tag, an dem Rekil seinen Eltern gehört und ihnen im Restaurant hilft. Als Anka und ich das Tandoori Palace gegen halb drei betreten, ist der Ansturm des Mittagessens bewältigt. Rekil holt uns drei Lassis, und zu den Klängen der Sitar nehmen wir in einer ruhigen Ecke Platz.

»Was ist los, Chefin? Was kann nicht bis Donnerstag warten? Willst du uns kündigen? Hat sich die Zahnarztgattin über die Rechnung beschwert oder warum sitzen wir hier?«

Anka schiebt noch lächelnd hinterher: »Oder willst du uns sagen, dass wir endlich alle zusammen eine Kochshow im Fernsehen kriegen?«

»Ihr seid beide leider überhaupt nicht dicht dran. Ganz kalt. Alles falsch.«

Rekil malt ein großes Fragezeichen in die Luft, Anka murmelt: »Sie will heiraten und aufhören zu arbeiten. Der scheue Sportmann aus dem Fernsehen ist bekehrt.«

»Nein, ich werde nicht heiraten«, entgegne ich heftig. »Wie ihr wisst, bin ich bei Christian ausgezogen. Wir haben uns vorläufig getrennt. Ich habe bereits eine neue Wohnung. Am Wochenende kann ich einziehen. Also meine erste Frage: Wer von euch beiden hat Zeit, mir morgen beim Streichen zu helfen, und Lust, am Wochenende ein paar Kisten zu schleppen?«

Ihre Begeisterung hält sich in Grenzen.

»Das ist alles? Deshalb haltet ihr mich von der Arbeit

ab? Du brauchst Packesel, Chefin? Das sind echte Neuigkeiten. Da habe ich gleich bessere für euch.«

»Stimmt«, fügt Anka hinzu. »Warum hast du uns das nicht am Handy gesagt? In Tschechien machen auch immer die Freunde den Umzug. Klar helfen wir dir.«

Sie nimmt einen kräftigen Schluck von ihrem Mangolassi. »Ich kenne die Bundesliga nicht und mit deutschen Männern habe ich wenig Erfahrung, aber Christian fand ich immer sehr nett. Was ist los beim Traumpaar?«

Ja, wenn das so einfach zu beantworten wäre.

Ich merke, wie Wut, Ärger und Enttäuschung in mir hochsteigen.

»Ich bin schwanger.« Weiter komme ich nicht. Anka und Rekil sind sofort ganz aufgeregt. Fast gleichzeitig springen sie hoch und umarmen mich. Dabei reden sie wild durcheinander. »Das ist doch super!«

»Wie geht es dir?«

»Deshalb bist du immer so blass. Wir haben uns schon gewundert, warum du nicht mehr rauchst.«

»Wie weit bist du? Wann kommt das Baby? Wird es ein Junge oder ein Mädchen?«

»Was ist mit Christian?«, wollen sie unisono wissen. »Freut er sich?«

»Das ist das Problem. Er will zum jetzigen Zeitpunkt kein Kind.«

Anka und Rekil blicken mich fassungslos an. Anka findet als Erste die Sprache wieder: »Spinnt der? Worauf will er warten? Dass er Scheffe vom Sportfernsehen wird?«

Rekil reagiert ähnlich verstört: »Ihr seid doch ewig zusammen. Und, Chefin, auch wenn du super aussiehst, du bist nicht mehr die Jüngste. Ihr müsst das Kind kriegen.«

»Das Baby war nicht geplant«, werfe ich ein.

»Planen«, sagt Rekil, und Anka nickt zustimmend, »das klingt so typisch deutsch. Häuser, Reisen, eine Menüabfolge kann man planen, aber Kinder bekommt man einfach.«

Wir müssen alle drei lachen.

Rekils Vater wird ungeduldig und ruft aus der Küche seinen Sohn. Rekil reagiert für seine Verhältnisse unwirsch. »Papa. Ich kann jetzt nicht. Wir brauchen noch eine halbe Stunde. Dann helfe ich dir beim Einlegen der Kichererbsen, und ja, das Naan backe ich auch.«

»Was ist los bei unserem Dreier?«, fragt Anka erstaunt.

»Trio«, korrigiert sie Rekil mit Blick in Richtung seines Vaters.

Anka hakt sich bei ihm ein: »Lillys Geschichte gefällt mir. Willst du mit mir auch eine Familie gründen?«

Rekil macht ein geheimnisvolles Gesicht, greift in seine Jeanstasche und faltet langsam ein Blatt auseinander.

»Nein, aber vielleicht kannst du bald meine Fanpost bearbeiten.«

»Was soll das denn heißen?«, frage ich überrascht.

»Mädels, ich weiß auch nicht, wie es passiert ist. Aber ich werde berühmt.«

»Kannst du bitte mal aufhören, in Rätseln zu sprechen?« Ich werde ungeduldig.

Rekil lässt sich nicht aus der Ruhe bringen und erzählt uns der Reihe nach, was in den letzten Wochen passiert ist. Ein Fernsehproduzent, der Stammkunde im Restaurant seiner Eltern ist, hat ihn beobachtet.

»Er fiel mir mit seinen Sonderwünschen und Fragen nach indischen Spezialitäten auf. Als ich vor zwei Monaten unseren Dauerbrenner Tandoori Marsala Chicken für ihn um Bambusstreifen ergänzte, war er völlig aus dem Häuschen. In einem einstündigen Gespräch erzählte er mir von seinem Job als Produzent einer erfolgreichen Kochshow und der Idee, dorthin regelmäßig junge Köche mit exotischen Kochkenntnissen einzuladen. Bevor ich lange überlegen konnte, hatte er mich zu einem Casting gebeten. Er wollte sehen, ob ich gleichzeitig kochen und reden kann vor der Kamera.«

»Das hast du uns alles verschwiegen?«, fragt Anka entrüstet und fährt fort: »Lernst du jetzt Tim Mälzer kennen?«

Ich denke, wenn einer diese Chance verdient, dann Rekil. Ich kann mir gut vorstellen, dass er bei den weiblichen Zuschauern die Quote in die Höhe treiben wird.

Rekil erzählt weiter. »Der Termin war total chaotisch. Ich musste fünfmal die Soße neu anmachen, weil entweder der Ton zu leise, das Licht zu hell oder die Kamera unscharf war. Wenn wir ein großes Event haben, geht es schon hektisch zu. Aber kein Vergleich mit Fernsehaufnahmen. Fünfzig nervöse Menschen in einem Studio, die alle durcheinanderrennen, das Ganze für ein fünfminütiges Demoband. Keiner hat Ahnung vom Kochen, aber jeder sagt mir, was ich machen soll.«

Rekil sitzt stolz an seinem Platz. Ich bin fast ein wenig neidisch auf seine jungenhafte Offenheit. Keine Spur von Skepsis. »Aber du musst die Situation ja super gemeistert haben, wenn sie dich nun schon für eine ganze Sendung haben wollen. Ein echter Karrieresprung«, sage ich anerkennend.

Anka stellt die Frage, vor deren Antwort ich am meisten Angst habe: »Willst du uns verlassen? Arbeiten wir dann nicht mehr zusammen? Wer korrigiert dann mein Deutsch?«

Rekil schüttelt heftig den Kopf: »Seid ihr wahnsinnig? Das ist doch zunächst nur eine Sendung. In fünf Wochen machen wir die Aufzeichnung. Wenn das gut läuft, kann ich da ab und zu einspringen. Und versprochen: Von meiner ersten Fernsehgage lade ich euch zum Essen ein. Ich brauche euch doch. Ihr müsst mich beraten bei der Auswahl des Rezeptes und beim Styling. Die Fernsehfuzzis wollten mir in der Probesendung einen Turban aufsetzen. Dagegen habe ich mich aber gewehrt.«

Ein ruhiges Gespräch ist nicht mehr möglich, Rekils Vater ist jetzt richtig nervös, das Abendgeschäft muss vorbereitet werden. Er duldet keinen Aufschub mehr.

Anka fragt noch schnell: »Meinst du, sie geben dir Autogrammkarten beim Fernsehen? Dann schicke ich meiner Mutter eine nach Prag und gebe mit dir an.«

Rekil verdreht die Augen: »Halt mal den Ball flach, Anka. Apropos Ball, was macht eigentlich unser Sportsfreund am Wochenende? Packt der wenigstens mit an?«, fragt er mit vorwurfsvollem Blick in meine Richtung.

Ich stehe auf, rücke den Stuhl an den Tisch und greife an der Theke nach einem Bonbon aus der Glasschale: »Zwischen uns herrscht Funkstille. Ich kann ihn nicht anrufen. Jede Begegnung mit ihm regt mich auf. Ich organisiere noch zwei Studenten, die tragen helfen, dann wird es für euch nicht so viel Arbeit.«

Anka und Rekil sehen nicht gerade begeistert aus, nicken aber verständnisvoll.

Als wir uns am Donnerstag beim Catering wiedersehen, hat Rekil die perfekte Umzugsstrategie parat: »Du schleppst keinen einzigen Karton. Du packst leichte Kisten, mit denen sprinten wir die Treppen rauf und runter. Und ehe du dich versiehst, bist du in deiner neuen Wohnung.«

Ich hoffe, der Umzug läuft ähnlich entspannt wie unser Catering an diesem Abend. Die Jungs und ihre Crew sind so pflegeleicht, dass Anka und ich sogar Zeit haben, bei der Zugabe im Backstage-Bereich zu tanzen. Ich fühle mich frei und beschwingt. Fast leicht. Und das bei mittlerweile dreiundsiebzig Kilo. Zum ersten Mal kann ich mir, zumindest für drei Songs, vorstellen, ohne Christian auszukommen. Ich will nicht länger auf ihn warten. Besser ein Leben mit viel Organisationsstress und Eigenverantwortung als einen dauernörgelnden Partner, dessen schlechtes Karma mir und dem Baby die Stimmung vermiest. Soll er doch Torwandschießen üben bis zur Rente.

Am Tag darauf meldet sich der Bandmanager und fragt, ob ich Lust hätte, mit meinem Team die ganze Tournee kochend zu begleiten. Ich lehne dankend ab. An fünfunddreißig Abenden die gleichen Songs zu hören, würde mir keinen Spaß bereiten. Vor Kurzem noch hätte ich den Job sofort angenommen. Doch nun wünsche ich ihnen Erfolg und freue mich auf ein Wiedersehen beim nächsten Gig in Köln.

Meine Glückssträhne hält an. Der Umzug am Wochenende verläuft wirklich genauso reibungslos wie der letzte Job. Die Studenten stehen pünktlich auf der Matte, Anka, Rekil, Klaus und Rosa helfen. Christian ist bei einem Auswärtsspiel, sodass wir in Ruhe die Sachen aus unserer gemeinsamen Wohnung tragen können. In weniger als fünf Stunden stehen meine Möbel in den neuen vier Wänden, und die meisten Kisten sind bereits ausgepackt. Ida hat inzwischen für alle gekocht. Heute: Rote Linsen mit Würstchen.

Ich genieße die kleine Party zum Einzug, bin aber auch froh, als alle am Abend gehen.

Die ungewohnte Ruhe ist seltsam. Für einen Moment fehlt mir sogar Pinky. Ich habe Rosa und Pinky zum Abschied einen Katzenkratzbaum geschenkt. Damit sie mich nicht vergessen.

Ich überlege, wann ich mich wohl in meinen zweieinhalb Zimmern heimisch fühlen werde. Es ist lange her, seit ich das letzte Mal allein geschlafen und gefrühstückt habe.

Bevor mir die Augen zufallen, nehme ich mir noch vor, etwas Wunderbares zu träumen. Denn wie heißt es doch: Was man in der ersten Nacht an einem neuen Ort träumt, erfüllt sich. Schade nur, dass ich mich am nächsten Tag an rein gar nichts erinnern kann.

Flirt- und Fahrpraxis

10. Woche / 74 Kilo / Wassereinlagerungen

Seit einer Woche wohne ich nun allein. Es fühlt sich gut an. So langsam steht alles an seinem Platz. Was allerdings auch immer mehr Raum braucht, ist mein Bauch. Die zehnte Woche und ich sehe aus, als hätte ich mich nur von Chips und Walnusseis ernährt. Meine Knöchel sind angeschwollen. Mein Bauch wölbt sich. Wer es jetzt nicht sieht, muss blind sein.

Heute kommen meine Eltern. Antrittsbesuch in der neuen Wohnung. Sie stehen immer noch unter Schock, dass Christian und ich uns getrennt haben. Den zweiten Schock bekommen sie heute, wenn sie von der Schwangerschaft erfahren.

Ich habe die halbe Nacht gegrübelt, wie ich es ihnen schonend beibringe, dass ihr erstes Enkelkind vielleicht ohne Vater aufwächst. Am Morgen habe ich mich gerädert für folgende Sätze entschieden: »Ihr wolltet doch schon immer Großeltern werden. Jetzt ist es so weit.« Oder die abgemilderte Variante: »Was haltet ihr davon, hin und wieder auf ein kleines Baby aufzupassen?«

Ich werde es einfach auf mich zukommen lassen, beruhige ich mich. So wie meine Eltern ticken, kann man ihre Reaktion nicht vorhersehen.

Wirklich liebe, nette Menschen. Meine Mutter ist die fleischgewordene Bürokratie. Eine pensionierte Chefsekretärin, die in ihrem ganzen Leben nie einen chaotischen Schreibtisch hinterließ, nie mit Flecken auf der Bluse im Büro auflief und den Fahrplan der Deutschen Bundesbahn für ihren Chef auswendig aufsagen konnte.

Mein Vater nicht minder korrekt: In Gedanken immer bei seiner Arbeit beim Kölner Grünflächenamt. Er steht kurz vor der Rente. In seiner langen Beamtenlaufbahn hat er sich stets über die leeren Kassen der Kommune aufgeregt. »So weit ist es schon gekommen. Kein Geld, um Narzissen auf dem Mittelstreifen zu pflanzen. Die Stadt verkommt zusehends.«

Ich kann seine Probleme so wenig nachvollziehen wie er meine Lust, für andere Leute am Herd zu stehen. Meine Eltern und ich bilden zwei Pole, die sich nicht immer anziehen. Meine Mutter behauptet in regelmäßigen Abständen: »Früher warst du so ein nettes Kind. Und wir haben uns immer gut verstanden.« Wann war dieses Früher? In meiner Erinnerung haben wir uns schon vor Jahren auseinandergelebt und behandeln uns heute mit einer Art höflichem Respekt.

Das alles geht mir durch den Kopf, während ich den Kuchenteig knete. Immerhin bin ich insoweit eine perfekte Tochter, dass ich brav einen Kuchen backe, wenn die Eltern zu Besuch kommen. In diesem Moment wünsche ich mir, wie so oft schon, eine Schwester oder einen Bruder. Irgendjemanden, der die gleichen Eltern hat und versteht, dass ich sie als komisch und weltfremd empfinde. Wenn ich mit Christian über meine Eltern reden wollte, dann sagte er immer nur: »Ach, Lilly, was willst du denn? Sie werden einfach alt, aber sie sind doch nett.« Es wundert mich nicht, dass Christian meine Eltern sympathisch findet. Mein fußballbegeisterter Vater ist unendlich stolz auf ihn, weil er für die Sportschau arbeitet. Die beiden haben immer ein Gesprächsthema. Meine Mutter findet ihn gut aussehend, höflich und war glücklich, wenn er überschwänglich ihren selbst gemachten Erdbeerkuchen in den Himmel lobte. Was will man mehr.

Die werden sich freuen, wenn sie die Neuigkeiten hören. Getrennt und schwanger.

Bislang haben meine Eltern die Tatsache, dass ich nicht mehr bei Christian wohne, verdrängt.

Sie sind weit davon entfernt, liberal und entspannt zu sein. In ihrer Welt hat alles seine feste Ordnung, da passt keine alleinerziehende Tochter hinein.

Kinderkriegen ist in jeder Hinsicht schwierig.

Pünktlich, als ich den Pfirsichkuchen aus dem Ofen hole, klingelt es. Schweren Schrittes höre ich meine Eltern die Treppe hochkommen. Meine Mutter sieht wieder aus, als wolle sie im Anschluss an unser Kaffeetrinken ins Theater. Total aufgebrezelt. Eine seltsame Angewohnheit von ihr. Ihr Outfit verleiht den Besuchen bei mir immer einen offiziellen Charakter. Ich frage mich gerade, wann ich sie das letzte Mal in einer Jeans gesehen habe. Besitzt sie überhaupt eine?

Mein Vater dagegen: wie immer sehr lässig. Cordhose, Turnschuhe und ein seltsames Hemd. Er hat zwar keinen guten Geschmack, aber immerhin macht er keinen Staatsakt aus einer sonntäglichen Familienzusammenkunft.

»Hallo Bärchen«, ruft meine Mutter durch das Treppenhaus. Ein Albtraum. Ich bin über dreißig, und sie verwendet immer noch meinen Spitznamen aus Kindertagen. Hoffentlich hat Ulli Kahn das nicht gehört. Das tue ich meinem Kind garantiert nicht an, schwöre ich mir im Stillen.

Mein Vater grummelt leise: »Hallo, wie geht's?«, und drückt mich etwas unbeholfen an seinen dicken Bauch.

Meine Mutter zupft sofort an meinem Haar herum und schiebt mich sanft in die Wohnung zurück.

»Oh, das ist ja schon ganz schön hier, aber doch sehr viel kleiner als vorher«, entfährt es ihr. Ihrem Gesichtsausdruck entnehme ich, dass sie die Wohnung scheußlich findet. Das hatte sie sich anders vorgestellt. Ihre einzige Tochter sollte doch bitte etwas Besseres zustande bringen, als verlassen zu werden und in eine kleine Mietwohnung zu ziehen.

»Setzt euch doch, zieht eure Jacken aus. Ich koche schnell Kaffee«, sage ich viel zu laut.

Mein Vater geht langsam durch die wenigen Zimmer und redet leise vor sich hin: »Hier fehlt noch Licht, und was ist das denn für ein Boden?«

Mein ganzer Stolz, die alten Dielenböden, findet vor den Augen meiner Eltern keine Gnade. Während die beiden mein neues Reich bewundern, stelle ich die mitgebrachten Blumen in die Vase.

Die Stimmung ist seltsam. Ich habe meine Eltern schon lange nicht mehr allein gesehen. Wenn sie mich besucht haben, war Christian immer dabei. Da gab es dann glücklicherweise keine peinlichen Schweigeminuten.

Jetzt ist es anders.

Wie drei Fremdkörper hocken wir auf unseren Stühlen und schieben jeder lautlos ein Stück Kuchen in den Mund. Ich muss etwas sagen. Aber wie? Einfach mit der Tür ins Haus fallen? Meine Mutter macht es mir leicht. »Hast du großen Liebeskummer, Bärchen? Du hast zugenommen. Das ist doch keine Lösung, den ganzen Tag Schokolade zu essen, wenn es mit den Männern nicht klappt.«

Warum hat eigentlich noch niemand meine Mutter als Kummerkastentante für eine Frauenzeitschrift engagiert?

»Ja, ich habe zugenommen. Aber nicht nur, weil ich etwas mehr Schokolade gegessen habe, sondern noch aus einem anderen Grund«, entgegne ich leicht gereizt. Wir sehen uns im Abstand von vier Wochen und jedes Mal kommentiert meine Mutter mein Gewicht. Sie hatte immer Kleidergröße sechsunddreißig. Ihr ganzes Leben lang.

Niemand kann mich so schnell von null auf hundert bringen wie meine Mutter.

Sie sieht mich fragend an. Mein Vater blickt auch ratlos.

»Hast du eine schlimme Krankheit? Musst du Tabletten nehmen?«, fragt mein begriffsstutziger Vater besorgt.

»Nein, das ist es nicht. Es ist eigentlich ein ganz schöner Grund. Ich werde auch noch sehr viel dicker werden.«

Meine Mutter lässt die Gabel fallen, meinem Vater rutscht der letzte Bissen Kuchen aus dem Mund.

»Bist du schwanger?«, rufen sie fast im selben Moment.

Bevor ich antworten kann, redet meine Mutter schon weiter.

»Wieso bist du dann ausgezogen? Wieso ist Christian nicht bei dir, wie könnt ihr euch jetzt trennen? Eine Familie gehört doch zusammen.«

Den restlichen Vortrag über Verantwortung, Vertrauen und Verlässlichkeit höre ich wie durch einen Schleier. Ich hatte geahnt, dass meine Eltern wie immer erst einmal alle Schwierigkeiten und Probleme sehen würden, die auf mich zukommen. Immerhin gelingt es meinem Vater, mich herzlich zu umarmen.

Er ist kein großer Redner, aber ich spüre seine Wärme. Meine Mutter hingegen spricht immer weiter: »Wie konnte das passieren, Lilly?«

Das Baby scheint die Situation nicht zu mögen. Es rumort kräftig in mir, und ich komme gerade noch bis zur Toilette, wo der Kuchen in der Schüssel landet. Sofort sitzt meine Mutter neben mir und hält mich fest. Ohne viele Worte macht sie einen Waschlappen nass, presst ihn mir an die Stirn und legt schützend ihren Arm um mich.

»Kind, warum sagst du uns das denn erst jetzt? Du weißt ja, wenn dir häufig übel ist, dann wird es ein Mädchen.« Sie hat ihre Sprache wiedergefunden, schiebt mich aus dem Badezimmer zurück an den Tisch, und ohne Pause erzählt sie mir zum dreimillionsten Mal die Geschichte ihrer Schwangerschaft.

»Und deine Geburt war ein echter Albtraum. Ich hatte achtundvierzig Stunden Wehen und unglaubliche Schmerzen mit dir, Bärchen.«

Bla, bla, bla. Meine Mutter besitzt ein seltenes Talent, alles auf sich zu beziehen. Das kann ich jetzt wirklich gut gebrauchen. Immerhin ist sie nach meiner kleinen Übelkeitsattacke sehr mitfühlend und hat offensichtlich vergessen, dass sich Christian aus dem Staub gemacht hat.

Mein Vater weiß nicht so recht, wie er reagieren soll. Er ist ein echter Kölner und dennoch keine rheinische Frohnatur. Ich sehe, wie es hinter seiner Stirn arbeitet. Er ist ein typischer Vertreter seiner Generation, nicht in der Lage, Emotionen zu zeigen.

Doch er kann den Redefluss meiner Mutter stoppen. »Inge, jetzt hör doch mal auf. Du musst Lilly doch keine Angst einjagen.« Meine Mutter hält inne. Völlig irritiert, dass keiner mehr Lust hat, von ihrer heldenhaften Schwangerschaft und den Details meiner Geburt zu hören.

»Wie soll es denn nun weitergehen?«, fragt mein Vater.

»Ich weiß es nicht, um ehrlich zu sein. Christian und ich finden im Moment einfach nicht zusammen. Er möchte das Kind nicht. Vielleicht habt ihr ja eine Idee, wie ich Christian davon überzeugen kann, dass Familie eine tolle Sache ist«, antworte ich ungeduldig.

Meine Eltern wirken hilflos. Meine Mutter pickt schweigend die Pfirsichstücke vom Kuchenteig.

»Was können wir für dich tun?«, fragt mein Vater in diesem Moment. Ich bin glücklich, dass er sich offensichtlich doch ein wenig in meine Situation versetzen kann.

»Momentan könnt ihr wenig für mich tun. Vielleicht bringst du beim nächsten Besuch deine Bohrmaschine mit und hilfst mir mit meinen Lampen. Schön wäre es auch, wenn ihr mich mit Vorwürfen verschont. Wenn das Baby erst einmal auf der Welt ist, dann brauche ich euch wirklich, denn ich werde nicht lange beruflich aussetzen können.«

Bei diesen Worten fangen die Augen meiner Eltern an zu leuchten. Meine Mutter träumt von herrlichen Nachmittagen auf dem Spielplatz. Das sehe ich ihr an.

Sie wird ganz weich und sagt: »Bärchen, wir sind doch Familie. Wir sind immer für dich da.«

Es stimmt also, was meine Freundin Barbara erzählt hat. Ein Enkelkind bringt Eltern und Kinder einander wieder näher.

»Das hätte ich von Christian nicht gedacht.« Diesen Satz kann sich meine Mutter wohl nicht verkneifen.

»In seinem Alter muss man doch wissen, wo es langgeht im Leben«, sagt mein Vater. »Der muss doch Verantwortung übernehmen«, fügt er kopfschüttelnd hinzu.

Meine Mutter ist ebenso ratlos: »Ihr habt doch so lange zusammengewohnt. Wir haben immer gedacht, ihr würdet heiraten.«

Plötzlich wird es dann doch ein sehr netter Nachmittag. Ich fühle mich meinen Eltern so nahe wie lange nicht mehr. Nach drei Stunden blickt mein Vater auf die Uhr und mahnt zum Aufbruch. Sie wohnen nur eine Viertelstunde mit dem Auto entfernt, auf der anderen Rheinseite. Für meine Eltern ist das eine Weltreise.

»Bärchen, wir gehen jetzt. Ab sofort rufe ich dich jeden Tag an und höre, wie es dir geht. Und am nächsten

Sonntag kommst du zu uns. Du solltest jetzt nicht so viel allein sein.«

Die letzten Sätze meiner Mutter klingen wie eine Drohung. Aber ich bin zu müde, ihr zu erklären, dass ich auch Freunde habe. Und wer wünscht sich schon mit Mitte dreißig wieder auf Muttis Schoß zurück?

Ich bin froh, dass unser Treffen so harmonisch verlaufen ist. Sie werden wunderbare Großeltern abgeben.

Beim Abschied zückt mein Vater sein Portemonnaie und schenkt mir fünfzig Euro: »Du brauchst doch jetzt so viel. Hier, nimm das ruhig mal.« Sie gehen und ich fühle mich wie fünfzehn.

Herzklopfen

12. Woche / 76 Kilo / BH-Größe 85C

Ich werfe die letzten grünen Wasserflaschen in den Glascontainer vor meiner Wohnung, als ein Wagen direkt neben mir hupt. Zuerst denke ich noch, was soll der Lärm?, dann höre ich, wie jemand meinen Namen ruft: »Frau Heiden, schon gut eingelebt? Entsorgen Sie die Flaschen von der Einweihungsparty?«

Ulli Kahn, mein Vermieter, in einem schönen englischen MG mit offenem Verdeck. Das Traumauto von Christian. Das Arbeiten hat er auch nicht erfunden, so entspannt wie er da sitzt, fährt es mir durch den Kopf. Ich falte die Plastiktüte zusammen, gehe auf ihn zu und lehne mich an die Windschutzscheibe seines Wagens. Überraschenderweise lädt er mich zu einer Spritztour ein. Noch überraschender sage ich zu.

Fünfzehn Minuten später sind wir gemeinsam auf dem Weg zu den Rheinterrassen. Im Cabrio ist es durch den Fahrtwind so laut, dass wir uns kaum unterhalten können. Die ersten drei Kilometer versuche ich noch, meinen Bauch einzuziehen. Keine Chance. Will ich bei der Ankunft nicht dunkelblau angelaufen sein, sollte ich lieber ausatmen. Ulli Kahn hat doch hoffentlich nicht vergessen, dass er mit einer Schwangeren unterwegs ist, oder? Ich klappe die Sonnenblende herunter, prüfe in dem kleinen Spiegel meinen Lippenstift. Schließlich war ich nicht auf ein Spontandate eingestellt. Mit Flip-Flops an den Füßen, einem weißen Leinenhemd und einer quietschgrünen Baggy-Sporthose bin ich aber perfekt gestylt für diese Strandbar. Meine Haare lagen schon den ganzen Tag nicht richtig gut. Bei Tempo siebzig verwandeln sie sich in ein Filzknäuel. Ulli brüllt in meine Richtung: »Das hätten wir schon längst mal machen sollen.«

Ich nicke, lächele ihm zu und denke die ganze Zeit: Jetzt musst du auch mal etwas Nettes sagen. Mir will nichts einfallen, außer: »Wir haben richtig Glück mit diesem warmen Spätsommertag. Selten im September.« Hilfe, ich höre mich an wie meine eigene Oma. Fehlt nur noch, dass ich ihm zurufe, es gibt kein schlechtes Wetter, nur schlechte Kleidung. Flirten kann man also verlernen. Ich bin völlig aus der Übung.

In den Rheinterrassen ergattern wir einen der letzten Strandkörbe. Ulli organisiert für sich ein Bier und für mich eine Kräuterlimonade. In der Nachmittagssonne blicken wir den Schiffen auf dem Rhein nach. Er stellt sogar sein Handy aus und kommt richtig ins Erzählen. Er ist geschieden, hat eine Tochter und ein finanziell sorgenfreies Leben, da sein Vater ihm Immobilien vererbt hat. Zusätzlich restauriert er alte Industriehallen und vermietet sie als Ateliers oder Gewerberäume. Ich sitze also mit Dagobert Duck am Rhein und sein Geldspeicher ist bestimmt bei uns im Keller. Ich merke, wie ich mich in seiner Gegenwart entspanne. Er ist charmant, witzig, unterhaltsam und sexy. Wäre ich nicht schwanger, würde ich alles geben, den dicken Fisch an Land zu ziehen. Nach fünf Jahren Beziehung mit Christian fühlt es sich gut an, mit einem anderen Mann auszugehen. Wir lachen uns durch den Nachmittag, in den frühen Abend, sofern ich anwesend bin. Kräuterlimonade treibt. Alle dreißig Minuten stehe ich in der langen Schlange zum Frauenklo.

Die Wartezeit vertreibt sich Ulli mit weiterem Bier. Inzwischen duzen wir uns. Dann will er von mir wissen, warum so eine hübsche Frau allein wohnt. Dabei rückt er ein wenig näher. In seiner Gegenwart fühle ich mich tatsächlich wieder erotisch. In Stichpunkten erzähle ich von meiner privaten Situation. Allerdings mit kleinen Notlügen und großen Lücken. »Die Trennung von meinem Ex war für mich kein großes Problem. Wir verstehen uns prächtig, er will sich an der Erziehung beteiligen. Da mache ich mir überhaupt keine Sorgen.«

Spätestens da habe ich ein bisschen dick aufgetragen und muss mich über mich selbst wundern. Lilly, bist du gerade dabei, dich zu verknallen, oder warum machst du das? Du bist schwanger, mit deinem Ex ist nichts geklärt, du bist also emotional nicht zurechnungsfähig und du musst schon wieder in die Kloschlange. Außerdem wiegst du sechsundsiebzig Kilo, und es ist nicht abzusehen, dass dein Gewicht in nächster Zeit weniger wird. Der säuft sich dich doch schön.

Als ich zum Strandkorb zurückkomme, ist mein Platz neben Ulli besetzt. Von einem Schnuckelchen im bauchfreien Top, höchstens zweiundzwanzig. Offensichtlich kennt Ulli sie näher, denn er hat den Arm um sie gelegt. Der einzig verbleibende Platz für mich: das Strandkorbfußbänkchen. Im Gegensatz zu seinem Bankkonto sind seine Manieren gerade im Minus. Er hält es nicht für nötig, mir seine Eroberung vorzustellen. Bin ich plötzlich unsichtbar? Mir ist das zu blöd, ich starre auf das Wasser, überlege, wann die nächste Bahn in die Innenstadt fährt.

»Wir sehen uns dann nächste Woche wieder, da lassen wir uns mal richtig Zeit«, sagt Ulli zu der Brünetten mit den Nadja-Auermann-Beinen. Sie verabschieden sich mit einem Kuss auf die Wange: »Gern, ich hole dich dann ab. Ciao.«

Winkend verlässt sie uns, eine Champagnerflasche mit Strohhalm in der Hand.

Der Fehler im System bei Ulli ist entdeckt. Der Typ ist ein Abschlepper. Kein Wunder, wie leicht ihm die Beute bei der allgemeinen Wohnungsnot ins Netz geht. Auf seinen Mieterlisten stehen mit Sicherheit nur Namen attraktiver Frauen. Ich bin die Ausnahme. Bald alleinerziehend, über dreißig, mit Tendenz zum Doppelkinn. Die netten älteren Mieter in meinem Haus haben ihre Verträge bestimmt noch mit seinem Vater abgeschlossen. Wenn sie ausziehen sollten, kommt sofort eine junge Studentin nach.

Wie konnte ich nur auf die Idee kommen, dass er mich attraktiv findet? Jetzt beginnt es auch noch zu regnen, und ich komme hier nicht weg.

»Rühr dich nicht vom Fleck, ich muss schnell zum Wagen, das Verdeck schließen«, höre ich Ulli rufen, als er fortläuft.

Nasse Haare, triefende Klamotten, das Risiko, sich eine Erkältung einzufangen, sind jedem Mann egal, wenn er sein Oldtimer-Cabrio vor Regen schützen kann. Als Ulli zurückkommt, habe ich mich im Strandkorb eingekuschelt. Es schüttet wie aus Eimern. Ulli holt noch einen zweiten Korb, den er so vor den ersten stellt, dass mir der Regen nicht ins Gesicht peitscht. Sehr aufmerksam. Aber wir wollen die Reihenfolge nicht vergessen: Erst schützen Männer ihre Autos, dann uns Frauen.

»Das war übrigens die Sekretärin von meinem Oldtimerhändler, Franziska. Sie hat erst vor zwei Monaten bei ihm angefangen, die ist noch richtig engagiert. Ein echter Glücksgriff für den Besitzer. Sie nimmt mich immer mit zum Taxistand, wenn mein Wagen in Reparatur ist. Ich habe ganz vergessen, euch einander vorzustellen. Entschuldige, Lilly.«

Ich bin froh, dass ich meine peinlichen Eifersüchteleien für mich behalten habe, und beginne mich zu entspannen. Der Regen prasselt auf die Strandkörbe, die Stimmung wird im Halbdunkel des Strandkorbs romantisch. Deshalb wehre ich mich nicht, als Ulli mir seine Jacke und seine Lippen anbietet.

Sommergewitter dauern leider nicht so lange.

Zwei Stunden später sitzt Ulli auf dem Beifahrersitz und ich am Steuer. »Wie lange bist du nicht mehr gefahren, Lilly?«, fragt er ein wenig besorgt. Hier kann das Auto nicht über Nacht stehen bleiben, du musst fahren, ich habe zu viel getrunken. Das schaffst du schon, waren seine aufmunternden Worte noch vor zehn Minuten.

Mit dem Schlüssel in der Hand, suche ich nervös das

Zündschloss. Ich bin erleichtert, als der Wagen anspringt.

»Ganz sanft die Kupplung kommen lassen und dann schnell Gas geben.« Ich würge seinen dunkelgrünen MG beim ersten Start ab. Ulli greift mir dauernd ins Lenkrad und erklärt mir die Armaturen. Der zweite Versuch bringt uns hoppelnd fünfzig Meter Richtung Hauptstraße. Ulli ist kurz davor, lieber seinen Führerschein zu verlieren, als eine Beule in der Karosserie zu riskieren. Er will selbst fahren. Ich drohe ihm auszusteigen, er beruhigt sich. Ich bekomme einen Lachkrampf und freue mich, dass ich so überraschend wieder an Fahrpraxis gelange. Der dritte Versuch klappt. Mit Händchenhalten ist trotzdem nicht mehr viel. Ich umklammere das Lenkrad, Ulli mit weißen Knöcheln den Türgriff. So erreichen wir die Einfahrt in die Tiefgarage.

Während ich den Hebel vom Scheinwerfer suche, denke ich: Wie soll es mit uns beiden weitergehen? Normalerweise würde der Abend jetzt noch nicht enden. Das Programm wäre, Arm in Arm in seine oder meine Wohnung zu schlendern und da weiterzumachen, wo wir im Strandkorb aufgehört haben. Ein schöner Gedanke, nicht allein zu schlafen. Aber für ein eindeutiges Ja bin ich zu schüchtern. Für mich ist hier jetzt Schluss. Ulli sieht es anders. Als ich ihm den Autoschlüssel in die Hand gebe, zieht er mich erneut an sich und küsst mich leidenschaftlich. Ich hatte schon vergessen, wie spannend und sinnlich es ist, jemanden zu entdecken. Trotzdem brauche ich Zeit. Würde ich hier mit Christian stehen, wären wir spätestens im Flur übereinander hergefallen. Wir gehörten zu den Paaren, die auch nach fünf Jahren immer noch Lust aufeinander hatten. Auf diesem Gebiet harmonierten wir tatsächlich traumhaft. Zu Ulli sage ich: »Danke für den wunderschönen Abend. Ich habe mich sehr wohl mit dir gefühlt. Aber weiter geht es heute nicht.«

»Darf ich dich denn wiedersehen?«, fragt er zärtlich und streicht mir eine Haarsträhne hinters Ohr.

»Gern«, antworte ich, »wenn es dich nicht stört, dass ich bei jeder Verabredung anders aussehe.«

Er lacht und schüttelt den Kopf: »Ich finde, es gibt nichts Schöneres als eine schwangere Frau.«

Mit der Plastiktüte vom Altglas in der Hand verabschiede ich mich vor meiner Wohnungstür umständlich von Ulli. Ich bin froh, als auch seine Tür hinter ihm ins Schloss fällt.

Was machst du, Lilly? Eine Affäre ist im Augenblick so ungefähr das Letzte, was ich brauchen kann. Und eine Affäre mit meinem Vermieter, der auf der anderen Flurseite wohnt, schon gar nicht.

Im Badezimmer schminke ich mich ab und werfe einen prüfenden Blick in den Spiegel. Wem gehört dein Herz, Lilly?

Mein Kinn brennt vom Knutschen. Das Schöne an diesem unverhofften Abend ist, dass ich von dem morgigen Termin abgelenkt wurde. Ich muss ganz früh in der Praxis von Doktor Herzog sein. Die Nackenfaltenuntersuchung ist fällig. Bei dem Gedanken klopft mein Herz bis zum Hals.

Mit einem Tee und einem Glückskeks setze ich mich vor den Fernseher. *Sie lieben die Liebe und die Liebe liebt Sie.*

Chinesische Weisheiten zaubern mitten in Köln ein Lächeln auf mein Gesicht. Im Hausflur höre ich, wie Ullis Tür ins Schloss fällt. Er geht noch einmal aus. Ich bin erleichtert, dass er weg ist. Seine Anwesenheit und die Tatsache, dass wir Tür an Tür leben, machen mich nervös. Sonst hätte ich die ganze Zeit darüber nachgedacht, ob ich noch einmal zu ihm hinübergehen soll, oder darauf gewartet, dass er jede Sekunde anklopft.

Um sieben Uhr dreißig sitze ich in der Bahn Richtung Rudolfplatz. Um acht bin ich auf der Liege und Doktor Herzog streicht mir das Gel für den Ultraschall auf den Bauch. Ich fühle mich allein gelassen bei diesem wichtigen Termin. Ida hat abgesagt, weil sie sich heute gar nicht gut fühlt. Sie wollte mir Klaus als Vertretung schicken. Ich habe dankend abgelehnt.

Die Kruste der gestrigen Knutschaktion führt auch nicht automatisch zum Begleitservice beim Gynäkologen. Christian hat nicht den leisesten Schimmer, was heute für ein wichtiger Tag ist. Bei unserem letzten Telefonat ging es um einen Karton mit Tellern, den ich in der Hektik des Auszugs vergessen habe. Christian hat kein Wort mehr über das Baby verloren. Von Rosa weiß ich, dass er sich im Augenblick auf einer Moderatorenschulung für seine Fußballsendung befindet. Was bringen die den Jungs da wohl bei? Mundfaulen Fußballern mehr zu entlocken als ein »Ja gut, ich sach mal ...« oder: Wie reagiere ich auf einen Totalausfall à la Andreas Möller »Mailand oder Madrid, egal, Hauptsache Italien«?

»Jetzt wird es ernst«, leitet Doktor Herzog die Untersuchung ein. Ich konzentriere mich mit ihm auf das Ultraschallbild und lasse mir den 3-D-Monitor erklären.

Bisher liefen alle Untersuchungen auf dem kleinen zweidimensionalen Schwarz-Weiß-Bildschirm im Behandlungszimmer ab. Jetzt sind wir in einem speziellen Raum. Auf einem riesigen Monitor sehe ich die Fingerkuppen, Augenlider, den Kopf und die Zehen meines Kindes. Noch nie war mir so bewusst, dass ich Leben schenke.

Ich bin von den Bildern meines Babys tief beeindruckt. Alles wirkt so groß und realistisch. Fast so, als wäre das kleine Wesen schon lebensfähig. Bisher sah ich ein erdnussgroßes Wesen auf grau schattierten Computerausdrucken. Jetzt erscheint alles in einem warmen, bräunlich orangefarbenem Farbton.

Ich will nur eines hören: Das Kind ist gesund.

Ich muss mich noch ein paar Minuten gedulden. In dem abgedunkelten Raum fährt mir mein Arzt über den Bauch. Er lässt keinen Zentimeter aus, markiert, berechnet und notiert. Den Kopfumfang, die Länge des Kindes, das Wachstum insgesamt und die entscheidende Zahl, die Dicke der Nackenfalte.

Er wirkt auch erleichtert, als er mir sagt: »1,1 mm, Frau Heiden, alles in bester Ordnung. Somit haben Sie schon die erste Hürde genommen. Das Kind hat sich gut eingenistet, wir können mit hoher Wahrscheinlichkeit eine Trisomie 21 ausschließen.«

Ich wollte eigentlich nicht weinen. Aber vor Erleichterung rollen mir Tränen über die Wangen. Mir wird bewusst, vor welche Entscheidung mich ein anderes Ergebnis gestellt hätte. Von Untersuchung zu Untersuchung wächst mir Christians und mein Kind mehr ans Herz. Ich würde so gerne sagen, ein Teil von uns.

Doktor Herzog reicht mir eine Box mit Papiertüchern und sagt:

»Die ersten drei Monate sind überstanden. Jetzt können Sie es jedem erzählen. Wir sehen uns erst in vier Wochen wieder. Es sei denn, sie möchten doch eine Fruchtwasseruntersuchung durchführen lassen. Die können wir in der vierzehnten bis sechzehnten Woche machen.«

Mit dem Taschentuch in der Hand blicke ich ihn fragend an.

Doktor Herzog berührt sanft meinen Arm und beginnt, mir den genauen Ablauf einer Fruchtwasseruntersuchung zu erläutern. »In der Regel wird Frauen über fünfunddreißig Jahren dazu geraten. Aber Ihre Werte sehen wirklich gut aus, sodass ich keine zwingende Notwendigkeit sehe. Haben Sie sich denn schon entschieden?«

Ich antworte, dass ich die vergangene Woche intensiv darüber nachgedacht habe und zu der Entscheidung gekommen bin, keine Fruchtwasseruntersuchung machen zu lassen.

Glücklich und zufrieden fahre ich nach Hause.

In der Straßenbahn beobachte ich die vorbeifahrenden Autos. Gern würde ich diese gute Nachricht mit jemandem teilen. Mir ist nach Feiern zumute.

Statt Party gibt es einen gestalterischen Einsatz in vier Wänden. Der Duschvorhang kommt an Ort und Stelle. Ich sitze auf dem Badewannenrand und fädele die Ringe in die perforierten Löcher. Es klingelt. Vielleicht ist das ja Ulli? Mein Herz hüpft und ich merke, dass ich mich freue.

Vom Bad zur Haustür werfe ich einen Blick in den Flurspiegel.

Mit einer Hand streiche ich mir die Haare hinters Ohr und überlege, wann ich zuletzt mit einem fast fremden Mann gefrühstückt habe. Lilly, deine Bilanz ist nicht schlecht: Seit fünf Jahren raus aus dem Singlegeschäft, schwanger, gestern nur geknutscht und trotzdem möchte er mit dir Kaffee trinken. Etwas zögerlich öffne ich die Tür. Hinter der Brötchentüte steckt kein verliebter Nachbar, sondern beste Freunde. Ida und Klaus. Meine Freundin ist zwar schon wieder auf den Beinen, sieht aber noch ziemlich blass aus. Dafür liebe ich sie, dass sie trotzdem kommt.

»Wie ist es gelaufen, Süße? Ich sehe schon, du strahlst. Alles in Ordnung?«, fragt sie ganz aufgeregt.

Klaus legt auch noch seinen Arm um mich. Er dreht uns alle im Kreis und fängt mit seiner tiefen Stimme an zu brummen: »In good times, in bad times, I'll be on your side forever, that's what friends are for.« Bevor ich ihm die Nummer von Dieter Bohlen raussuchen kann, klingelt es erneut. Was ist denn heute los? Habe ich zu einer Party geladen und es vergessen? Ulli steht vor der Tür. Mit Blumen. Ich bin so verdattert, dass es mir die Sprache verschlägt. Dafür redet Klaus. »Hallo, Ulli. Was machst du denn hier? Woher kennst du Lilly?«

Wieso kennen sich Klaus und Ulli? Es dauert eine Weile, bis ich die richtigen Schlüsse ziehe. Klaus hat eine Oldtimerwerkstatt. Ulli ist begeistert von alten Autos. Jetzt fällt mir auch wieder ein, dass Ida mir von

Klaus' neuer Mitarbeiterin erzählt hat. Franzi, die langbeinige Brünette aus dem Strandkorb.

Im Flur wird es langsam eng. Ich bitte alle in meine Küche. Klaus und Ida sind glücklicherweise so dezent, keine weiteren Fragen zu stellen. Sie lassen sich damit abspeisen, dass Ulli mein Vermieter ist. Ich sehe allerdings an Idas Blick, dass sie etwas ahnt.

Klaus und Ulli unterhalten sich angeregt über Autos und Ersatzteile. Offenbar ein ebenso dankbares Männerthema wie Fußball. Während sich die Diskussion der einen Tischhälfte um Bremsbeläge und Dichtungen dreht, schiebt mich Ida sanft in mein Wohnzimmer.

»Lilly, jetzt guck mich mal an. Du hast doch nicht etwas mit diesem Ulli angefangen? Ich sehe doch, dass ihr euch schon besser kennt. Wie der dich immer anstarrt.«

Ich gebe ihr die Kurzversion vom gestrigen Abend. Ida steht der Mund offen. Als sie gerade weiterbohren will, ruft Klaus aus der Küche: »Schatz, wir müssen los. Wir wollten uns doch noch Kinderwagen ansehen.« Sein pränatales Management funktioniert perfekt.

Ida zwinkert mir zu und sagt: »Kann man auch ins Müttergenesungswerk, bevor das Kind auf der Welt ist? Da dürfen doch bestimmt keine Männer rein. Ich glaube, ich brauche mal eine Klaus-Pause.« Ich klopfe ihr auf die Schulter. »Wenn du willst, helfe ich dir dabei, den Antrag auszufüllen.«

»Ich rufe dich später noch einmal an«, sagt Ida und ich lege den Finger auf meine Lippen.

Dann verabschieden sie und Klaus sich. Ulli und ich stehen wie ein langjähriges Pärchen im Türrahmen und winken ihnen nach.

Wir sind allein. Ulli kommt auf mich zu, nimmt mich in den Arm und küsst mich. »Na, Frau Nachbarin. Wie geht es Ihnen heute? Ich wollte nur noch einmal sagen, wie wunderbar ich den gestrigen Abend fand. Ich konnte die ganze Nacht nicht schlafen. Ich musste immer daran denken, dass du nur wenige Meter von mir getrennt in deinem Bett liegst. Ich habe mich sehr beherrschen müssen, nicht noch einmal bei dir zu klopfen.«

Liebeserklärung am Morgen? Fühlt sich gut an. Und seine Hände unter meinem T-Shirt auch. Weiter kommen wir nicht, denn es klingelt erneut. Hängt unten an der Haustür ein Zettel: »Alleinstehende Schwangere, bitte klingeln und trösten, es gibt auch einen Kaffee«?

Diesmal ist es Christian. Leicht außer Atem wuchtet er ganz selbstverständlich einen Karton in meinen Flur und gibt mir zur Begrüßung einen flüchtigen Kuss auf die Wange. Auf die Idee, dass er stören könnte, kommt er nicht. Der Duft seines Aftershaves dringt in meine Nase. Wenn ich ihn früher vermisst habe, schlief ich in der Nacht in seinen getragenen T-Shirts. Ich zupfe mein Oberteil zurecht. Christian bemerkt weder meinen verschmierten Lippenstift noch die zersausten Haare und zum Glück auch nicht den offenen BH, den ich mit geübten Griffen in Windeseile schließe.

»Lilly, hier ist dein Geschirr. Das brauchst du doch sicherlich.«

»Kannst du nicht vorher anrufen, wenn du vorbeikommen möchtest?«

Während Christian, ohne zu antworten, seine Jacke an die Garderobe hängt, kommt Ulli aus der Küche. Ich stelle die beiden vor. Ich komme mir vor wie in einer Screwball Comedy. Dauernd tauchen zum ungünstigsten Zeitpunkt die falschen Liebhaber auf und die Hauptdarstellerin ist ständig in Erklärungsnöten.

»Ulli Kahn, mein Vermieter. Christian Beck, mein ...« Ja, was ist er denn? Was soll ich sagen: mein Exfreund, der Vater meines Kindes? Ich entscheide mich für: »Ein Freund.«

Ulli ist sensibel genug, um zu verstehen, dass Christian nicht irgendein Freund ist, und räumt schnell das Feld.

»Wir sehen uns«, sagt er und berührt mich sanft am Arm, als er zur Tür geht.

Christian blickt ihm hinterher: »Vermietet er dir nur die Wohnung oder steht Seelentrösten auch im Mietvertrag?«

»Eifersüchtig?«, reize ich ihn. »Und wenn, was würde es dich angehen? Was willst du? Dich nach dem Stand der Schwangerschaft erkundigen? Meine neue Wohnung sehen oder willst du einfach nur schlechte Stimmung verbreiten?«

»Lilly, eigentlich wollte ich mich erkundigen, wie die heutige Untersuchung gelaufen ist.«

»Woher weißt du davon?«, frage ich erstaunt.

»Ida hat es mir erzählt«, meint er wütend.

»Alles in Ordnung«, sage ich in einem weicheren Tonfall. Christian nimmt mich in den Arm oder versucht es zumindest.

Ich stehe stocksteif da: »Lass mich bitte.«

»Lilly, ich freue mich wirklich, und es interessiert mich. Hast du nicht mal ein Ultraschallbild?«

Mir fällt fast die Kaffeetasse aus der Hand, ich hole aber trotzdem das letzte Bild aus meinem Timer und reiche es ihm wortlos. Ich bin sehr gespannt auf seine Reaktion.

Er dreht das Bild in seiner Hand hin und her und starrt minutenlang darauf, bevor er seinen Kommentar abgibt:

»Viel erkennt man noch nicht, aber ich glaube, das wird bestimmt mal ein Superfußballer. Bei den Beinen.«

»Typisch«, fauche ich ihn an, »immer musst du alles auf Fußball beziehen. Mehr fällt dir auch nicht ein. Nur keine Gefühle zulassen. Stimmt's?«

»Und ich verstehe nicht, warum du jedes Mal, wenn wir uns sehen, die Nerven verlierst. Du machst es mir nicht gerade leicht, dass wir uns wieder näher kommen. Mein Ersatz wohnt ja schon nebenan. Er scheint nur auf seine Einwechslung zu warten. Ich weiß, ich habe viel falsch gemacht, aber wenn dir mein Tempo nicht passt, dann ist es dein Problem, Lilly.«

»Ich bestimme nicht das Tempo. Ich nehme die Situation an, wie sie ist. Wenn du auf der Standspur des Lebens auf den ADAC wartest, dann aber bitte ohne mich.«

Christian schüttelt wieder den Kopf und sagt: »Lilly, du siehst das falsch.«

Was sehe ich falsch? Ich habe das Gefühl, ich sehe alles ganz klar. Er will nicht Vater sein, aber er bemüht sich.

Das ist mir zu wenig.

»Wenn du gelernt hättest, ›wir‹ zu sagen, wäre ich überglücklich. Bitte komm erst wieder vorbei, wenn du es dir genau überlegt hast. Dieses ganze Hin und Her macht mich fertig.«

Er nimmt seine Jacke vom Haken und geht ohne ein weiteres Wort aus der Wohnung. Zu diesem Zeitpunkt weiß ich noch nicht, wie lange wir uns tatsächlich nicht mehr sehen werden.

Walfisch in Frottee

16. Woche / 76 Kilo / aufgequollene Füße

Die Frau hinter dem Schalter wirft einen kritischen Blick auf meinen Bauch, während ich ihr meinen Ausweis hinüberschiebe.

Ulli hebt meine Reisetasche auf das Band. Sie hat im Gegensatz zu mir kein Übergewicht.

Nett lächelnd händigt die Blondine der Fluggesellschaft uns die Bordpässe aus. »Das tut Ihnen bestimmt gut, noch einmal als Paar in den Urlaub zu fahren. Schlafen Sie sich richtig aus. Wenn das Kind erst da ist, wird alles anders. Ich weiß, wovon ich spreche.«

Aha, sie weiß, wovon sie spricht. Ich glaube nicht. Ich bin erst im vierten Monat schwanger und sehe offensichtlich aus, als würde das Kind schon bald auf die Welt kommen. Toll, Lilly. Ich reise nicht mit dem werdenden Vater nach Mallorca, sondern mit meinem neuen Freund. Seit Kurzem weiß ich nicht mehr genau, wie man den Status der Männer an meiner Seite bezeichnet. Christian noch kein hundertprozentiger Exfreund, Ulli aber auch noch kein richtiger Nachfolger. Er ist mein Lebensabschnitts-Schwangerschaftsgefährte, vielleicht trifft es das. Bislang begnügen wir uns mit kuscheln und knutschen. Petting unter Sechsunddreißigjährigen. Auf jeden Fall bin ich mit meinem Vermieter unterwegs nach Mallorca. Ist es wirklich schlau, Mitte November auf eine Baleareninsel zu reisen? Ich wollte nicht weiter wegfahren. Aus vielen Gründen: Es soll ein Deutsch sprechender Arzt in meiner Nähe sein, ich habe keine Lust, stundenlang in einem Flieger zu sitzen und außerdem nur eine Woche Zeit. Es wären noch der Harz, der Taunus, Odenwald oder Bayerischer Wald infrage gekommen, aber ein wenig Sonne wollte ich dann doch.

Normalerweise ist Ulli der Meister der Immobilien, aber diesmal habe ich die Unterkunft besorgt. Eine Bekannte von mir hat mit ihrem Mann vor einigen Jahren ein Haus auf Mallorca gekauft. »Abseits von den Massen, ganz idyllisch«, wie sie mir versicherte. Da ich noch nie auf Mallorca war, habe ich keine Ahnung, wie viel Trubel dort herrscht. Einen kleinen Vorgeschmack liefert die Schlange am Schalter der Fluggesellschaft. Rüstige Rentner, krakeelende Kegelclubmitglieder und Singles auf Paarsuche.

Nach knapp zwei Stunden landen wir auf der Insel, die die Badewanne so vieler Deutscher ist. Endlich Sonne. Raus aus dem grauen Alltag, rein in eine unbeschwerte Woche auf der Finca. Während wir durch das Flughafengebäude gehen, beobachte ich, wie Ulli ganz gelassen unseren Gepäckwagen schiebt. Ich kann meinen Blick gar nicht von seiner schönen Rückenansicht wenden. Sein Gang ist wirklich sexy.

Es ist mir nicht wirklich schwer gefallen, mich in den letzten Wochen auf ihn einzulassen. Während ich Ulli immer näher rücke, wird der Abstand zu Christian immer größer. Kein Wunder, er ist immer unterwegs. Seine neue Rolle als Superheld der Sportredaktion nimmt ihn in Beschlag. Er ruft mich regelmäßig an, aber die Distanz zwischen uns scheint mir mittlerweile unüberbrückbar. Wir sind dabei, uns zu verlieren. Ganz anders Ulli. Er nimmt an meinem Alltag teil.

Als er mich vor ein paar Tagen fragte, ob wir zusammen wegfahren wollen, habe ich spontan Ja gesagt. Erst nachdem ich den Flug im Internet gebucht hatte, bekam ich Angst. Die ganze Situation ist absurd. Wenn er nicht impotent ist, will er doch mehr. Und was ist mit mir? Lilly, so lange hast du zuletzt mit siebzehn gefummelt.

Am Avis-Stand spüre ich seine Finger in meinem Nacken, er fährt mir durchs Haar, ich bekomme eine Gänsehaut. Widerstand wird schwer.

Im Leihwagen düsen wir in den Norden der Insel nach Arta.

Sabine hat nicht zu viel versprochen, das Haus ist ein Traum. Es liegt in einem Olivenhain, ist aus Natursteinen gebaut, mit Pool und offener Küche. Wir laufen aufgeregt durch die Räume. Ulli stellt wie selbstverständlich seine Reisetasche auf das große Doppelbett und überlegt, ob es sich wohl lohnt, auf Mallorca in Immobilien zu investieren. Er öffnet eine Flasche Wein, die Sabine uns zur Begrüßung in den Kühlschrank gestellt hat, und geht ganz entspannt, mit einem Glas in der Hand, zum Pool.

Ich stehe leicht verkrampft im Flur und denke: Wie machen wir das denn mit den Zimmern? Es gibt eine

Art Suite mit traumhaftem Ausblick, Balkon und seiner Tasche auf dem Kingsize-Bett. Nebenan noch zwei kleinere Gästezimmer mit Einzelbetten.

Wenn ich meine Tasche jetzt neben seine stelle, ist doch klar, worauf alles hinausläuft. Ins kleine Einzelzimmer will ich aber auch nicht. Unentschlossen lasse ich mein Gepäck im Flur stehen. Durchs Fenster blicke ich auf Ulli, der im Pool schon die ersten Bahnen zieht. Ich brauche an neuen Orten mindestens zwei Nächte, um mich heimisch zu fühlen. Er nimmt alles mit einer Leichtigkeit an, um die ich ihn zu beneiden beginne.

Im Halbdunkel des Flurs suche ich den Bikini und die Schwimmbrille, bereit, die schöne Woche zu beginnen. Meinem Start in den Urlaub folgt eine Vollbremsung. Im Badezimmer sehe ich beim Umziehen die nackte, weiße Wahrheit. Küchendünste bräunen nicht vor. Außerdem sind meine Füße nach dem Flug geschwollen. Seit wann muss ich die Flip-Flops gewaltsam zwischen meine Zehen quetschen? Das war doch im letzten Urlaub noch anders. Da passte mir auch noch mein Bikinioberteil. Nippelgate von Janet Jackson ist nichts gegen mein Bestreben, bei jedem Schritt die linke Brust wieder ins Körbchen zu pressen. Ulli ruft mir aus dem Pool zu: »Lilly, komm endlich, wo bleibst du denn? Das Wasser ist ganz warm.« Dabei winkt er mir mit der Badehose in der Hand zu.

Wo ist die Blitzdiät, wenn man sie wirklich braucht? Ich kämpfe mit dem Bikiniverschluss auf dem Rücken, beginne leicht zu schwitzten. Eine Woche werde ich mich hier kaum verstecken können. Aber nackt steige ich nicht zu ihm in den Pool. So viel ist schon mal klar. Da kann er winken, bis ihm der Arm abfällt.

Im Haus wird mir langsam kalt, ich schlinge mir ein Badehandtuch um die Hüften. Wenn ich nicht will, dass mich Ulli bei *Aktenzeichen XY* als vermisst meldet, muss ich da jetzt raus.

Er übt Rolle vorwärts und Handstand unter Wasser. Am Beckenrand stehend, fühle ich mich unsichtbar. Was nicht leicht ist bei Kleidergröße 42.

Mit einer Fontäne Chlorwasser, die er auf meine Füße spritzt, taucht er wieder auf und lacht mich an. Ich verhalte mich wie ein Eisschrank. Ulli macht im Pool eine Wandlung vom seriösen Hausbesitzer zum planschenden Spielkind durch.

Mit beiden Händen zieht er an meinem Frotteetuch, und übermütig versucht er, mich ins Wasser zu holen. Ich kralle mich an meinem Handtuchknoten fest und schreie hysterisch: »Nein, hör auf, das Handtuch wird nass, ich komm selber rein.« Was ich nicht sage ist, dass handtuchlose Oberschenkel meine Bindegewebsschwäche offenbaren würden. Und welche Frau will beim ersten gemeinsamen Poolplanschen gleich ihre Schattenseiten präsentieren? Ich auf jeden Fall nicht. Intellekt ist im Bikini nicht sichtbar, nur die gegessenen Hefeteilchen.

Ich setze mich langsam an den Beckenrand und strampele mit den Füßen im warmen Wasser. Ein Termin bei der Pediküre hätte auch nicht geschadet, überlege ich, als ich mir meine dreifach übermalten Zehennägel ansehe.

Durch Ullis Chlorbrille muss ich dennoch wie Gisele

Bündchen aussehen. Denn von meinen körperlichen Makeln scheint er nichts zu bemerken. Er strahlt mich glücklich an und will mich im Becken auf Händen tragen. Dummerweise läuft mir dabei Wasser in die Nase.

Meine erotische Grundstimmung ist verflogen. Ich will schwimmen, mehr nicht. Ohne weiter auf Ullis Annäherungsversuche zu reagieren, verlasse ich den Pool und springe dann noch mal ins warme Wasser. Ohne Kopfsprung. Diese elegante Art ins Wasser einzutauchen, beherrsche ich nicht. Ich bin eine exzellente Schwimmerin, aber einen blöden Köpper kriege ich nicht hin. Schon in meiner Kindheit habe ich andere beneidet, wenn sie sich lässig auf einen Startblock im Schwimmbad stellten und sportlich, mit dem Kopf zuerst, im Wasser waren. Noch mit zwanzig habe ich in einem Urlaub tagelang geübt, diese Art der Wasserkontaktaufnahme zu beherrschen. Keine Chance. Eine innere Sperre tritt ein, wenn ich nur die Arme nach vorne lege und den Kopf senke. Im Wasser ziehe ich genüsslich ein paar Bahnen. Das Schwimmen entspannt mich. Ulli sitzt nackt auf den Poolstufen und genießt die Sonne. Ich will meinen Bauch, meinen herausquellenden Busen und meine weißen Beine am liebsten für den Rest des Urlaubs im Chlorbecken verstecken. Männer haben keine Ahnung, wie sehr sich Frauen mit Selbstzweifeln martern können. Ob über oder unter Wasser. Aber immerhin hat Ulli gemerkt, dass ich nicht an einem gemeinsamen Nacktsonnen interessiert bin.

»Prinzessin, möchtest du einen Kaffee?«, ruft er mir über die Schulter zu. Als ich antworte, sehe ich seinen nackten Hintern und sage strahlend: »Nehm ich gern.«

Sobald Ulli im Haus verschwunden ist, hüpfe ich schnell aus dem Wasser und ziehe meinen Bikini aus. Ich schlinge mir ein Badetuch um und setze mich auf einen Liegestuhl. Jetzt sehe ich vermutlich aus wie ein gestrandeter Wal in Frottee gehüllt. Den Rest des Nachmittags halte ich das Handtuch fest umschlungen und lasse kaum einen Zentimeter Haut an die Sonne. Ich beneide Ulli um seine entspannte Körperlichkeit. Mittlerweile wieder in Badehose sitzt er in der Sonne und verschickt SMS an Gott und die Welt. Was schreibt er wohl? Erwähnt er mich in seinen Nachrichten?

Um halb sechs geht die Sonne unter, und auch in Spanien füllen sich die Kühlschränke nicht von allein.

Ausländische Supermärkte faszinieren mich. Auch auf Mallorca werden meine Erwartungen nicht enttäuscht. Das ist kein schnöder Supermarkt, das ist ein Fresstempel, den wir aufsuchen. Unendlich lange, breite Gänge mit zahllosen Köstlichkeiten. Besonders begeistern mich die Fleisch- und Fischtheken. Wie ein altes Ehepaar schlendern wir durch die Reihen von Konserven und Flaschen, laden ohne große Worte Milch, Butter, Kaffee in den Wagen. Ich bin ein wenig erstaunt, wie eingespielt Ulli und ich sind. An der Fischtheke krame ich meine Spanischbrocken zusammen. »Hola, quisiera dos lonchas de salmón, por favor.«

»Zwei Scheiben Lachs, wie dick sollen sie denn sein?«, antwortet mir der smart aussehende Typ hinter der Theke. Okay, ich habe verstanden. Wir sind zwar in Spanien, aber de facto befinden wir uns auf einem von Deutschen okkupierten Eiland und Spanisch ist hier überflüssig. Für den Rest des Urlaubs vergrabe ich meine mickrigen Sprachkenntnisse in der hintersten Ecke meines Gehirns.

Mit unzähligen Tüten kommen wir nach zwei Stunden wieder in unserem kleinen Urlaubsparadies an. Wir haben eingekauft, als gelte es, drei Monate auf einer einsamen Insel zu überwintern. Wir packen die Tüten aus, dann beginne ich mit den Vorbereitungen fürs Abendessen.

Während ich den Lachs in einer schmackhaften Dill-Senf-Sahnesoße anrichte, benimmt Ulli sich wie der perfekte Freund. Seine kindische Stimmung vom Nachmittag ist wie weggeblasen. Ruhig deckt er den Tisch auf der Terrasse, ordnet Teller, Besteck und Schüsseln an. Dann sucht er in der kargen CD-Sammlung nach einer passenden Musik. Kurz darauf säuselt Frank Sinatra leise »Strangers in the Night« in den nicht ganz warmen Abend. Wenn ich mich recht erinnere, haben sich schon meine Eltern zu diesem Song geküsst. Und jetzt ich? Ulli legt den Arm um meine Hüften und durchbricht die Stille: »Lilly, wie fühlst du dich?«

Wenn ich das so genau beantworten könnte. Eigentlich fühle ich mich gut. Entspannt, beinahe glücklich. Aber so ganz richtig scheint die Situation dennoch nicht. Es ist Ulli, nicht Christian, mit dem ich hier sitze. Kann man sich während der Schwangerschaft in einen anderen Mann verlieben? Hat Heidi Klum das nicht auch getan? Sollte ich mit diesem Topmodel doch noch etwas gemeinsam haben, wenn schon nicht die Figur?

Ich habe Lust, alle Zweifel einfach über Bord zu werfen und mich hemmungslos in diesen wunderschönen Abend mit Ulli fallen zu lassen.

Deshalb lächele ich ihn liebevoll an und sage: »Es geht mir bestens, ich fühle mich wohl in deiner Nähe.«

Leicht unsicher stehen wir voreinander. Als Frankieboy gerade besonders schmalzig klingt, will ich ihn küssen. Nur sein Handy hat etwas dagegen. Es klingelt hartnäckig. Im Fünf-Sekunden-Takt.

»Geh doch ran, kein Problem«, sage ich. »Vielleicht ist es wichtig«, füge ich noch hinzu. Ich hoffe es für den Anrufer. Denn am liebsten würde ich dieses dumme Telefon im Pool versenken.

»Nein, Schätzchen, du musst dir keine Sorgen machen«, höre ich Ulli sagen. »Wenn ich wieder da bin, üben wir zusammen und dann schaffst du das schon. Versprochen, wirklich.«

Mit wem redet er?

»Meine Tochter, sie lernt gerade im Kindergarten das ABC und ist furchtbar aufgeregt«, erklärt er mit einem Lächeln, als er auflegt.

Im Moment muss er sich nicht um das Alphabet kümmern, sondern wendet sich wieder meinem Hals, meinem Mund und meinem Hintern zu.

In seinen Armen bin ich sicher, dass auch ich im Kingsize-Bett schlafe. Einziger Spielverderber an diesem romantischen Abend ist das Telefon. Jetzt piepst meines. Leider kann ich mir nicht verkneifen, die Nachricht zu lesen.

Christian ruft sich in Erinnerung: *Wo steckst Du, Lillyfee? Ich will Dich und Deinen Bauch sehen.*

Danach ist für mich an Knutschen nicht mehr zu denken.

Ulli weicht einen Schritt zurück, nippt an seinem

Weißwein und scheint zu ahnen, wer der SMS-Störenfried ist.

Die Stimmung ist in drei Sekunden von hundert auf null gesunken. Schweigend essen wir unseren Fisch. Was wissen wir eigentlich voneinander? Warum verschweige ich ihm den Inhalt der Nachricht? Was weiß ich über seine gescheiterte Ehe? Nicht genug, stelle ich fest.

»Fehlt dir deine Tochter?«, frage ich ihn zurückhaltend.

»Ja. Sie nicht sehen zu können, wann immer ich möchte, ist das Schlimmste an der Trennung. Jedes zweite Wochenende und immer mittwochs ab sechzehn Uhr ist sie bei mir. Unmöglich, etwas spontan mit ihr zu unternehmen. Wie wollt ihr das eigentlich später machen? Habt ihr da schon eine Lösung?«

Ich weiß nicht einmal, ob Christian sich nach der Geburt überhaupt in der Klinik blicken lässt. Laut sage ich: »Wir haben keine Lösung, wir haben noch nicht einmal darüber gesprochen, und das macht mich wahnsinnig. Ich weiß nicht, ob er, wie du, gern Vater sein will.«

Ulli schüttelt verständnislos den Kopf, blickt mich an und nimmt meine Hand: »Der Idiot weiß gar nicht, was er verpasst.«

»Vielleicht kennst du ja ein Geheimrezept, wie man Christian Lust auf ein Baby machen kann?«

»Spätestens wenn euer Kind ›Papa‹ ruft, wird er weich wie Butter.«

»Ach, das sind ja nur lächerliche anderthalb Jahre«, sage ich lachend und räume dabei den Tisch ab.

Ulli bläst die Kerzen aus und wir versichern uns, dass dies ein wunderbarer erster Urlaubstag war. Auf dem Weg nach oben schnappe ich meine Tasche und öffne die Tür zum kleinen Gästezimmer. Mit den Worten »Schlaf gut, ich freu mich auf morgen«, bin ich verschwunden.

Der nächste Morgen ist perfekt. Das strahlende Wetter verleitet mich dazu, ein Sommerkleid anzuziehen.

Einziger Nachteil: Der Reißverschluss klemmt ein wenig und lässt sich nur schwer schließen. Ich muss aufpassen, dass meine neuen Fettröllchen nicht dazwischengeraten. Endlich drin, kann ich kaum atmen. Ein hoher Preis, um blendend auszusehen.

Ulli ist schon wach. Ich höre, wie er in der Küche hantiert.

Gut gelaunt hält er mir eine Tasse Kaffee entgegen.

»Na, Urlaubsgenossin. Gut geschlafen? Was für ein toller Tag.«

Er scheint gar nicht verspannt, sondern fröhlich und unternehmungslustig. Erfreut nehme ich einen großen Schluck Kaffee. Ich brauche meinen Koffeinkick am Morgen.

Noch während des Frühstücks beschließen wir, einen Ausflug zum Strand zu machen. Unglaublich, wie warm es noch ist. Anfang November. Köln: Regen, grau und höchstens sieben Grad. Mallorca: Sonne, blauer Himmel und vierundzwanzig Grad.

»Wollen wir unsere Badesachen einpacken und los?«, fragt Ulli voller Elan. Christian braucht morgens immer extrem lange, bis er in die Gänge kommt. Ulli ist sofort zu allen Unternehmungen bereit. Schnell stopfe ich meinen Bikini, ein Handtuch, Sonnenbrille und ein Buch in eine Strandtasche.

»Komm schon, Lilly, wer weiß, wie lange sich das Wetter hält«, ruft mir Ulli aus dem Auto zu.

In weniger als einer halben Stunde sind wir an einem wunderschönen Sandstrand. Unendlich lange kann man gen Horizont laufen. Jetzt im November ist dieses Paradies fast menschenleer. Nur vereinzelt sehe ich ein paar ältere Herren im Wasser. Nachteil der Einsamkeit: Auch die Strandbuden haben geschlossen. Keine Kaffeebar weit und breit.

Problemlos ergattern wir zwei Liegen. Ich setze mich, begleitet von einem komischen Geräusch. Etwas ist gerissen. Ich ahne, was es sein könnte. Sonne, barfuß am Strand, mit einem tollen Mann an deiner Seite, und ich platze aus meinem Kleid. Gibt es etwas Peinlicheres?

Ich blicke zu Ulli hinüber, um herauszufinden, ob er etwas gemerkt hat. Er schaut in die andere Richtung zu zwei Senioren bei ihren kläglichen Surfversuchen. Schnell will ich mir den rosa Traum über den Kopf ziehen, komme aber nicht weit. Mein heftiges Atmen und Wurschteln ruft Ulli auf den Plan. Er spricht mit dem rosa Futterstoff: »Lilly, kann ich dir helfen, was ist los?« Ich kann nichts sehen, ich bin unter meinem Kleid gefangen. Ich fordere ihn auf, am Rocksaum zu ziehen. Er versteht mich nicht. Kein Wunder, wenn man klingt, als hätte man eine Decke im Mund. Wie eine Ertrinkende winke ich mit meinen Händen aus dem Kleid und signalisiere ihm, was zu tun ist. Ulli reagiert, zieht am Stoff so gut er kann und befreit mich erfolgreich. Aber das Kleid ist hinüber. Meine blöde Eitelkeit. Das habe ich jetzt davon. Wie konnte ich mich nur in ein Kleid pressen, das schon vor der Schwangerschaft zu eng war? Mit hochrotem Kopf lasse ich mich auf die Liege fallen: »Das Kleid gab es leider nicht mehr in meiner Größe, aber ich fand die Farbe so schön«, sage ich lachend.

»Das war für mich auf jeden Fall eine ganz neue Erfahrung. Mit dieser Technik habe ich noch nie eine Frau ausgezogen.«

Wir rücken unsere Liegen ganz dicht zusammen, kuscheln uns aneinander und blicken aufs Meer.

Gegen Mittag traut Ulli sich ins kühle Wasser. Er schwimmt ganz weit raus. Nach wenigen Minuten ist er nur noch ein kleiner Punkt im endlosen Meer.

Diesmal gelingt es ihm nicht, mich ins Wasser zu ziehen. Ich mache es mir auf der Liege bequem. Das Meer macht mir Angst. Ich mag es einfach nicht, wenn ich nicht sehe, was unter mir ist. Im Ozean stelle ich mir immer vor, dass Quallen, Algen und Fische mich jeden Moment berühren.

Ich bin eher der Swimmingpool-Typ. Ich ziehe gern Bahnen, bevorzuge sandfreie Liegen und lasse lieber Chlor als Salz an meine Haut.

Als ich gerade eine Buchseite umblättere, nieselt es auf den Text. Mallorca im November ist dann doch ein bisschen wie Köln. Weit und breit kein Ulli. Ich ziehe mir mein kaputtes Kleid über den Kopf. An der rechten Seite klafft eine Lücke. Ich ignoriere sie und versuche, unsere Sachen vor dem stärker werdenden Regen zu schützen.

Ulli kommt aus dem Wasser, wirft einen Blick auf das, was einmal mein Kleid war, und grinst. »Sexy, dein freier Seiteneinblick«, sagt er.

Lachend toben wir durch den Sand. Als der Regen noch heftiger wird, rennen wir zum Auto.

Ulli will unbedingt noch Fotos machen. Ich werde nicht gerne abgelichtet, und mit einem an der Seite weit aufstehenden Kleid schon einmal gar nicht. Ich grinse schief und mit verschmierter Wimperntusche in die Kamera. Ulli sagt den typischen Satz aller Fototerroristen: »Wenn wir zu Hause sind, freust du dich über die Bilder.«

Wenn der wüsste, dass ich mich auf Fotos immer ganz schlecht getroffen finde, dann würde er das jetzt nicht sagen. Fotos werden bei mir nach einer bestimmten Methode gesichtet: Erscheint mir der Oberschenkel zu dick, wird er sofort herausgerissen. Ich besitze kaum vollständige Bilder von mir. Meine Fotokiste ist randvoll mit Schnipseln.

Zurück in der Finca ist es kalt. Die Heizung ist aus. Ich stelle mich unter die heiße Dusche und ziehe meine dicksten Sachen an. Aufgewärmt liege ich auf dem Sofa im Wohnzimmer. Ulli telefoniert. Schon wieder mit seiner Tochter oder doch mit der Exfrau? Nachdenklich setzt er sich in einen Sessel. »Probleme?«, frage ich. »Nein, nicht wirklich. Nur ein paar Abstimmungsschwierigkeiten«, antwortet er. Er will offensichtlich nicht darüber reden. Schweigend vertiefen wir uns in unsere Bücher. Am Abend fahren wir ins Nachbardorf und essen in einem romantischen kleinen Restaurant köstliche Tapas. Ulli hat etwas auf dem Herzen. Ich bedränge ihn nicht. Vielleicht gibt es doch größere Spannungen mit seiner Exfrau, als er eingesteht.

Die nächsten Tage verbringen wir mit schwimmen, Ausflügen in die Umgebung, shoppen. Wir sehen uns das Haus an, in dem George Sand und Frédéric Chopin überwintert haben, und genießen die Ruhe auf der Finca.

Unser letzter Abend. Ulli hat einen Tisch in einem schönen Restaurant in der Altstadt von Palma bestellt. Als wir gegen sieben Uhr das Haus verlassen, ist es noch richtig warm. Die angenehme Temperatur, das leckere Essen, die schöne Atmosphäre, all das trägt dazu bei, dass ich mich entspanne. Ulli scheint ähnlich gelöst. Wir lachen und sehen uns tief in die Augen. Große Gefühle. Ich spüre, ich bin ihm ganz nah. Er nimmt meine Hand. »Lilly, das waren wunderschöne Tage mit dir. Ich habe es sehr genossen.«

Wir zahlen, gehen Händchen haltend zum Auto, und wie selbstverständlich machen wir da weiter, wo wir bislang immer aufgehört haben. Wir küssen uns heftig, und gerade, als Ulli mit seiner Hand an meiner Gürtelschnalle herumfummelt, wird mir ganz anders. Er öffnet meinen Reißverschluss und gleich ist die Katastrophe perfekt. Dann wird seine Hand auf meinen Riesenschlüpfer treffen. Das muss ich unter allen Umständen vermeiden. Während der Fahrt nach Hause behält er seine Hände glücklicherweise am Lenkrad. Auf der Finca angekommen, renne ich in mein kleines Gästezimmer, wühle in meiner Tasche und finde zum Glück einen schwarzen String.

Ich höre Ullis Schritte auf der Treppe, er nimmt meine Hand, und eine Sekunde später landen wir in seinem Zimmer. Sex pur, auch wenn meine Beweglichkeit ein wenig eingeschränkt ist. Ich genieße jede Sekunde und merke, wie sehr ich es vermisst habe.

Als ich am nächsten Morgen aufwache, sehe ich, wie Ulli die Augen aufschlägt und mich zärtlich anblickt:

»Na, Süße, gut geschlafen?«

»Mh«, schnurre ich noch halb verschlafen und drehe mich so zu ihm, dass wir da weitermachen können, wo wir gestern aufgehört haben.

In Köln angekommen, bin ich verwirrter als vor der Abreise. Am besten kaufe ich mir morgen einen Hund. Dann weiß ich wenigstens, wem mein Herz gehört. Rat suchend öffne ich zu Hause sofort einen Glückskeks: *Unentschlossenheit ist die schlimmste Krankheit.*

Warmwasserbadetag

20. Woche / 79 Kilo / Eisbergbauch

»Die Arme strecken, ja, sehr gut, und jetzt auf der Stelle Wasser treten. Und treten, treten. Ihr seid super, Mädels. Das Ganze zwanzigmal und dann zur nächsten Übung.«

Ich bin in der zwanzigsten Woche schwanger, habe mittlerweile elf Kilo zugenommen und Ida hat mich zu einem Aquafitnesskurs überredet. Die Trainerin ist eine Mittzwanzigerin, die vom Kinderkriegen so weit entfernt ist wie ich von einem Modelvertrag. Sie spornt unsere kleine Gruppe an, das Letzte aus ihren Körpern herauszuholen. Sie hat leicht reden. Wie soll man das Bein unter das Kinn kriegen, wenn der Badeanzug im Schritt zieht und man unterhalb der Brust einen Medizinball mit sich herumträgt.

Bei Ida sieht das Hüpfen anmutiger aus. Ich bemühe mich krampfhaft, den Takt zu halten. Wenn mir vor einem Jahr jemand erzählt hätte, dass ich mich freiwillig an einem Mittwochabend in ein kleines Becken mit lauwarmem Wasser stelle, um zu den Klängen von Kylie Minogues »Can't get you out of my head« alberne Verrenkungen zu machen, dann hätte ich ihn ausgelacht. Aber die Zeiten ändern sich.

Es ist mein zweiter Besuch im Kurs »Aquafitness Teil eins«. Nicht alle im Kurs sind schwanger. Wassertreten hilft bekanntlich auch bei Krampfadern und Knieproblemen. Das Durchschnittsalter der Gruppe liegt deutlich über dreißig. Von der Sekretärin bis zur gestressten Bankerin mühen sich alle gleichermaßen.

»So, jetzt geht zu zweit zusammen und nehmt euch einen Ball«, ruft die fröhliche Sportstudentin vom Beckenrand. Mit den Worten »Hopp, hopp, hopp« schickt sie mich auf die andere Seite des Beckens. Während ich mit einer Bugwelle durch das Wasser pflüge, frage ich mich, warum ich Geld dafür zahle, mich in meiner Freizeit herumkommandieren zu lassen.

Ich bin froh, mit Ida ein Paar beim Ballspiel zu bilden. Eine Ausnahme. Normalerweise nimmt Klaus meinen Platz beim Warmwassergeplansche ein. Nie käme er auf den Gedanken, Ida allein den Gefahren eines zehn mal fünfzehn Meter großen Beckens in einem Hotel der Kölner Innenstadt zu überlassen. Alles viel zu riskant für seine schwangere Prinzessin. Heute kann er nicht. Sonst ist er der einzige Mann in unserer Runde und beim abschließenden Apfelsaftumtrunk von der sonst weiblichen Gruppe sehr beliebt. Weil er sogar Antworten auf Fragen wie: Was packe ich in meinen Koffer für die Klinik? und: Wann darf ich nach der Knieoperation das erste Mal wieder schwimmen? hat.

Kichernd werfen Ida und ich einen Wasserball in alle Richtungen. Nach fünfundvierzig Minuten ist die Wasserturnstunde vorbei und Gabi, unsere Drillqueen, legt Entspannungsmusik ein. Mit einer Poolnudel im Nacken lasse ich mich durchs Wasser treiben. Freier Blick auf meinen Bauch. Zwanzigste Woche und er ragt wie ein Eisberg aus dem Wasser.

Wohlig streichele ich über die Wölbung. Heute Morgen war die wichtige Doppler-Untersuchung. Auf zwei überdimensionalen Bildschirmen konnte ich mein Baby sehen.

»Jetzt müssen Sie kurz die Augen zumachen«, sagte Doktor Herzog immer wieder, »wenn Sie nicht wissen möchten, ob es ein Junge oder ein Mädchen wird.«

Das Geschlecht kenne ich zwar noch nicht, aber alles andere habe ich ganz genau gesehen. Die kleinen Beine, angewinkelt in Schlafstellung, der große Kopf, der Bauch, der Rücken. Das Baby kann sich drehen, und ich hatte das Gefühl, es ist schon unglaublich aktiv. Mir geht Doktor Herzogs letzter Satz nicht aus dem Kopf: »Eine Schwangerschaft nach Maß. Ihr Kind entwickelt sich prächtig.«

Der einzige Wermutstropfen bei aller Vorfreude auf das Baby ist, dass ich mal wieder allein bei der Untersuchung war.

Der Applaus am Ende der Stunde reißt mich aus meinen Gedanken. Gabis toller Unterricht wird beklatscht wie die gelungene Landung eines Mallorcabombers. Dann geht der Ansturm auf die Duschen los. Nur vier für zehn Teilnehmer. Ida und ich bleiben gelassen. Mit unseren Shampooflaschen in der Hand warten wir im Türrahmen. Einige Frauen scheinen diesen Ort mit einem Friseursalon zu verwechseln. Seelenruhig massieren sie Haarkuren ein. Mindesteinwirkungszeit: fünf Minuten. Mir wird langsam kalt und ich frage mich, ob die zu Hause kein Badezimmer besitzen. Gibt es nicht bessere Orte, seine wöchentliche Haarpflege zu zelebrieren?

Bei der Duschablösung schraubt meine Vorgängerin ihre drei Flaschen mit Pflegeprodukten zu und lächelt mich aufmunternd an: »Na, Endspurt? Jetzt hast du es ja bald geschafft.« Ida blickt fragend in meine Richtung. Ich beschließe, nach dieser Bemerkung nur noch zweimal am Kurs teilzunehmen, um dann, ohne Zeugen, in den nächsten fünf Monaten entspannt dicker zu werden.

In der Umkleidekabine sagt Ida mir, dass sie zum anschließenden Umtrunk nicht mehr mitkommt. »Ich habe Stress mit Klaus. Ich wollte gestern Abend mit ihm ins Kino, er stattdessen die Krankenhaustasche probepacken. Ich bin ausgerastet und allein ins Kino gegangen. Als ich nach Hause kam, lag er völlig betrunken auf unserem Bett. Um ihn herum: Still-BHs, Bademantel, Hausschuhe und eine Babydecke.

Heute Morgen haben wir das erste Mal in unserer Beziehung nicht miteinander geredet. Ich muss wirklich nach Hause und das klären.«

Ich gehe heute Abend mit den anderen auch nichts mehr trinken. Paargeschichten von Ida kann ich gerade noch ertragen, aber von fast fremden Frauen muss ich die nicht hören. Ich klinge schon wie eine menschenscheue Zicke. Zeit, allein zu sein.

Mit der Tasche über der Schulter verlassen Ida und ich das Schwimmbad. Wir fahren mit dem Aufzug in die Lobby des Hotels. An der Drehtür verabschieden wir uns und Ida eilt zu ihrem Fahrrad. Ich bummele gemächlich in Richtung Friesenplatz und überlege, ob ich spontan ins Kino gehen soll.

Als ich an der Ampel stehe, höre ich hinter mir ein Keuchen.

Jemand legt mir seinen Arm um die Schulter. Offensichtlich trage ich das richtige Parfüm, mir fallen schon wildfremde Menschen um den Hals.

»Hallo, Lilly! Gepriesen sei der Zufall.« Anka steht neben mir und gibt einen ihrer verdrehten Kalendersprüche zum Besten.

»Super, dass wir uns sehen, ich habe gerade noch an dich gedacht«, fügt sie hinzu.

»Oh, tut mir leid, wenn ich dich schon in deiner Freizeit verfolge«, sage ich entschuldigend.

»An dreißig Tagen im Monat ist es auch so, Lilly, aber heute nicht. Ich gebe dir die DVD von Rekil mit. Seine Fernsehshow, er ist super.«

Ich fasse mir an die Stirn. »Oh, Shit, da war ich auf Mallorca und habe doch seinen Auftritt verpasst. Warum habt ihr mir keine SMS zur Erinnerung geschickt?«

»Hab ich leider vergessen. Aber das musst du sehen! Ich gucke mir die Show von Tim Mälzer zehnmal hintereinander an, aber Rekil ist hundertmal besser. Du kannst mir die DVD in den nächsten Tagen wiedergeben.«

Wir verabschieden uns, aufgeregt betaste ich die DVD in meiner Jackentasche. Zu Hause angekommen, muss ich meine Geduld noch ein wenig zügeln. Mein Telefon klingelt. Schon auf dem Display erkenne ich die Nummer meiner Mutter. Sie hat ihre Drohung wahrgemacht und ruft fast täglich an. Ich bin gespannt, welchen Tipp sie mir heute geben möchte. Gestern war es: Wenn ein

Baby schreit, muss man es sofort trösten. Meine Mutter hatte gelesen, dass schnell getröstete Babys besser schlafen. Ida hat Klaus, ich habe meine Mutter.

»Hallo Mama, was gibt es? Ich bin wirklich müde.«

»Bärchen«, sagt meine Mutter mit sanftem Ton, »das ist ganz normal. Das war bei mir auch so.«

Und schon sind wir wieder bei Mamas Lieblingsthema. Ihre Schwangerschaft, meine Geburt.

Nach einer Viertelstunde habe ich gelernt, dass Omega-3-Fischölkapseln gut für das Hirnwachstum des Kindes sind. Mit den Worten »Bei dir gab es die damals leider noch nicht«, verabschiedet sich meine Mutter selbstzufrieden aus der Leitung. Ich stelle den DVD-Player ein und lehne mich auf dem Sofa zurück.

Zu Beginn der Show erklingen Bollywood-Rhythmen, und die Kamera streift über im Wind wehende gelb und orange getönte Tücher. Aus dem Hintergrund wird Rekil mit markigen Worten angekündigt:

DER MAHARADSCHA VOM KÖLNER RING ZU GAST IN IHREN KÜCHEN. DER KÖNIG DES CURRYS. DER MEISTER DES TANDOORI CHICKENS HÖCHSTPERSÖNLICH, HIER IST ER: REKIL YAGISCHPUR!

Alles ist zu laut, zu grell und die Dekoration sieht aus wie für zehn Euro vom Discounter. Das ganze Studio wirkt wie die ungeliebte Stiefschwester der großen Samstagabendshow.

Zuerst sehe ich Rekils Hände über den Pfannen hantieren, dann schwenkt die Kamera auf seinen Kopf. Fast verschlucke ich mich an meinen Dinkelbrezeln. Erst muss ich vor Lachen loskreischen, dann bin ich fassungslos.

Seine wunderschönen Augen sind stark mit schwarzem Kajal umrandet. Auf der Stirn klebt ein Bindi, ein kleines blinkendes Steinchen. Seinen Kopf ziert ein hellblauer Turban.

Unter einer Art Schlangenbeschwörer-Weste ist sein Oberkörper nackt.

Wo haben die Fernsehmacher dieses schreckliche Outfit nur her, es sieht aus wie ein billiges Karnevalskostüm. Alle Klischees werden übertroffen, als er zu sprechen beginnt:

»So, die Soße fül das Gelicht müssen Sie sehl lange ziehen lassen. Leckel, dann. Sehl leckel.«

Bei dieser Show werden Profiköche zu Affen gemacht. Rekil benimmt sich vollkommen absurd. Die Sendung ist ein Abklatsch, zeigt, wie sich der Pauschaltourist den Inder um die Ecke noch immer vorstellt. Schrecklich, aber mit der Tendenz, Kult zu werden. Wie lange hat Rekil sich wohl diesen schrägen Akzent antrainiert? Da schicken ihn seine Eltern über Jahre auf die besten Schulen, und dann mimt er am Ende den Billiginder. Verrückte Fernsehwelt. Dennoch kann ich den Blick nicht von der Mattscheibe abwenden, denn Rekil hat so viel Charme. Ich bin mir sicher, in Kürze stehen die Fans bei ihm Schlange.

Jetzt überrascht mich auch nicht mehr, dass er mir auf meine Frage, wie der Dreh verlaufen sei, keine klare Antwort gegeben hat.

Trotzdem mache ich mir langsam Sorgen, ob ich ihn als meine Schwangerschaftsvertretung einsetzen kann. So wie es aussieht, steht ihm alternativ eine Karriere als Fernsehkoch bevor.

Wickeltisch und Weinkrampf

24. Woche / 80 Kilo / Tränen

Zum dritten Mal kreist Ida durch die Parkreihen vor dem Babymarkt im Gewerbegebiet. Sie will unbedingt einen Platz direkt vor dem Haupteingang. Klaus gibt Tipps: den Parkplatz in der vierten Reihe nehmen oder den Wagen im Wendehammer abstellen. Meine Freundin ist müde und will keinen überflüssigen Schritt mehr machen. »Und was ist, wenn mir die Fruchtblase platzt?«, entgegnet sie genervt von seinen Vorschlägen.

Klaus lässt nicht locker: »Hier hinten in der Reihe C13 ist einer frei. Nimm den doch.«

»Ja, dann können wir unser Kind auch gleich so nennen und sparen uns die umständliche Namenssuche«, faucht Ida ihren sonst so geliebten Mann an.

Ich sitze auf der Rückbank des neuen Vans und schweige.

Einmischen kann momentan gefährlich werden. Wenn Paare sich beim Einparken streiten oder unterhalten, wie sie es dann hinterher oft nennen, kann man sich als unbeteiligter Dritter sowieso nur falsch verhalten. Jeder Vorschlag von mir, wäre er noch so gut, würde die Stimmung nur weiter anheizen.

Ida sieht wirklich müde aus und wäre wohl am liebsten auf der Couch geblieben. Gestern hatte sie Rückenschmerzen, heute macht sie sich Sorgen um ihre Fruchtblase, irgendetwas ist immer. Kein Wunder, es sind nur noch acht Wochen bis zum errechneten Geburtstermin.

Jetzt wird sie auch noch zur Vorwärtseinparkerin. Immerhin steuert sie die zweite Reihe an, dicht am Haupteingang. Klaus steigt aus und dirigiert sie in die Lücke, ungefragt, damit sie beim Rangieren bloß nicht mit der vorderen Stoßstange an den Poller stößt. Warum machen Männer das mit Frauen? Aussteigen und uns in Parklücken winken? Das ist demütigend. So sehe ich das normalerweise. Bei Ida muss ich leider eine Ausnahme machen. Ihre Bilanz demolierter Rücklichter, zerbeulter Stoßstangen und verkratzter Kotflügel ist endlos, ich kann verstehen, dass Klaus nicht nachts Überstunden in seiner Werkstatt machen möchte, um alles zu bezahlen.

Ida lehnt sich aus dem Fenster und winkt Klaus zur Seite: »Wenn du nicht sofort aus dem Weg gehst, dann gebe ich Gas.«

Klaus blickt zerknautscht. »Ich meine es doch nur gut, er ist doch erst vier Wochen alt.« Der neue Wagen ist eine richtige Familienkutsche. Beim Autokauf hat Ida sich durchgesetzt. Klaus als Oldtimerfan hat den Kaufvertrag nur mit Protest unterschrieben. Wenn es nach ihm gegangen wäre, säßen wir jetzt zu dritt in einem alten Volvo-Kombi. Schick, aber unpraktisch für Familien, wie Ida meint.

Was ist denn heute los mit den beiden? Von der Rückbank aus beobachte ich ihre Auseinandersetzung.

Selten habe ich die beiden so gereizt miteinander umgehen sehen. Aber Klaus' übertriebene Fürsorge bringt Ida langsam an den Rand des Wahnsinns. Allerdings sind sie sich darin einig, alles bis ins kleinste Detail zu planen.

Die Wickelkommode steht seit Wochen. Das Kinderzimmer wurde in der richtigen Farbe, natürlich erst nach der Fruchtwasseruntersuchung, gestrichen. Rosa, so weit das Auge reicht. Die kleinen Strampler, Söckchen, Mützchen, Jäckchen und Miniwindeln liegen im Schrank ordentlich parat. Klaus hängt bestimmt noch vor der Geburt ein Mobile über das Bett.

Ihre Zweisamkeit versetzt mir einen Stich. Allein ein Zimmer zu streichen und dabei Pläne zu schmieden, ob mein Kind einmal Baggerfahrer oder Pilot wird, macht mir keinen Spaß.

Jetzt will Klaus Ida beim Aussteigen helfen. Nur nichts dem Zufall überlassen, lautet seine Devise. Er lebt in der ständigen Sorge, sie könnte umknicken, fallen, straucheln oder sich den Finger in der Autotür klemmen.

Im Gegensatz zu Klaus' korrektem Parkverhalten stellte Christian seinen Wagen gern auf dem Behindertenparkplatz ab. Kam ein Parkwächter, musste ich, auf Christians Anweisung hin, mit schmerzverzerrtem Gesicht humpelnd in den Supermarkt gehen. Noch in der Käseabteilung lachten wir über das mitleidsvolle Gesicht des Wächters. Spätestens beim Einladen der Einkäufe hatte ich meine vorgetäuschte Verletzung und den Parkplatzsheriff vergessen. Meine Bänderrisslegende vom Beachvolleyball glaubte mir der Herr in dunkelblauer Uniform dann auch nicht mehr. Christian zahlte den Strafzettel, lachte über die Standpauke. Mich holte stets das schlechte Gewissen ein, dass wir einem wirklich gehbehinderten Menschen den Parkplatz weggenommen hatten.

Mit Christian geriet ich häufig spontan in komische Situationen. Mit ihm atmete ich das Leben, es schien jeden Augenblick voller Überraschungen. Alles witzig, solange man nicht schwanger ist. Mit Kindern braucht das Leben einfach mehr Struktur.

Der Mann meiner Freundin hingegen ist die fleischgewordene Stempeluhr. Im besten Sinne. Auf Klaus kann man sich wirklich verlassen. Er besorgt garantiert das perfekte Geburtstagsgeschenk, er vergisst nicht, die Schwiegermutter anzurufen, und er liebt Kinofilme für Mädchen.

Zum Kennenlern-Tag bekommt Ida immer fünfundzwanzig Rosen, in dem Alter hat sie sich am schönsten gefühlt. Klaus will sie mit dieser Anzahl an Blumen genau daran erinnern, dass sie für ihn immer noch so schön ist. Zum Hochzeitstag gibt es achtundvierzig rote Rosen. Klaus' Eltern waren so lange Jahre miteinander glücklich, das soll ihm mit Ida auch gelingen. Den Sommermonat August fahren sie in die Berge zum Wandern, denn da ist es nicht so furchtbar heiß. Das ist gut für die helle Haut von Klaus und noch besser für seinen Heuschnupfen. Nie würde Ida auf einem Strandurlaub auf Ibiza bestehen, obwohl sie die Sonne so liebt. Ist so viel Verständnis füreinander normal? Beim Frühstück liest sie zuerst das Fernsehprogramm und er den Leitartikel. Jeden Tag dieselbe Reihenfolge. Ob die zwei wohl auch immer in der gleichen Stellung Sex haben? Werden nur Synchronschwimmer des Lebens miteinander glücklich? Dieses Korsett der Liebe wäre mir zu eng. Mit Sicherheit bin ich nicht so kompromissbereit wie Ida. Fakt ist: Sie schlendert inzwischen wieder Arm in Arm mit Klaus vor mir her. Sie dreht sich um, lächelt mir zu und ruft: »Lilly, komm, benimm dich nicht wie ein fünftes Rad am Wagen. Warum bummelst du so? Ist alles in Ordnung?«

»Ja!«, lautet meine kleine Notlüge. Warum bin ich eigentlich mitgefahren und sehe mir dieses Dauerglück in Endlosschleife an?

»Nein, Blau beißt sich mit den Rücksitzfarben«, sagt Klaus und zeigt auf die Kollektion der Babyschalensitze.

»Die beige Garnitur wasche ich aber nicht alle zwei Wochen, wenn unsere Tochter alles vollspuckt«, antwortet Ida. Sie sitzt mit einem Glas Wasser in der Hand entspannt in einem Autositz für Erwachsene. »Was meinst du denn zu Rot?«, fragt sie zwischen zwei Schluck Wasser.

»Rot ist doch ein Kompromiss, mein Schatz, das passt zu allem und ...«

Weiter kommt Klaus mit seiner Begründung nicht. Denn nun sehe auch ich rot:

»Schluss jetzt mit eurer ewigen Einigkeit und Kompromissfähigkeit. Ihr nervt mich! Das ist doch ein Albtraum, wie ihr miteinander umgeht, nicht von dieser Welt. Habt ihr Paar-Ratgeber gefressen oder was? Tragt den Streit doch einmal aus! Blau, beige, rot, ihr müsst doch mal unterschiedlicher Meinung sein.«

Ida und Klaus schauen zuerst mich mit den gleichen fragenden Augen an und dann sich. Mein Handy klingelt in der Tasche, schimpfend suche ich es zwischen ausgerissenen Rezepten, alten Taschentüchern und Kaugummis. Telefonierend bleibe ich vor den Babybetten stehen:

»Hallo? Ja, was ist denn, Mama?«

Ida und Klaus starren noch immer zu mir herüber, sie wirken wie schockgefroren.

»Was gibt es denn? Heute? Na, wenn es bei euch nicht anders geht. Okay, bis später. Ja, ich mich auch. Tschüss!«

Ich habe mich nicht mehr im Griff. Bald bin ich ein Fall für die Couch. Ida und Klaus werden mich zur Gruppentherapie zwingen.

Ida findet ihre Stimme als Erste wieder, Klaus starrt auf den blauen Sitz: »Hast du sie noch alle, Lilly? Was ist denn los mit dir? Dürfen wir bitte so miteinander umgehen, wie wir es für richtig halten?«

Ich klappe mein Telefon nervös auf und zu. Jedes Mal taucht ein grinsender Rekil mit Turban aus der Fernsehshow auf dem Display auf.

Mein Weinen beginnt ganz leise. Die Tränen sammeln sich am unteren Lid und laufen dann im Augenwinkel über. Nach zwei Minuten läuft mir Rotz aus der triefenden Nase, und der Kajal hinterlässt vom Auge bis zum Kinn ein schwarzes Rinnsal.

Ida kommt zu mir, streicht mir über das Haar und sagt immer wieder liebevoll: »Du bist nicht allein, Lilly, wir sind doch bei dir.«

Ich spüre, wie viel Kraft es kostet, immer alles ohne

Partner entscheiden zu müssen. Für so vieles allein verantwortlich zu sein.

Ulli ist wirklich rührend fürsorglich, aber wenn er die Hand auf meinen Bauch legt, fühlt es sich nicht richtig an. So erkläre ich Ida meine dünnen Nerven. Ein Versuch. »Ich vermisse Christian. Ohne ihn bin ich nicht vollkommen. Ohne seine Unterstützung kann ich nicht mehr über mich hinauswachsen.«

Auf der Kundentoilette versuche ich mich zu restaurieren. Gar nicht so leicht, wenn die Nase rot und die Augen geschwollen sind. Außerdem sind diese fünf Quadratmeter Toilette und Raucherraum für das Personal in einem.

Das Waschbecken gleicht einem einzigen großen Aschenbecher. Mit Toilettenpapier wische ich erst mal die Nebelschwaden vom Spiegel. Zum Vorschein kommt eine verheulte Mittdreißigerin. Mein Anblick raubt mir das letzte Fünkchen Selbstbewusstsein. Die Angestellten des Babymarkts wollen mich trösten und geben zwischen zwei Lungenzügen praktische Lebenshilfe:

»Et kütt, wie et kütt. Heul dir doch nicht wegen dem Tünnes deine schönen blauen Augen so matschig.« Mit den Weisheiten der kettenrauchenden Verkäuferinnen und der roten Babyschale im Gepäck fahren Ida, Klaus und ich nach Hause.

Vor der Wohnung stehen bereits meine Eltern mit Kuchen in der Hand und warten. Klaus hat auf der Rückfahrt geschwiegen, mich mehrmals schüchtern im Rückspiegel betrachtet. Mit meinem Gefühlsausbruch habe ich ihn heute überfordert. Er scheint froh zu sein, mich an meine Eltern abgeben zu können.

Meine Mutter nimmt mich kurz in den Arm und wünscht Ida durch das Autofenster alles Gute für die Geburt. Dann treibt sie uns in die Wohnung. »Komm, Lillylein, ich will sehen, wie weit du mit den Vorbereitungen für das Kinderzimmer meines Enkels bist.«

Mein Vater steht wie angewurzelt an der Haustür, mein altes Schaukelpferd neben sich: »Vom Dachboden«, sind seine knappen Worte. Zur Begrüßung gibt er mir, wie so häufig, die Hand.

Eine komische, distanzierte Geste, und immer wirkt er dabei steif und verklemmt. Ich schlage seine Hand aus, falle ihm um den Hals und drücke ihm zwei Küsse auf die Wangen:

»Papa, klar ist das vom Dachboden. Das erkenne ich wieder. Ich hatte es viel zerkratzter in Erinnerung.«

»Ich habe mich gestern Abend darum gekümmert«, brummelt er stolz. Unbeholfen wischt er sich mit dem Handrücken über die Wangen und schaut dabei zu meiner Mutter, die bereits die Treppenstufen hochläuft.

An meiner Tür klebt ein Zettel mit Ullis Handschrift. Erst letzte Woche hat er mich, nicht per SMS, sondern richtig mit Füller und Tinte, zu einem romantischen Dinner bei sich zu Hause eingeladen. Bevor meine Mutter einen neugierigen Blick darauf werfen kann, nehme ich den Zettel vom Türrahmen und schließe auf. Noch im Flur entfernt meine Mutter die Frischhaltefolie von ihrem Kuchenblech: »Bärchen, Muffins mit Schokostreuseln. Die isst du doch so gern.«

»Mh«, sage ich wenig überzeugend. Es muss wirklich schlecht um mich stehen, wenn meine Mutter mich mit Kalorienbomben aufpäppeln will und dabei vollkommen mein Gewicht aus den Augen verliert. Widerstandslos lasse ich zu, dass meine Mutter das Regiment über Besteckkästen und Kaffeetassen übernimmt.

Mein Vater lehnt an der Fensterbank, sein Blick fällt auf eine Kiste mit unerledigten Rechnungen, Postkarten und einem Stapel Fotos. Von Christian ist auch eines darunter. Er zieht es heraus und fragt mich: »Kommt er wohl für mich an Karten für das Championsleague-Spiel Werder Bremen gegen Real Madrid im nächsten Monat? Sind auch nur zwei Stück, die ich bräuchte.«

Ist es zu fassen, woran Männer denken?

»Ich habe Stress mit ihm, Papa. Schon vergessen?«

Männer können Fußball vom Rest der Welt trennen. Die müssen einen Sechzehnmeterraum im Hirn haben. Erst wenn sich der Gegner darin befindet, wacht ihre Verteidigung auf. Vorher kann die Welt untergehen, und sie bemerken nichts. Weder dass der Mülleimer voll noch der Kühlschrank leer ist. Hauptsache, ihre Mannschaft gewinnt. Karten für ein Fußballspiel. Die Frage stelle ich Christian garantiert nicht. Von Rosa weiß ich, dass er momentan in Arbeit erstickt. Ihrer Meinung nach reines Ablenkungsmanöver, um nicht immer an mich zu denken. Ich habe versucht, das Thema Christian zu vermeiden, als Rosa neulich meine Testesserin für ein neues Rezept war. Dennoch ist sie, das wissen wir beide, das Bindeglied zwischen Christian und mir.

Mein Vater hakt noch mal nach: »Ich dachte ja nur, dafür war er immer super. Kannst du dich nicht wieder mit ihm vertragen? Auf dem Amt fanden die mich mit dem ›Sportschau-Schwiegersohn‹ ganz gut.«

»Günther, jetzt mach aber mal einen Punkt mit den bescheuerten Karten«, zischt meine Mutter ihn an, während sie die Muffins verteilt. »Deshalb sind wir doch nicht hier, Günther. Nun sag Lilly schon, was wir heute von ihr wollen.«

Mein Vater aber beginnt wieder von diesem dämlichen Fußballspiel:

»Mein Kollege vom Grünflächenamt und ich hätten uns eben gern mal den Spielfeldrasen in Bremen angeschaut. Die bewässern den da mit einem ganz neuen System.«

Meine Mutter ergreift die Initiative: »Günther, das ist mir wirklich zu kindisch. Lilly, wir sind deine Eltern.«

Aha. Das ist auch mir nicht wirklich neu.

»Wir lieben dich von ganzem Herzen«, fährt sie fort.

Ich beginne, mich vor meinem Schokomuffin zu entspannen.

»Und wir wollen nur dein Bestes!«

Habtachtstellung, Lilly, wenn Eltern das sagen, kommt das dicke Ende meistens gleich hinterher.

»Wir wollen, dass du wieder in dein altes Kinderzimmer ziehst und somit in unserer Nähe bist.«

Glänzende Idee.

»So, Schätzchen, jetzt ist es raus, was meinst du?« Ihre Augen strahlen, auch wenn die vielen Fältchen eine Wellenlandschaft bilden.

»Ich weiß nicht«, winde ich mich auf meinem Stuhl, »wie soll das denn gehen? Da müsst ihr euch doch auch wieder umstellen. Jetzt mit euren Reisen und der ganzen Gartenarbeit. Und was soll ich wieder in Köln Poll, da kenne ich doch keinen mehr.«

»Na, uns kennst du doch«, sagt mein Vater.

»Der Peter, mit dem hast du dich schon im Kindergarten so gut verstanden«, fügt meine Mutter hinzu, »der wohnt seit letztem Monat auch wieder zu Hause. Der würde sich bestimmt freuen, wenn ihr mal was zusammen unternehmt.«

Eher überwinde ich meinen Horror vor Campingplätzen und Gemeinschaftsduschen, als wieder in mein Mädchenzimmer zu ziehen. Meine Eltern haben seit meinem Auszug weder den »Atomkraft-Nein-Danke«-Sticker vom Schrank entfernt, noch die Poster von David Bowie abgenommen. Und Peter Schneider trug schon im Kindergarten Glasbausteine auf der Nase. Nichts gegen Brillenträger, aber Sexiest-man-of-the-year ist der bestimmt niemals geworden.

»Ist wirklich lieb von euch, aber das geht doch mit dem Catering gar nicht, und Christian soll doch wenigstens in der Nähe sein, wenn er das Baby sehen möchte«, lehne ich ihr gut gemeintes Angebot ab.

Meine Eltern sehen fast enttäuscht aus. Immer sind sie für mich da gewesen, immer konnte ich mich auf sie verlassen. Als ich mit meiner Ente ohne Benzin im Elbtunnel stehen blieb, riefen sie den ADAC. Als mir das Geld auf der Interrailtour ausging, sicherte mir mein Vater per Blitzüberweisung bei drei jungen Italienern einen coolen Abgang. Aber zieht man deshalb ins eigene Kinderzimmer zurück? Mit sechsunddreißig Jahren und einer eigenen Wohnung? Soll ich mir wieder das Bad mit den Eltern teilen und mir von meinem Vater anhören: »Dusch nicht so lange, Wasser ist teuer«? Nein, und nochmals nein. Eltern ersetzen keinen Partner. Da müsste es noch viel schlimmer kommen, bevor ich ihr Angebot annehme. Aber man weiß ja nie.

Allein, dass Papa mir vor zwei Wochen mit seinem handwerklichen Geschick alle Lampen angebracht hat, war eine große Hilfe. Ich nehme mir vor, sie häufiger zu besuchen. Aber zurück in mein altes Zimmer bringen mich keine zehn Pferde.

Wir verleben dann noch einen herrlichen Abend miteinander. Mama beginnt beim Abendbrot mit der Namenssuche. Erst versucht sie es mit Ingeborg und Hilde, den Namen ihrer Mutter und ihrer Tante. Bei Gisela, dem Vornamen ihrer besten Freundin aus Grundschulzeiten, streiken Papa und ich endgültig. Sie schlägt die Namen der Schauspieler aus den Zeitschriften vor, die bei mir herumliegen. Papa will alte Fußballstars wie Berti, Franz und Sepp für einen Jungen ehren.

Mama fühlt sich heute so wohl in meiner Wohnung, dass sie ihr geliebtes Fernsehquiz bei mir auf dem Sofa schaut.

Wir raten alle gemeinsam. Papa zweifelt an dem Kandidaten: »Wieso weiß der das denn nicht? Das ist doch ganz einfach.«

Als wir die Lösung der Mattscheibe entgegenschreien, werden wir von der Klingel unterbrochen.

»Na, wie geht es dir, Prinzessin?« Nach einem intensiven Kuss drückt sich Ulli an mir vorbei in den Flur.

»Hallo, ähm. Komm doch rein«, stammele ich überrumpelt. »Ich habe dir einen Zettel an die Tür gehängt, hast du ihn gelesen?« Er fährt sich mit der Hand durch sein Haar und blickt in Richtung Wohnzimmer. »Hast du Besuch, störe ich?«

Meine Eltern sind plötzlich stumm geworden. Weder der Fernseher noch Gesprächsfetzen dringen aus dem Zimmer. Die eigenen Eltern als Lauscher an der Wand, wer hätte das gedacht.

»Vielleicht gehen wir noch ins Kino oder du schläfst bei mir? Das wäre schön. Meine Tochter kommt am Wochenende, da können wir uns ja kaum sehen.«

Mir ist das zu doof: »Mama«, rufe ich laut. »Komm mal bitte.«

Meine Mutter kommt mit einer Schale Erdnussflips um die Ecke. Auf Zehenspitzen!

»Das ist Ulli, mein Vermieter und ein guter Freund. Meine Mutter.«

Ulli lässt seinen gesamten Charme spielen.

Ich lasse mich neben Papa auf die Couch fallen. Er dreht den Fernseher wieder auf Zimmerlautstärke, denn das Gespräch auf dem Flur über fünfjährige Töchter und welcher Elternteil die Kleine wann zu welchen Bedingungen sehen darf, ist mehr etwas für meine Mutter.

»Hat er Ahnung von Fußball?«, fragt Papa beinahe traurig. Wenn hier jemand meinen Ex noch mehr vermisst als ich, dann er.

»Nein, aber er küsst wunderbar. Das brauchte ich in letzter Zeit mehr als die Abseitsregel und den Tabellenstand.«

»Trainerwechsel nennt man das«, sagt mein Vater in Richtung Fernsehmoderator und fragt besorgt: »Ist das nicht alles ein wenig kompliziert?«

Ulli und meine Mutter betreten das Wohnzimmer, ich stelle den Rest der Familie vor, mein Vater wiegt den Kopf langsam von links nach rechts. Ulli wird es schwer haben, dem Vergleich mit Christian standzuhalten. Meine Mutter hat Ulli längst auf seiner Seite. Doch das Gespräch mit Papa über Autos und Urlaubsreisen bleibt zäh und lässt keine entspannte Atmosphäre aufkommen.

Ulli lenkt die Unterhaltung immer wieder auf seine Tochter und holt, nachdem der Gewinner der Quizsendung längst gefunden ist, noch eine gute Flasche Rotwein aus seiner Wohnung.

»Dann habe ich die Nabelschnur durchgeschnitten und sie in den ersten Minuten ihres Lebens auf dem Arm gehalten«, schwärmt er entrückt. »Sie ist wirklich das schönste Mädchen auf der Welt.«

»Das behaupten alle Väter«, klinkt sich meiner wieder in die Runde ein und legt den Arm um mich, »das schönste Mädchen sitzt doch hier neben mir. Zu meiner Zeit haben Väter noch keine Nabelschnüre durchgeschnitten, aber wir waren für unsere Familien da. Das scheint ja heute weder bei Ihnen noch beim Vater meines ersten Enkels der Fall zu sein.« Papa steht auf und deutet meiner Mutter an, die Rückfahrt anzutreten.

Ulli blickt zu ihm hoch: »Vielleicht sind wir Männer heute auch ehrlicher mit unseren Gefühlen als Ihre Generation. Die Zähne zusammenbeißen und durch funktioniert leider nicht immer.«

Beide müssen sich zügeln, das ist deutlich zu spüren.

Ich verabschiede mich von meinen Eltern an der Haustür. Sie gehen erst, als ich ihnen versprochen habe, sie bald zu besuchen.

Im Wohnzimmer streckt Ulli mir die Arme entgegen und wiegt mich hin und her.

Ich will mich aus seiner Umarmung lösen. Falsche Liebe, gibt es das? Bevor ich ihn in seine Wohnung zurückschicken kann, ist er bereits im Badezimmer verschwunden. Mit der Zahnbürste im Mund nuschelt er: »Süße, ich freue mich auf die Nacht mit dir.«

Widerstand zwecklos. Das Herz ist eben ein dehnbarer Muskel.

Am nächsten Morgen werde ich von seiner Stimme geweckt.

»Ja, wir gucken uns den Babyelefanten im Zoo an. Versprochen. Gib mir noch mal die Mama.«

Familienkonferenz als Wecker. Ich bin gespannt, ob er mich gegenüber seiner Frau erwähnt. Nach zwei Monaten könnte man zumindest meinen Namen einmal fallen lassen.

»Natürlich bin ich pünktlich. Ja, ich gebe ihr die Tropfen. Kein Problem. Ich bringe sie abends zu dir, und wenn du Lust hast, können wir dann alle noch zusammen essen. Hast du dir das mit dem gemeinsamen Wochenende überlegt? Ich fände es auf jeden Fall sehr schön, wenn wir einen echten Familienausflug machen. Das würde Emma auch guttun. Bis Sonntag, mach dir keine Sorgen. Ich passe schon auf unseren Engel auf.«

Mit einem Lächeln dreht er sich zu mir, küsst mich in den Tag und fragt nach meinen heutigen Plänen.

Er ist nicht wirklich frei, denke ich. Bin ich es? Schenke ich Ulli meine ganze Liebe und Aufmerksamkeit? Geben wir uns eine ehrliche Chance? Vielleicht spielen Ulli und ich beide nicht mit offenen Karten. Er hat mich nicht seiner Tochter vorgestellt. Ich habe ihn nie in meine Babyplanung einbezogen. Die Warteschleife des Glücks läuft für uns beide auf unterschiedlichen Spuren. Ulli hofft vielleicht auf sein altes Familienglück, ich hoffe auf ein neues. Die Schnittmenge geht gegen null.

Ulli streift sich seine Jeans über, knöpft sein Hemd zu und sagt unvermittelt: »Warum hast du eigentlich gegenüber deinen Eltern nicht erwähnt, wie es wirklich zwischen uns ist?«

»Wie ist es denn?«, frage ich.

»Erotisch«, antwortet er strahlend.

»Aber ohne Zukunft«, ergänze ich knapp.

Er nestelt mit den Händen an seinen Manschettenknöpfen und setzt sich neben mich auf die Bettkante.

»Ist das dein Gefühl, Lilly? Und seit wann denkst du das?«

»Richtig klar geworden ist es mir, als ich gerade gehört habe, wie du mit deiner Tochter und deiner Frau telefoniert hast.«

»Exfrau«, verbessert er mich.

»Frau oder Exfrau. Deine Stimme klang so weich und so sehnsuchtsvoll. Was teilen wir denn wirklich miteinander außer der Bettwäsche? Noch nicht einmal die Haustürschlüssel«, sage ich und steige aus dem warmen Bett. »Seien wir doch ehrlich. Wir mögen uns, wir finden uns anziehend. Benutzen wir uns nicht gegenseitig als Schutzschild, um die Gefühle für unsere ehemaligen Partner nicht zu offenbaren?«

»Was willst du damit sagen?«, fragt Ulli in scharfem

Ton. »Ich genieße jedes Treffen mit dir. Und in meinen Augen bist du kein Ersatz für mein verpatztes Familienleben.«

»Trotzdem«, entgegne ich, »unsere Beziehung ist oberflächlich, und ich habe nicht das Gefühl, dass wir darüber hinauskommen. Ich mache dir gar keinen Vorwurf. Ich kann dir ja selbst nicht mehr geben. Ich ertappe mich eben immer wieder dabei, dass ich dein Verhalten mit Christians vergleiche. Im Grunde wünsche ich mir, dass ich so frei wäre, mit dir eine neue Beziehung einzugehen, aber es funktioniert einfach nicht.«

»Willst du dich von mir trennen, Lilly? Deinem Ex hast du vorgeworfen, ein Beziehungsangsthase zu sein. Benimmst du dich nicht gerade selber wie einer?« Ulli steht am Nachttisch und zieht seine Uhr auf. Dann sieht er mir in die Augen. »Vielleicht unterschätzt du mich auch, Lilly. Ich will nicht nur die schönen Stunden zu zweit, ich kann mir auch ein Leben zu dritt vorstellen. Die Signale müssen aber von dir kommen.«

Hilflos stehe ich mit meinen Strümpfen in der Hand vor dem Kleiderschrank und weiß weder, was ich anziehen, noch, was ich erwidern soll.

»Ich scheine im Lebensstau zu stehen, die Ampelphase ist auf Dauerrot. Ich bin total blockiert. Ich komme einfach nicht weiter«, sage ich leise. »Dabei stand gestern in meinem Glückskeks *›Sie werden eine große Glückssträhne haben‹*.«

»Jetzt trifft es zu, und du merkst es nicht einmal«, sagt er traurig. Mit einem Türknall lässt er mich in meinem Gefühlschaos zurück. Momentan merke ich einfach nicht, wenn mir jemand etwas Gutes tun möchte. Selbst dem Mann von der Lottogesellschaft: Gratuliere, Frau Heiden, Sie haben sechs Richtige, würde ich die Tür vor der Nase zuschlagen und nur sagen: Danke, ich kaufe nichts.

Hebamme mit Teppichtasche

30. Woche / 82 Kilo / gefangen im falschen Körper

Ich drehe mich vor dem Spiegel hin und her. Ende des siebten Monats mit einem Gewicht von fast zweiundachtzig Kilo finde ich nur in diesem Geschäft für Schwangere passende Kleidung und Verkäuferinnen, die mich nicht mitleidig anstarren.

Der einzige Nachteil ist die beschränkte Auswahl. Bärchenpullis, Westen mit ganzen Entenfamilien, Ponchos, in denen man Schulklassen versenken könnte, und Hosen, in die Claudia Schiffer dreimal reinpassen würde.

Wo kauft Ida eigentlich ihre geschmackvollen Oberteile und Hosen? Ich hätte nicht auf meine Mutter hören sollen, als sie mir diese Boutique für Schwangerschaftsmode empfahl. Ich habe das Gefühl, hier wurde seit meiner Geburt das Sortiment nicht gewechselt.

Unter all den Scheußlichkeiten befindet sich dann doch ein schlichter, schwarzer Pulli, der meine Rundungen perfekt betont und mit dem ich zufrieden die Umkleidekabine verlasse.

An der Kasse schwitze ich bereits. In meinem Alter folgt vermutlich auf die Schwangerschaft direkt das

Klimakterium. Ich bin in einem Stadium angekommen, in dem mir jede leichte Anstrengung Schweißausbrüche beschert.

Wenn ich aber nicht gerade darüber nachdenke, ob mein Deo versagt, könnte ich Bäume ausreißen. Mit dieser Energie würde ich gerne die nächsten Wochen weiter durch mein Leben düsen. Allerdings ruft sich das Baby immer stärker in Erinnerung. Nachts wird munter getreten und geboxt. Ganz so, als wollte mir mein Kind sagen: Mama, schalte einen Gang runter. Das ist im Augenblick gar nicht so leicht. Die Zahl unserer Aufträge hat sich verdoppelt, seit Rekil regelmäßig den kultigen Turbankoch im Fernsehen gibt. Die Anfragen der Fans türmen sich auf meinem Schreibtisch. Auf Betriebsfesten und Familienfeiern steht plötzlich indische Küche ganz oben auf der Liste. Solange ich dabei keine Saris tragen muss und seine Fans auf meinen Kostenvoranschlag positiv reagieren, soll es mir nur recht sein. Ich kann das finanzielle Polster gut gebrauchen, denn in fünf Wochen übernimmt Rekil die Geschäfte, bis ich nach der Geburt wieder aus dem Stillkoma erwache.

Bei den indischen Aufträgen übernimmt er schon jetzt das Zepter. Er hat echte Bestimmer-Qualitäten. Nach der Babypause wird er fordern, dass ich eine Woche bei seinem Vater ein Tandoori-Palace-Praktikum absolviere, und Anka muss sich mit einem deutsch-indischen Akzent am Telefon melden. Dindisch nennt Rekil diese Fantasiesprache.

Als ich gerade an der Reihe bin zu zahlen, klingelt mein Handy. Ida. Sofort fällt mir siedend heiß ein, was ich verschwitzt habe. Morgen soll ich das erste Mal mit Ida und Klaus in den Geburtsvorbereitungskurs gehen. Es ist ein Kompakt-Kurs. In vier Tagen alles Wissenswerte rund um die Geburt. Die erste Runde am vergangenen Wochenende habe ich bereits verpasst. Ida hat die Hebamme gefragt, ob ich dennoch in ihren Kurs reinrutschen kann. Ich sollte sie anrufen. Die Hebamme. Ich habe es vergessen.

»Süße, sollen wir dich morgen abholen?«, ruft Ida ein wenig zu laut in den Hörer. »Denk daran, dass du bequeme Sachen anziehst«, fügt sie noch hinzu.

Besitze ich noch irgendwelche Sachen, die nicht bequem sind? Werde ich je wieder High Heels und enge Hosen tragen? Im Moment unvorstellbar.

»Ida, ich habe vergessen sie anzurufen. Wie heißt sie noch einmal? Daniela?«

Ida zischt am anderen Ende der Leitung »unfassbar« in den Hörer. Die Kassiererin blickt entnervt in meine Richtung. Ich reiche ihr meine EC-Karte und versuche Ida zu besänftigen:

»Ich hatte die letzten Tage ständig Veranstaltungen. Catering für eine Hochzeit. Essen für achtzig Personen. Wir haben rund um die Uhr gearbeitet. Ich war allein drei Tage mit den Vorbereitungen für ein Bollywood-Betriebsfest beschäftigt. Die Kichererbsen kommen mir schon zur Nase raus.« Die Leute hinter mir in der Schlange blicken interessiert in meine Richtung. Ich gebe die Alleinunterhalterin und zwangsverpflichte die anderen Kundinnen, meinem Leben zu lauschen. Während ich den Beleg unterschreibe, rutscht mein Handy in Richtung Ausschnitt.

»Okay, Lilly. Du musst dich nicht entschuldigen. Ich rede mit Daniela, der Leiterin des Kurses. Du bist bestimmt nicht die erste Schwangere, die ihre Anmeldung vergessen hat. Es kann nichts schiefgehen. Wir holen dich morgen ab.«

Gibt es etwas Besseres als eine gute Freundin, die einem selbst im größten Chaos noch beisteht?

Ich nehme meine Tüte, ordne meine Karten im Portemonnaie, verstaue mein Handy und will gerade den Platz für die nächste Kundin an der Kasse frei machen, als ich hinter mir die Stimme eines kleinen Mädchens höre: »Mama, kriegt die Frau mit dem Telefon zwei Babys? Die ist viel dicker als du.«

Ich drehe mich um und sehe, wie die Mutter entschuldigend die Schultern hochzieht und murmelt: »Kinder.«

Auf dem Weg zum Ausgang werfe ich einen Blick in den Spiegel und kann nicht fassen, dass eine Sechsjährige mir in Sekundenschnelle das Selbstbewusstsein rauben kann.

Als Trostpflaster gönne ich mir eine Käsesahnetorte und einen Cappuccino. Am Nachbartisch fängt ein Baby an zu schreien. Dass auch Dunkelrot zu den Gesichtsfarben eines gesunden Kindes gehört, war mir nicht bewusst. Die Mutter blickt sich hektisch um, ob jemand im Café sich gestört fühlt. Mich belästigt das Kindergeschrei heute nicht mehr. Noch vor Kurzem hätte ich auch genervt von meiner Zeitung hochgeblickt und mir Ruhe und durchgreifende Eltern gewünscht. Schwangersein führt zu einer größeren Gelassenheit.

Im Hausflur begegne ich Ulli mit seiner Tochter. Wir lächeln beide schüchtern. Wollte ich in den letzten Wochen meine Wohnung verlassen, habe ich immer zuerst durch den Türspion gespäht, ob er sich im Hausflur aufhält. Total kindisch.

Auf seine regelmäßigen Zettelchen an meiner Tür habe ich nicht reagiert, ließ seine Anrufe unbeantwortet. Deshalb habe ich das Gefühl, dass ich Ulli ein Treffen schuldig bin.

Seine hübsche Tochter grüßt mich freundlich. Ich bin froh, dass sie nicht weiß, dass ihren Vater und mich mehr verbindet als nette Nachbarschaft.

Fast zeitgleich drehen wir die Schlüssel in unseren Wohnungstüren um. Unsere Blicke treffen sich. Als seine Tochter schon in die Wohnung stürmt, sagt Ulli mit seinem schönsten Lächeln:

»Ich krieg dich, Lilly.«

»Ich lasse mich aber nicht so leicht einfangen«, antworte ich. Aber das scheint ihn nur noch mehr herauszufordern. Er wirft mir einen Luftkuss zu. Aus dem Hintergrund ruft die Kleine schon lautstark nach ihrem Vater. Ulli verschwindet in der Wohnung.

Alles könnte so einfach sein. Warum kapiert mein Herz das nicht? Ulli ist attraktiv, er ist ein liebevoller Vater, im Bett ist er fantasievoll, er mag meinen Job und er verbringt nicht jedes Wochenende auf dem Fußballplatz.

Bei Herzensdingen zählen eben keine Pro-und-Kontra-Listen. Das macht mich so hilflos. Auf dem Papier wäre Ulli im Vergleich zu Christian längst der Sieger.

Mein Anrufbeantworter blinkt. In letzter Zeit reagiere ich darauf allergisch. Zu achtzig Prozent sind es

Bärchen-Nachrichten meiner Mutter: Bärchen, hast du schon gegessen? Bärchen, hast du schon Gymnastik gemacht? Bärchen, nimmst du auch immer regelmäßig deine Magnesiumtabletten? Widerwillig drücke ich auf die Abhörtaste.

»Hallo, Frau Heiden, hier spricht Daniela Färber. Da Sie sich nicht bei mir gemeldet haben, gehe ich davon aus, dass Sie den Platz im Geburtsvorbereitungskurs nicht in Anspruch nehmen wollen. Die Warteliste ist lang. Einen schönen Tag noch und eine entspannte Zeit bis zur Geburt.«

Was hat das denn jetzt zu bedeuten? Plötzlich habe ich das Gefühl, mein Leben hinge von diesem Vorbereitungskurs ab. Sofort glaube ich, ohne Atemübungen und Pressanleitung die Geburt nicht zu überstehen. Wahrscheinlich werde ich später auch nur einen schlechten Kindergartenplatz bekommen, weil ich nie rechtzeitig anrufe, und allein das gilt in der Welt der perfekten Mütter schon als Makel.

Ich suche in den Visitenkarten, die sich in einer Ablage neben dem Telefon stapeln, nach der Nummer der Hebamme. Ohne Ergebnis. Im Telefonbuch stehen drei Färber mit einem schlichten D. dahinter. Die zweite Nummer ist ein Volltreffer. Allerdings erreiche ich nur den Anrufbeantworter. Ich schmeichele so lange auf das Band, bis ich von einem Piep unterbrochen werde. Ich habe die maximale Redezeit von einer Viertelstunde überschritten.

Ich laufe in der Wohnung auf und ab. Ich versuche, mich zu beruhigen. Meine Mutter hat auch nie einen Geburtsvorbereitungskurs besucht und mich gesund auf die Welt gebracht. Auch wenn sie bei Familientreffen gern über die schwere Geburt jammert. Ein Kurs, davon bin ich überzeugt, hätte an ihren Strapazen nichts geändert. Als werdende Mutter hört man aus dem Umfeld von Freundinnen, Tanten, Müttern und Cousinen sowieso nur Horrorgeschichten. Deshalb hofft ja jede Schwangere, dass die perfekte Hecheltechnik Erleichterung bringt, und Dammschnitte sowie endlose Wehen verhindert.

Das Telefon klingelt, und mit einem optimistischen Wir-schaffen-das-schon-Unterton meldet sich Daniela Färber. Dass eine Hüterin der ureigensten Frauengeheimnisse mich zurückruft, ist der Beweis: Säuseln auf den Anrufbeantworter lohnt sich. Ich habe einen Kursplatz.

»Vielen Dank. Ich freue mich«, sage ich erleichtert. In den nächsten achtundvierzig Stunden kümmere ich mich nur um Wehenschmerzen, Stillprobleme und Wassereinlagerungen.

Nur das Tuten in der Leitung hört mein drittes Danke.

Ich benehme mich, als hätte ich den letzten freien Platz auf der Arche Noah ergattert.

Punkt halb neun, eine halbe Stunde zu früh, steht Ehepaar »Vollkommenes Glück« vor meiner Haustür. »Wie schön, dass du mitkommst, Lilly«, sagt Klaus und drückt mich an seinen Bärenbauch.

Im Regen fahren wir mit dem Auto in die Uniklinik, wo der Kurs stattfindet. Klaus fährt mehrere Runden um den Block, bevor er einen Parkplatz findet. Nach der dritten lässt er Ida und mich aussteigen und sucht allein weiter.

Wir gehen durch den Haupteingang des Krankenhauses, vorbei an der Cafeteria, über einen Hinterhof, und gelangen in eine Turnhalle.

Als wir den Raum betreten, sind die meisten Teilnehmer schon da. Ich werfe einen Blick in die Runde und entdecke Daniela. Sie erfüllt alle Klischees. Sie trägt ein Batik-T-Shirt und eine lilafarbene Gymnastikhose. An einem Tisch sitzend, ordnet sie ein paar Zettel. Neben ihr liegt eine nepalesische Teppichtasche. Mein erster Eindruck: Genau so habe ich mir Hebammen immer vorgestellt, sympathisch, aber bei ihr zu Hause plätschert bestimmt ein rosa Quarzbrunnen zur Beruhigung.

Langsam gehe ich auf sie zu: »Hallo, ich bin Lilly Heiden. Ich freue mich, dass ich mitmachen kann. Brauchen Sie noch irgendwelche Unterlagen von mir?«

Daniela lächelt mich freundlich an.

»Um im Gleichklang zu atmen, müssen wir uns nah sein, deshalb duzen wir uns. Und um deine Frage zu beantworten: Ja, ich brauche bitte noch deine Versicherungskarte, und du müsstest auch diesen Bogen ausfüllen.«

Klaus kommt mit hochrotem Kopf angerannt und lässt sich schwerfällig neben Ida auf den Boden plumpsen. Er hechelt, als müsse er morgen das Kind zur Welt bringen. Co-schwanger zu sein, ist auch kein leichtes Schicksal. Ida sitzt bereits auf einer Gymnastikmatte. Klaus rutscht hinter sie und schlingt die Arme um ihren Bauch. Es sieht aus, als wolle er sie vor dem Ertrinken retten. Zaghaft lege ich mich auf eine Matte neben die beiden. Zeit, sich die anderen anzugucken. Schock Nummer eins: nur Paare. Schock Nummer zwei: Die meisten Frauen scheinen deutlich weniger zugenommen zu haben als ich. Schock Nummer drei: Einen Typen kenne ich. Vor Jahren hatte ich mal ein kleines Techtelmechtel mit ihm über Karneval. Ich kann mich nicht an seinen Namen zu erinnern. Peter? Dominik? Ben? Ich weiß nur noch, er war als Eisbär verkleidet. In einer Woche ist wieder Karneval. Diesmal findet das Ereignis definitiv ohne mich statt. Mein Kostüm heißt in diesem Jahr »hechelnde Presswurst«, und wer möchte mich dann noch küssen?

Daniela setzt sich ebenfalls und nickt mit dem Kopf in meine Richtung.

»Das ist Lilly. Sie ist ab heute mit dabei. Herzlich willkommen.«

Mehrere Augenpaare sind auf mich gerichtet. Mindestens fünf. Der Karnevalseisbär glotzt besonders blöd. Ich würde am liebsten im Boden versinken. Ich fühle mich wie der einzige Single auf einem Pärchenabend.

Daniela legt eine CD mit Entspannungsmusik ein und die Männer werden aufgefordert, ihren Frauen kleine, stachelige Bälle über den Rücken zu rollen. Was mache ich? Soll ich mir selbst den Rücken massieren? Daniela löst das Problem und übernimmt die Männerrolle.

Während der Ballmassage beginne ich mich zu entspannen. Ich schließe die Augen und denke an Christian. Morgen werden wir uns das erste Mal nach langer Zeit wiedersehen. Vorausgesetzt, er erkennt mich in Schwangerschaftsmode XXL.

Als ich fast eingeschlafen bin, endet die Musik.

»So, jetzt seid ihr alle entspannt, habt den Alltag hinter euch gelassen, jetzt wollen wir über euch sprechen.«

Ich suche Idas Blick. Aber sie hängt an Danielas Lippen. Was ist das hier? Eine Psychogruppe? Warum wollen wir über uns sprechen? Ich denke, wir reden hier übers Kinderkriegen, oder noch besser, wir reden gar nicht viel, sondern üben atmen oder weiß der Teufel, was sonst noch wichtig ist zu wissen, wenn man ein Kind ohne große Schmerzen auf die Welt bringen will.

»Geht bitte paarweise zusammen. Aber nicht die Paare, die sich ohnehin schon kennen. Dann erzählt ihr euch, was ihr beruflich macht, wie ihr euch das Leben mit Kind vorstellt«, sagt Daniela mit sanfter Stimme.

Ich verfluche Ida und ihre ganze blöde Wir-wollen-alles-fürs-Kind-richtig-machen-Paar-Veranstaltung.

Wie viele schwangere Single-Frauen gibt es in Deutschland? Wie viele davon setzen sich diesem Paarwahnsinn aus? Eine. Ich, Lilly Heiden.

Als ich mich schon damit abfinde, dass ich Daniela von meinem Leben mit Kind und ohne Mann erzählen werde, reicht mir der Eisbär die Pranke.

Soll ich so tun, als würde ich ihn nicht erkennen? Das wäre mir die liebste Lösung. Seine streng blickende Frau, eine Richterin, wie sich herausstellt, macht auch nicht den Eindruck, als habe sie für Karnevalsaussetzer großes Verständnis.

»Hallo, ich bin Alexander«, sagt der Eisbär, mein neuer Wir-bringen-ein-Kind-auf-die-Welt-Freund, ohne ein Zeichen des Erkennens zu geben. Ich sehe ihn mir genau an und kann nicht glauben, dass ich tatsächlich mal wild mit ihm auf einem Kneipentisch getanzt habe. Der Typ sieht aus wie die totale Spaßbremse. Im anschließenden Gespräch entpuppt er sich als sterbenslangweilig.

»Zwischen den Jahren geht bei uns immer richtig die Post ab, dann sitze ich manchmal bis sieben Uhr abends im Büro. Die anstrengendste Zeit für einen Steuerberater. Dann müssen die Jahresabschlüsse gemacht werden.«

Kann das wahr sein? Ich habe schon einmal einen Buchhalter geküsst? Wie viel Kölsch hatte ich da intus?

»Ich hoffe nur, dass unser Kind bis dahin durchschläft«, sind die letzten Worte, die ich von Alexander aufschnappe, kurz bevor ich drohe, ins Koma zu fallen.

Jetzt bin ich an der Reihe, ihm etwas von mir zu erzählen. Ich wähle die Kurzform und lasse eine Lücke, als es um den Vater geht. Spätestens, als ich von meiner dritten Veranstaltung und den aktuellen Preisen auf dem Großmarkt berichte, kann er ein Gähnen kaum unterdrücken. Meine Zeiten als begeisternde Gesprächspartnerin sind genau so passé wie Kleidergröße achtunddreißig.

Nach einer Viertelstunde stellt sich unsere Hebamme in die Mitte und ruft aufmunternd: »So, jetzt habt ihr euch ein wenig beschnuppert, jetzt wollen wir alle alles wissen.«

Ich schaue mir die Paare noch einmal genauer an.

Die Frauen mit dickem Bauch, die Männer fürsorglich bis leicht genervt. Die meisten sind Mitte bis Ende dreißig. Bei der allgemeinen Vorstellung bestätigt sich mein erster Eindruck, alle berichten von ihren hoch dotierten Berufen. Mir gegenüber sitzt Eisbärs Frau, die Richterin, die mit vierzig endlich ein Kind bekommt. Mit Sicherheit kann sie die nächsten drei Jahre ihre Babypause genießen und dann dank Beamtenstatus entspannt in den Beruf zurückkehren. Die brünette Lehrerin links von mir diskutiert seit drei Stunden mit ihrem Mann den Namen ihres gemeinsamen Nesthäkchens. Die Zahnärztin, die hinter Ida steht, ist noch nicht lange selbstständig und hofft, schnell nach der Geburt weiterbohren zu können. Immerhin hat sie ähnliche Probleme wie ich. Nur ein Paar fällt aus dem Rahmen. Der Mann, fast noch ein Junge, ist erst Anfang zwanzig, berichtet aber gelassen, dass dies schon sein zweites Kind sei. Er arbeitet, wenn er einen Job hat, als Friseur. Seine Freundin sieht sehr blass und ebenfalls jung aus. Sie ist gerade achtzehn und seit Kurzem arbeitslos. Sie war noch in der Probezeit, als sie schwanger wurde, und ihr Chef, der Inhaber einer Boutique, hat ihr sofort gekündigt. Vermutlich wälzen diese Eltern keine Kataloge mit teuren Kinderwagen, sondern durchforsten die Kleinanzeigen nach Sonderangeboten.

Die nächsten Stunden vergehen mit Hechelübungen, richtigen Kissenpositionen und ultimativen Vätertipps.

Völlig ermattet, falle ich am Abend ins Bett. Ich kann aber nicht einschlafen. Mein Herz rast. Nach mehr als sechs Wochen sehe ich morgen Christian. Auch wenn es schwerfällt, es mir einzugestehen, ich freue mich auf unser Wiedersehen.

Als wäre ich gar nicht zu Hause gewesen, dringt am nächsten Morgen Danielas Stimme in mein Ohr: »Wenn die Wehen im Endstadium richtig heftig werden, hilft oft keine Ballmassage mehr, kein sanfter Ton, dann müsst ihr euch allein beruhigen«, erläutert Daniela die letzten Stunden vor der Geburt.

So langsam werde ich das Gefühl nicht los, dass ich diese ganzen Verrenkungen und Atemtechniken spätestens bei der ersten Presswehe vergessen habe. Ich kippe doch schon um, wenn ich eine Spritze sehe, wie soll dies hier erst werden? Daniela empfiehlt uns: »Kauft euch dringend ein Dammmassageöl.« Aus Angst vor möglichen Rissen beschließe auch ich, morgen sofort in die Apotheke zu gehen und mir das Fläschchen zuzulegen.

Ida hat das Öl bestimmt schon seit Wochen im Badezimmer postiert. Und Hardcore-Väter wie Klaus sind vermutlich auch nicht durch Sätze wie: »Schatz, geh schon mal ins Bett, ich muss mir noch den Damm einreiben«, abzuschrecken.

Während ich im Vierfüßlerstand auf meiner Matte herumturne, sehe ich auf die große Glasfront der Krankenhausturnhalle. Ein Mann steht davor, presst sein Gesicht an die Scheiben und beobachtet ziemlich erstaunt unsere Dehnungen. Wann sieht man schon mal acht gestrandete Walfische auf Gymnastikmatten? Wer stellt sich freiwillig an einem Sonntagabend hierher? Wahrscheinlich einer aus der Liga »Werdender-Vater-Streber«, der schon vor seiner Frau überall gewesen sein will. Der hier winkt in meine Richtung und zeigt auf seine Armbanduhr. Es ist Christian. Schön, dass er mich nach Wochen zuerst so sieht: mit dicken Socken an den Füßen, einer ausgebeulten Uraltjogginghose und einem T-Shirt, das Rosa mir geschenkt hat. Quer über der Brust steht in neongrünen Buchstaben MAMA und ein Pfeil zeigt nach unten. Das perfekte Styling, um jeden Mann sofort an sich zu binden. Deshalb machen Frauen exakte Ansagen, wann sie abgeholt werden wollen. Damit Männern der Anblick von Gurkenmasken, Augenpads, Lockenwicklern und solchen T-Shirts erspart bleibt. Christian ist eine halbe Stunde zu früh. Vielleicht sollte ich es aber als gutes Zeichen deuten, dass er sich die Nase an der Scheibe platt drückt.

Mit erhobener Hand signalisiere ich ihm: noch fünf Minuten.

In der Umkleidekabine schüttele ich die Krümel eines zerbröselten Glückskekses aus meiner Tasche. Ich hebe den Zettel auf und lese: *Wenn Du Dich selbst magst, mögen Dich auch die Anderen.*

Ein langer Weg bis dahin, aber ich bemühe mich jeden Tag. Nachdem ich meine Sportklamotten ausgezogen habe, fühle ich mich attraktiver. Ida brennt darauf zu erfahren, warum Christian mich hier abholt. Ich erzähle ihr von dem bevorstehenden Abend, den Rosa eingefädelt hat:

»Christian und ich sind heute ihre Spendenhelfer. Rosa hat einen Abend zugunsten eines Tierheimes organisiert, das kurz vor der Pleite steht. Ihr engster Freundes- und Familienkreis muss Kuchen backen, Tapeziertische zur Verfügung stellen und mit der Sammelbüchse herumlaufen.«

Ida stopft ihre Jogginghose in die Sporttasche, zieht ihren Lippenstift nach und fragt: »Bist du aufgeregt?«

Ich zucke kurz mit den Schultern und antworte: »Ich habe keine großen Erwartungen. Vielleicht ist das aber auch purer Selbstschutz.«

Gemeinsam gehen wir nach draußen, wo Klaus und Christian bereits in ein Gespräch über Fußball vertieft sind.

Christian kommt mit offenen Armen auf mich zu, als hätten wir uns erst heute Morgen am Frühstückstisch verabschiedet. Er nimmt meine Hände und lobt mein Outfit. Ida grinst zu uns herüber, denn das Blumenkleid über der Jeans war ihre Stylingidee.

»Ich habe das Blech mit den Frikadellen für die Veranstaltung schon im Kofferraum«, sagt Christian und fügt fast ein wenig ungeduldig hinzu: »Wir müssen langsam los. Du weißt ja, was für eine Pünktlichkeitsfanatikerin Rosa ist.« Immer wieder schaut er mich an. Wenn sich unsere Blicke treffen, weichen wir sofort verschämt zur Seite aus.

Zu viert gehen wir durch lange Krankenhausflure zum Ausgang. Christian und ich steigen schweigend in sein Auto. Ich hatte mich so auf das Wiedersehen gefreut und tausend Dinge mit ihm besprechen wollen. Aber jetzt bin ich sprachlos. Die Stimmung ist eine Mischung aus Angst und Vorfreude. Wir gehen ganz vorsichtig miteinander um. Als ich mich nach hinten drehe, um zu sehen, ob meine Frikadellen die Autofahrt gut überstehen, berühren sich unsere Arme. Wir zucken beide zurück. Ich bin total elektrisiert. Mit einer derartigen Reaktion habe ich nicht gerechnet. Wenn ich ehrlich bin, würde ich am liebsten die Handbremse ziehen, ihn bitten, rechts ranzufahren, und ihn mit all den Fragen bombardieren, die ich wochenlang mit Arbeit, mit Ulli und Hollywoodschnulzen zugeschüttet habe. Statt die Chance zu nutzen, frage ich: »Wie geht's Beate?«

Christian fährt auf den Parkplatz des Tierheims und sagt lediglich: »Du fehlst mir, Lilly.«

Hundegebell und Vogelzwitschern bilden die Geräuschkulisse für den restlichen Abend. Christian und ich kommen nicht mehr dazu, miteinander zu reden. Denn wir sind damit beschäftigt, Geld einzusammeln und interessierten Tierfreunden Rosas Auffangkonzept für das marode Tierheim zu erläutern. Aber unser Blickkontakt reißt nicht ab. Als wir gegen Ende des Abends mit unseren Sammelbüchsen nebeneinander stehen und zusehen, wie Rosa das eingegangene Geld zählt, macht uns ihre Bemerkung: »Ihr seid ein tolles Team«, verlegen.

Christian legt seinen Arm um meine Taille oder zumindest an die Körperstelle, wo früher einmal eine Taille war, und flüstert mir ins Ohr: »Du bist die wahre Teamplayerin. Es war auf jeden Fall schön, mal wieder mit dir einen Abend zu verbringen. Wollen wir das nicht bald wiederholen? Dann aber bitte ohne Tierhaare am Pulli und Papageiengeschrei als Kulisse.«

Ich bin kurz davor, ihm meine Handynummer zuzustecken. Denn zwischen uns prickelt die Atmosphäre wie bei Frischverliebten.

Praktisches Baumwollnachthemd

32. Woche / 84 Kilo / Stillhütchen

»Es ist da, es ist da. Lotte ist auf der Welt. Wir sind Eltern und überglücklich. Ida und dem Kind geht es bestens.« Die letzten Worte von Klaus gehen in lautem Babygeschrei unter. Ich spule meinen Anrufbeantworter vor und zurück, um die tolle Nachricht erneut zu hören. Gestern Abend waren wir noch zusammen essen, und Ida machte überhaupt nicht den Eindruck, als würden im nächsten Moment die Wehen einsetzen.

Ich bin so aufgeregt, als hätte ich selbst entbunden. Sofort versuche ich, meine Freunde zu erreichen.

Aufgeregt hinterlasse ich auf beiden Mailboxen Botschaften: »Wie geht es euch? Wo und wann ist dir denn die Fruchtblase geplatzt? Auf dem Nachhauseweg? Hat es wehgetan? Kann ich die Kleinfamilie besuchen?«

Drei Stunden später ruft Klaus mich endlich zurück.

»Wir sind schon wieder zu Hause. Die Geburt war so unkompliziert, dass wir gar nicht lange im Krankenhaus geblieben sind. Ida und Lotte schlafen, aber später kannst du gern vorbeikommen, Lilly. Wir freuen uns so sehr.« Dann brüllt er noch in den Hörer: »Ein Wunder, ein Wunder, es ist das allergrößte Wunder. Ich bin wirklich stolz. Du musst dir unsere Prinzessin angucken.«

Mir laufen Tränen über die Wangen. Ich bin glücklich, dass Ida schon alles überstanden hat. Mit einem Griff finde ich in meinem Schrank den schönen Strampler und die Spieluhr, die ich vor ein paar Tagen für Idas Baby besorgt habe.

Langsam und mit viel Liebe packe ich die Sachen ein. Oben auf das Paket klebe ich noch einen Glückskeks. Ida liebt die chinesischen Weisheiten genau wie ich.

Vor der Haustür treffe ich Ulli. Wir lächeln uns an, und das erste Mal seit Langem können wir uns in die Augen sehen, ohne peinlich berührt zu sein.

»Wie geht es dir, Lilly? Ist dir gerade etwas Wunderbares passiert?«, fragt er mich und nimmt meine Hand.

Ich mag Ulli immer noch sehr. Ob er eine Neue hat? Eine ohne Oberschenkel-, Bauch- und Poprobleme? Oder ist er vielleicht doch wieder mit seiner Frau zusammen? Aber dann würde er nicht unentwegt nette Botschaften auf meinem Anrufbeantworter hinterlassen und Herzchen auf meine Fußmatte legen. Vermutlich stellt man auch niemandem einen wunderbaren Blumenstrauß vor die Tür, von dem man nichts will. Er bemüht sich wirklich, aber ich lasse ihn nicht zum Zug kommen.

»Lilly, wollen wir uns mal wieder in Ruhe sehen? Hast du diese Woche Zeit? Ich würde gern mit dir essen gehen«, sagt Ulli mit seinem sanftmütigen Lächeln, das mich weich werden lässt.

Ich überlege nicht lange: »Übermorgen?«

Zum Abschied küssen wir uns. Ein bisschen zu intensiv. Das muss an meinem Gefühlsüberschwang liegen, dass ich jegliche Vorsicht vergesse.

»Nimm mich nicht so ernst. Ich bin einfach gut drauf, weil Ida heute Nacht Mutter geworden ist.«

»Dann ist Super-Daddy ja bestimmt total aus dem Häuschen. Grüß die beiden von mir. Ab jetzt wird Klaus' Oldtimer-Cabrio wohl nur noch am Vatertag zum Einsatz kommen«, sagt er lachend zum Abschluss.

Klaus öffnet mir mit hochrotem Kopf. Ida sitzt weinend am Küchentisch und hat ihr Baby auf dem Arm. Die Kleine hat mindestens so einen roten Kopf wie ihr Vater und schreit wie am Spieß. Der Fels in der Brandung in dieser mit dreitausend Dezibel belasteten Wohnung ist Daniela.

»Sie liegen zu sehr nach innen«, erklärt Daniela fachmännisch. Unsere Hebamme aus dem Geburtsvorbereitungskurs betreut Ida auch in der ersten Zeit zu Hause. Ohne sie würde meine sonst so gelassene Freundin jetzt wohl durchdrehen. Sie und Klaus haben alles so perfekt geplant. Keiner von ihnen hat damit gerechnet, dass ausgerechnet Ida Stillprobleme haben würde. Daniela greift in ihre Teppichtasche und zaubert zwei Plastikhütchen hervor, die mich an ein Madonna-Outfit aus den Achtzigern erinnern. Sie stülpt eines auf Idas rechte Brustwarze. »Probier es mal mit Stillhütchen«, sagt sie. Doch ihre Worte gehen in Lottes Geschrei unter. Ida legt das Baby sanft zur Seite, rückt den Ersatznippel zurecht und führt dann Lotte wieder an die Brust. Plötzlich ist es ruhig und Lotte trinkt. Als hätte sie nie etwas anderes getan. Klaus lässt sich erleichtert auf einen Stuhl fallen. Ida strahlt vor Glück. Lotte gibt nur noch Schmatzgeräusche von sich, und ich komme mir ziemlich überflüssig vor.

Klaus und Ida verharren in der typischen Elternstarre. Nicht eine Sekunde wenden sie den Blick von ihrer Tochter. Aus Angst, nur eine minimale Bewegung von Lotte zu verpassen. Begleitet werden ihre Blicke durch Ausrufe wie: »Oh, guck mal die kleinen Füße an. Und die Hände, sind die nicht auch so süß?! Und alles ist dran. Jetzt lächelt sie mich an«, behauptet Klaus auch noch, obwohl Lotte die Augen weiter fest geschlossen hat.

Es dauert noch eine Weile, bis sie mich bemerken.

Ida sieht strahlend, aber müde aus.

Wenn ich mich umsehe, dann kriege ich eine Ahnung von den letzten Stunden, seit das Kind auf der Welt ist. Die Wohnung der beiden ist in kurzer Zeit im Chaos versunken. Klaus ist zwar der perfekte Vater, aber ein völlig planloser Hausmann. Halb volle Tassen stehen auf dem Tisch, auf der Spüle türmen sich die Teller. Die Spülmaschine steht offen. Sie ist noch nicht mal ausgeräumt. Ich habe den Eindruck, dass ich hier wirklich gebraucht werde.

Nachdem Lotte zu Ende getrunken hat und ich Ida endlich um den Hals fallen kann, fange ich sofort an, die Wohnung wieder in einen Wohlfühlzustand zu versetzen. Als Nächstes schreibe ich Klaus einen Einkaufszettel und schicke ihn los, frisches Obst und Gemüse einzukaufen. Ich habe Lust, die frischgebackene Mutter zu bekochen. Nach einer Geburt können Kohlenhydrate nicht schaden.

Daniela scheint erleichtert, dass außer ihr noch ein zurechnungsfähiger Mensch in der Wohnung ist, und verabschiedet sich. Allerdings nicht, ohne uns noch einmal zu ermahnen, dass Ida nichts Blähendes essen sollte:

»Keine Bohnen, keine Hirse, denkt daran.« Bevor ich mit dem Kochen beginne, mache ich das, worauf ich schon die ganze Zeit warte. Ich nehme Lotte auf den Arm. Sie ist so klein, so zart, so rosig und wirkt so verletzlich. Ganz vorsichtig hat Ida sie zu mir herübergereicht. Ich bin überwältigt. Sanft küsse ich sie. Vor Rührung laufen mir Tränen die Wange herunter. Lottes Geburt macht alles so real. Mit einem Mal kann ich mir vorstellen, dass ich nicht ewig mit dieser Riesenkugel durch die Gegend laufe, sondern dass bald ein Kind, mein Kind, zur Welt kommt. Verzückt und sprachlos sehe ich mir Lotte an. Sie ist ein wunderschönes Baby. Wenn man ganz genau hinsieht, kann man Ähnlichkeiten mit Ida erkennen. Die kleinen Grübchen, das dichte, blonde Haar. Ida lehnt sich in ihrem Küchenstuhl zurück und wirft ebenfalls einen verliebten Blick in Richtung ihrer Tochter.

»Lilly, ich kann gar nicht beschreiben, wie glücklich ich bin. Es ist alles ganz anders, als ich es mir vorgestellt habe. Das Gefühl ist noch viel tiefer, als ich geahnt habe«, sagt Ida leicht entrückt. »Es ist intensiver als die Liebe zu Klaus, es ist anders als die Beziehung zu meinen Eltern. Es ist völlig frei von Erwartungen. Es ist pure Liebe. Und ich habe auch eine Überraschung für dich, Lilly.« Ida schaut auf das rosa Strickjäckchen von Lotte. Ich stehe neben ihr und habe Angst, das Baby fallen zu lassen, als sie endlich weiterredet: »Willst du Lottes Patentante werden?«

Ich fühle mich geehrt und verspreche ihr, diese verantwortungsvolle Aufgabe gewissenhaft zu übernehmen.

Wir lachen und weinen gleichzeitig. Ich verbuche Idas Tränen unter postnatale Reaktion und meine schreibe ich dem pränatalen Stadium zu.

Da Ida über Nacht zur Kreißsaalexpertin geworden ist, schieße ich mein Fragenfeuerwerk ab: »Hast du richtig geatmet? War Klaus eine Hilfe? Wie war die Rückenmarkspritze, hattest du eine?«

Ida zuckt mit den Schultern. »Es ging so schnell. Ich habe automatisch alles richtig gemacht. Kurz nachdem wir uns getrennt haben, ist mir die Fruchtblase geplatzt. Ich habe Klaus angerufen, mich nicht von der Stelle bewegt. Zum Glück hatte er an dem Abend wieder Krankenhaus-Koffer-Probepacken gespielt und somit saß jeder Handgriff.«

Bei der Vorstellung, wie Babynator Klaus auf dem Boden hockt und Still-BHs und Badelatschen sortiert, muss ich grinsen.

Lotte scheint die erste Geschichte über ihren Vater auch lustig zu finden, denn sie öffnet kurz die Augen.

»Klaus war wie zu erwarten nervöser als ich. Obwohl er sonst ein guter Autofahrer ist, war er kaum in der Lage, den richtigen Gang einzulegen. Und immer wieder hat er: ›Halt durch, Ida. Halt durch‹, gerufen.«

»Wie war das denn, haben sofort die Wehen eingesetzt?«

»Nein, gar nicht«, fährt Ida fort. »Als wir im Krankenhaus ankamen, hatte sich der Muttermund schon deutlich geöffnet, und dann ging alles ganz schnell. Ich bin in den Kreißsaal geschoben worden, Klaus konnte gerade noch unsere mitgebrachte CD mit Entspannungsmusik einlegen, und nach ein, zwei Presswehen war Lotte da.«

»Du hast ein Glück! So eine Geburt möchte ich auch«, sage ich und drücke Lotte einen Kuss auf die Stirn.

»Am liebsten würde ich sofort noch eins bekommen«, sagt Ida freudestrahlend.

Lotte, die bis dahin friedlich auf meinem Arm gelegen hat, wird wieder aktiv. Mit einem lauten Rülpser spuckt sie Milch auf meine Schulter. Dicker Schleim läuft langsam an meinem T-Shirt herunter. Bis die Milchstraße mein Dekolleté erreicht hat, ist die Kleine schon wieder eingeschlafen.

Mit einem frischen Pulli aus Idas Schwangerschaftskollektion koche ich ihr einen Stilltee.

Die Stimmung ist gemütlich. Ich habe die Wohnung wieder auf Vordermann gebracht. Ida nippt zufrieden an ihrem Tee, als Lotte erneut aufwacht und sofort ihr Recht einfordert. Ihr Schreien geht durch Mark und Bein. Das Kind hat Hunger, aber wir finden die Stillhütchen nicht. Lotte schreit und schreit. Ida wird hysterisch: »Bitte, Lilly, tu was! Sie verhungert.«

Sie hält ihrer Tochter zum wiederholten Male die Brust hin, während ich auf allen vieren durch die Wohnung krabbele und die Ersatznippel suche. Mir wird schlagartig klar: So wird es ab jetzt immer sein. Die Kinder schreien und wir Mütter springen.

»Ich habe sie«, schreie ich laut, damit Ida mich durch das Gebrüll hindurch hören kann.

»Ich will mindestens zwanzig davon. Diese Suche mache ich nicht jedes Mal mit. In der ganzen Wohnung müssen sie gut sichtbar liegen.«

Stillen macht eindeutig sehr hungrig. Denn als ich Ida das Geschnetzelte mit Kartoffeln und Brokkoli hinstelle, verschlingt sie es ohne große Worte. Klaus hat eingekauft, als gelte es, eine ganze Armee zu verpflegen. Kein Wunder, er hat ja schon vor der Geburt für drei gegessen.

»Lilly. Meine erste Mahlzeit als Familienvater. Danke«, fügt er mit einem tiefen Seufzer hinzu.

Nachdem Klaus seinen Teller zur Seite gestellt hat, nimmt er Lotte auf den Arm. Dieser dicke Bär mit diesem zarten Wesen. Sie bilden eine Einheit. Ich werde ganz sentimental. Wird Christian unser Kind jemals so zärtlich berühren? Ich will nicht wieder heulen, aber ich bin dicht dran. Lotte rettet die Situation. Laut und vernehmlich pupst sie in ihre Windel, und nach nur einer Sekunde stinkt die gesamte Küche.

Klaus hält, ganz Profi-Vater, die Nase an Lottes Hintern und diagnostiziert fachmännisch: »Ein Fall für Papa.«

Lotte jammert ein wenig, als Klaus sie nebenan wickelt, aber er lässt sich davon nicht aus der Ruhe bringen.

Als er mit dem Kind zurück in die Küche kommt, legt er sie Ida auf den Schoß und sagt: »Ich gehe schlafen, ich kann nicht mehr.«

Ich hatte ganz vergessen, dass Klaus seit Stunden auf den Beinen ist. Ida sieht auch müde aus, Lotte hat die Augen ohnehin noch nicht richtig geöffnet. Ich räume noch ein wenig auf, dann verlasse ich die glückliche Kleinfamilie. Nicht ohne vorher alle noch einmal zu küssen, vor allem Lotte.

Als ich schnaufend die Treppen zu meiner Wohnung hochsteige, sehe ich schon von Weitem eine große Papiertüte vor meiner Tür stehen. Hat jemand meine Fußmatte mit einer Mülltonne verwechselt? Als ich näher komme, erkenne ich ein großes Herz, das auf die Tüte gemalt ist. Ich nehme sie hoch, darin liegen ungefähr fünfzig Glückskekse. Einer ist bereits geöffnet. *Eine lange Reise kann manchmal zu einer Entscheidung führen.* Darunter eine Nachricht von Ulli. »Du magst doch Glückskekse so sehr, und ich mag dich. Viel Spaß beim Lesen. Ich hoffe, du kannst mir sämtliche Weisheiten erzählen, wenn wir uns zum Essen treffen. Morgen bei unserem Lieblingsitaliener? Ich hole dich um sieben Uhr ab.«

Bevor ich die Tüte in meine Wohnung trage, krame ich in meiner Tasche nach Stift und Zettel. Auf die Rückseite eines alten Einkaufszettels schreibe ich: *Wirklich nur essen?*

Noch während ich schreibe, klingelt mein Handy. Meine Mutter. So viel haben wir die letzten fünf Jahre nicht miteinander geredet wie in den vergangenen Wochen. Obwohl man unseren Austausch beim besten Willen nicht als Gespräch bezeichnen kann. Meine Mutter redet, ich höre zu. So auch heute.

»Lilly-Bärchen.« Ich habe mir abgewöhnt, sie zu bitten, den Kosenamen wegzulassen. Ich setze alle Hoffnungen auf das Baby. Wenn es auf der Welt ist, kann meine Mutter sich austoben mit Spatzi, Mausi, Muckelbär, Häschen und Schnuffi.

»Lilly-Bärchen«, sagt sie noch einmal. »Ich will morgen einkaufen gehen und dachte, ich bringe dir ein paar Nachthemden für das Krankenhaus mit. Hast du irgendwelche Vorlieben?«

Wer trägt denn überhaupt noch Nachthemden? Ich bin mir sicher, meine Mutter würde ein sehr praktisches Baumwollhemd kaufen, quer gestreift, in dem ich zehn Jahre älter und noch einmal drei Kilo dicker aussehe. Deshalb lehne ich dankend, aber bestimmt ab. Ich kann sie sogar davon überzeugen, dass sie mir gar nichts besorgen muss, aber, wenn es ihr Freude bereitet, mir gern Strampler für das Baby schenken kann. Das macht auch ihr mehr Spaß, als in der Abteilung für Übergrößen zu stöbern.

Am nächsten Abend hetze ich von einem Termin mit Rekil und Anka nach Hause, springe unter die Dusche. Dann beginne ich, mir die Augenbrauen zu zupfen. Mein früher so heiß geliebtes Ritual habe ich in letzter Zeit sträflich vernachlässigt. Über meinen Augen ist ein Wald gewachsen. Ich zupfe so lange, bis wieder ein schöner Bogen sichtbar wird, und fühle mich gleich besser.

Einen Vorteil hat die Schwangerschaft: Die Auswahl an passender Kleidung schrumpft mit jeder Woche. Ich entscheide mich für eine schwarze Hose und den schlichten Pullover. Das erste Mal seit Langem lege ich wieder Ohrringe an. Ulli klingelt. Fünf Minuten zu früh. Als ich öffne, zieht er mich sofort an sich und fährt mit seiner Hand durch meine Haare. Fünfzehn Minuten Styling waren damit mal wieder umsonst. Danke, Jungs, dass ihr unsere Bemühungen so zu schätzen wisst.

»Drei Kilo Glückskekse, achtunddreißig handgeschriebene Zettel und fünfhundert Telefonate haben sich ausgezahlt. Schön, Lilly, dass du dich meiner erbarmst.«

Ulli schafft es immer, mir ein Kleidergröße-sechsunddreißig-Gefühl zu geben. Das ist spätestens weg, als ich mich in seinen MG quetsche und mir wünsche, auf der geräumigen Bank von Rekils Bus Platz zu nehmen. Auf dem Parkplatz brauche ich für den Ausstieg länger, als die Fahrt zum Restaurant gedauert hat. Elegant einem Wagen zu entsteigen war noch nie meine Stärke. Aber dass Ulli mich mit beiden Händen herauswuchten muss, ist mir dann doch ein wenig unangenehm. Das ist ja noch schlimmer als männliche Einparkhilfe.

Das italienische Restaurant ist fast leer, als wir eintreten. Auch wenn die sanfte Musik von Gilberto Gil aus den Boxen dringt, wird die Atmosphäre zwischen uns nicht richtig romantisch.

Während ich schweigend in die Speisekarte blicke, legt Ulli seine Hand auf meine.

»Lilly, ich vermisse dich. Ich vermisse dein Lachen, deine hysterischen Anfälle und dein Essen. Wenn ich einschlafe, denke ich an dich, und wenn ich aufwache auch wieder.«

Kann man sich schönere Komplimente vorstellen? Ich schmelze dahin. Am liebsten würde ich aufstehen, um den Tisch gehen, mich auf Ullis Schoß setzen und meine Arme um seinen Hals schlingen. Das wäre unehrlich und unzumutbar bei achtzig Kilo.

Deshalb drücke ich nur sanft Ullis Hand und sage:

»Ich vermisse dich auch. Aber nicht immer, sondern nur manchmal. Und dann weiß ich nicht genau, ob du es bist, den ich vermisse, oder ob ich einfach jemanden an meiner Seite haben möchte. Ich würde gerade im Moment nichts lieber tun, als dich zu küssen, aber ich kann dir einfach keine Garantie geben, dass mein Gefühl wirklich echt ist.«

Während meiner kleinen Ansprache habe ich die ganze Zeit an der Serviette geknetet und sie in kleine Fetzen gerissen. Jetzt liegen überall auf dem Tisch verteilt Papierschnipsel. Unehrlichkeit kann mir zumindest keiner vorwerfen, denke ich noch, als der Kellner das Chaos dezent mit einer leichten Handbewegung zur Seite schiebt und geschickt unser Essen platziert.

Fast gleichzeitig schieben wir uns einen Bissen in den Mund. Dann legt Ulli sein Besteck zur Seite, steht auf und setzt sich neben mich auf die Bank. Er rückt ganz dicht an mich heran. »Lilly, ich will keine Garantie. Du bist doch kein Computer mit einem Gütesiegel für die nächsten zwei Jahre.« Dann nimmt er meinen Kopf in seine Hände und küsst mich. Beim Luftholen ruft er in Richtung Bar: »Luigi, du kannst jetzt die Musik starten.« Zwei Sekunden später dröhnt Eros Ramazotti im Duett mit Anastacia aus den Boxen. »I belong to you« singen sie so laut, dass sich das Paar am Nachbartisch offensichtlich gestört fühlt.

Luigi lacht uns an und macht eine aufmunternde Geste in Ullis Richtung. Der winkt ab und signalisiert dem Kellner, die Musik ein wenig herunterzudrehen.

Gerade als ich anfange, mich dem italienischen

Schmusesong hinzugeben, wird meine Sitztanzeinlage abgewürgt. Eigentlich ist es mir peinlich, im Restaurant zu zweit auf einer Bank zu sitzen und in dieselbe Richtung zu starren. Aber das ist nichts gegen das, was noch kommt.

»Schließ die Augen, Lilly«, befiehlt Ulli mir, und ich verschlucke mich fast an einem Mozzarella-Bällchen.

Er ermahnt mich noch einmal: »Nicht schummeln, nicht gucken.«

Nach einer endlos langen Zeit stupst er mich sanft in die Seite und sagt: »So, jetzt kannst du die Augen wieder aufmachen.«

Ich blicke direkt auf ein kleines, quadratisches Etui.

»Na«, drängt Ulli mich, »bist du nicht neugierig?«

Langsam öffne ich die Schatulle. Zum Vorschein kommt ein kleiner, schmaler Rubin, eingefasst in Gold.

Ich fühle mich überrumpelt.

Ulli nimmt mich in den Arm, wir sehen beide auf den Ring, und er sagt nachdrücklich: »Ich meine es wirklich ernst mit uns, Lilly.«

Ich nehme den Ring aus der Box, betrachte ihn eingehend, ziehe ihn aber nicht an. Ich weiß nur, dass ich jetzt ein echtes Problem habe.

Zwei Männer und kein Baby

35. Woche / 86 Kilo / Tiefkühlpizza

Noch fünf Wochen bis zur Geburt.

Gehe ich drei Treppenstufen hinauf, schwitze ich wie nach neunzig Minuten Power-Yoga. Gehe ich drei Treppenstufen hinunter, werde ich kurzatmig wie Ottfried Fischer beim Sex. Ständig drückt und tritt das Baby mir in die Rippen. Entweder wird es hyperaktiv oder Schlagzeuger. In der Öffentlichkeit kann ich mich kaum beherrschen, mich nicht am Bauch oder an den Brüsten zu kratzen. Es spannt und juckt, als wäre viel zu wenig Haut um einen viel zu großen Körper. Ich platze aus allen Nähten und trage seit vier Wochen dieselbe Hose. Meine Lieblingsschwangerschaftsjeans. Das letzte Kleidungsstück, das mich zumindest noch an das Gefühl, sexy zu sein, erinnert.

Selbst meine Küchenschürze hat mich verlassen, weil sie sich nicht mehr zubinden lässt. Mein Gynäkologe hat schon einen Diabetestest mit mir gemacht, aus Sorge, die Gewichtszunahme hätte einen anderen Grund als die Süßigkeiten. Nur ich weiß, dass unter meiner fleischigen, weichen Hülle der Body einer Gazelle schlummert. Leider bin ich noch nicht von Heidi

Klum in ihrer Fernsehshow *Germany's Next Topmodel* wachgerüttelt worden.

Uns Frauen ist vor der Schwangerschaft nicht bewusst, was mit unseren Körpern in diesen neun Monaten geschieht. Wie naiv waren wir, Robbie Williams und David Beckham im Konzert und im Stadion entgegenzuschreien: ICH WILL EIN KIND VON DIR.

Aber bitte ohne blaurote Schwangerschaftsstreifen, Hüftgold und Schwitzattacken, wäre eine wichtige Information gewesen.

Mittlerweile könnte ich Robbie beim Konzert nicht einmal mehr Wäsche auf die Bühne werfen, denn Strings trage ich schon seit Monaten nicht mehr. Welcher Popstar möchte schon mit praktischer Schwangerschaftsunterwäsche beworfen werden?

Es ist an der Zeit, die neuen Cateringtermine für ein Golfclubfest, das Essen zum vierzigsten Geburtstag eines Vorstandschefs und die Überraschungsparty für einen Musiker an Rekil zu übergeben. Bei den Vorgesprächen bin ich noch dabei, aber in der Küche kann ich kaum noch etwas richtig abschmecken. Bei sauren Gerichten streiken meine Geschmacksnerven, bei süßen neige ich dazu, sie selbst zu essen, und alles andere wird von mir zu stark gesalzen.

In Ankas Augen bin ich momentan existenzgefährdend. Sie will mich immer auf Colakisten oder Kühltruhen zum Ausruhen zwingen.

Rekil verbringt mittlerweile eine Stunde am Tag damit, Handyansagen für seine Fans in seinem indischdeutschen Fernsehdialekt zu verfassen oder Videobotschaften mit Geburtstagsglückwünschen zu versenden. Noch ist er kein abgehobener Superstar, der von der Boulevardpresse über sein Privatleben ausgefragt wird. Im Gegenteil, er unterstützt seine Eltern weiterhin im Tandoori Palace, düst mit seinem alten VW-Bulli zum Großmarkt und ist ganz entspannt geblieben. Den Sender hat der Erfolg vollkommen überrascht. Jetzt planen sie mit Rekil eine erotische Kochshow zum Thema Dating für Singles, denn Liebe geht ja bekanntlich durch den Magen.

Als wir vorhin gemeinsam das Café betraten, um unsere Terminkalender abzugleichen, musste Rekil zum ersten Mal Autogramme geben. Ein hysterisch kreischendes Mädchens hielt ihm ihren Unterarm hin: »Ist der süß! Nein, und viel dünner als im Fernsehen, guck mal, Mama.« Dem schüchternen Rekil war die Begegnung peinlich, obwohl er schnell seinen Namen mit Herzchen auf ihren Arm schrieb.

Das Mädchen rannte wieder zu seiner Mutter auf der anderen Straßenseite und rief laut: »Den wasche ich nie wieder.«

Kaum hatten wir uns wieder über die Kalender gebeugt, fiel Rekil ein junger Mann von hinten ohne Vorwarnung um den Hals und drückte gleichzeitig auf sein Fotohandy. »Du bist so klasse, Rekil, jetzt sehe ich dich jeden Morgen auf meiner Kühlschranktür, das Foto drucke ich gleich aus.«

Noch ist er zu freundlich, um dem Handyfotografen klarzumachen, dass man vorher wenigstens einmal fragen könnte. Das Wort Privatsphäre hatte der Fan jedenfalls noch nicht gehört.

Heute bespreche ich mit Rekil den genauen Termin der Übergabe. Alle Details und Entscheidungen in seine Hände zu geben, werde ich das aushalten? Die Firma besteht durch persönliche Kontakte. Ich weiß, dass keiner besser kochen kann als Rekil, kaum einer kreativer ist, aber es fällt mir schwer, loszulassen. In meiner Panik sehe ich meinen Ersatzmann vor verkohlten Perlhühnern, holzigem Spargel und geschmacklosen Sommertrüffeln stehen, während ich in den Presswehen liege, unfähig, ihm zu helfen.

Rekil lacht über meine Küchenhorrorvisionen und beruhigt mich, indem wir trotz Stillphasen, Schlafmangel und verzücktem Muttergrinsen ein wöchentliches Treffen vereinbaren. So kann ich die Rechnungen schreiben und bin immer auf dem neuesten Stand.

Würde er mich nicht schon so lange kennen, hätte er sicherlich wenig Verständnis für meine Unruhe und das Gefühl, ich sei ein kochender Kontrollfreak.

Die Übergabe geregelt, mit einer Packung Schokolade auf dem Schoß, liege ich später auf dem Sofa und schaue die Wiederholung einer alten *Al Bundy*-Folge im Fernsehen. Ich habe die Vorhänge ein wenig zugezogen, denn ich will nicht, dass die Nachbarn am helllichten Tag meinen Fernseher laufen sehen, das wäre mir dann doch unangenehm. Ich bin so faul, dass ich, Lilly, die Superköchin, sogar Tiefkühlpizza aus der Mikrowelle esse.

Diese letzten fünf Wochen sind eine Zeit des Wartens, vollkommen ohne Verpflichtungen. Meine Eltern besuchen mich ab und zu, bringen selbst gestrickte Jäckchen und Babydecken der Nachbarn mit, und mein Vater montiert immerzu irgendetwas in der Wohnung.

Ulli schien seit meinem überstürzten Abgang beim Italiener verstört. Keine Zettel mehr an meiner Tür, keine Nachrichten auf meiner Mailbox, keine peinlichen Momente am Hausbriefkasten.

So ging das nicht weiter, ich war ihm eine Erklärung schuldig. Letzte Woche sah ich Licht in seiner Wohnung brennen und ging hinüber. Mit einer Schale Kartoffelsalat in der Hand nahm ich meinen ganzen Mut zusammen und wollte mich entschuldigen. Als er die Tür öffnete, war er nicht wirklich begeistert, mich zu sehen.

»Hallo Frau Ich-weiß-nicht-wem-mein-Herz-gehört. Dienstags keine Schmuckausgabe. Ich verhungere deinetwegen schon nicht.« Er verschränkte die Arme und blickte mich auffordernd an. Er machte keine Anstalten, mir die Situation zu erleichtern.

Warum sollte er auch, nachdem ich fluchtartig das La Siciliana verlassen hatte?

»Und, Lilly, was gibt es noch?«, fragte er lakonisch noch in der Tür.

»Okay, ich habe dich sehr verletzt. Es tut mir leid, wirklich. Mit dem Ring in der Hand überkam mich die pure Angst.«

»Wovor hast du Angst, Lilly? Glücklich zu sein?« Er drehte sich um und verschwand in der Küche.

Treffer versenkt, das saß. Meine Hände umkrampften die Salatschüssel, ich ging ihm nach, stellte sie auf den Küchentisch und antwortete: »Stimmt. Aber was sollte ich denn machen? Hätte ich den Ring angenommen, wäre es dir gegenüber nicht ehrlich gewesen. Ich will dich, ich mag dich, aber ich kann dir nicht sagen, dass ich dich liebe. Der Ring bedeutet für mich eine gemeinsame Zukunft, Stabilität. Uneingeschränkt kann ich dir das nicht versprechen. Ich muss jetzt erst mal das Baby bekommen, vielleicht sehe ich dann klarer.«

Ulli holte zwei Gläser, Teller und Besteck aus dem Schrank und bat mich, mich zu setzen.

»Mir gefällt die Idee unserer Patchworkfamilie, Lilly, aber bis ich sechsundsechzig bin, warte ich hier nicht auf dich.«

Zwei Tage später probten wir mit seiner Tochter das Familienmodell und gingen gemeinsam ein Eis essen. Emma liebt die Kombination Erdbeer und Pistazie, denn ihre Mutter isst nur Erdbeereis und ihr Vater nur Pistazie. Auf diese Weise will sie die zwei wieder vereinen. Nur zu gut kann ich mir Ulli als Familienmenschen vorstellen. Wäre nicht alles so kompliziert, würde ich nicht zögern, mit Mr. Oldtimer etwas Neues zu beginnen. Leider kann ich mein Herz nicht austauschen wie einen alten Motor. Es schlägt eben nach wie vor auch für Christian.

Das Telefon klingelt. Nachts um drei. Es ist Christian.

»Ich liebe dich, Lilly«, sind seine ersten Worte. Mein Herz klopft aufgeregt, denn wenn mitten in der Nacht das Telefon klingelt, denke ich zuerst an einen Notfall. Fürchte, die Polizei, ein Unfallarzt oder ein Elternteil sei am Telefon.

»Moment, Christian, du hast dich nicht etwa verwählt?«, frage ich vorwitzig, als ich mich mit meinem kugelrunden Bauch schnaufend aus den Federn erhebe.

»Hör auf mit dem Quatsch, ich bin im Krankenhaus und darf hier vom Handy aus eigentlich nicht telefonieren.«

Also doch. Es ist etwas passiert. Ich mache die Nachttischlampe an und bin schlagartig hellwach. »Was ist los, Christian, warum bist du in der Klinik? Soll ich kommen?« Den letzten Satz bedauere ich bereits, nachdem ich ihn ausgesprochen habe.

Jetzt weiß er schon wieder, wie sehr er mir fehlt. Lilly, halt doch einfach mal den Mund.

Plötzlich hält Christian das Telefon zu, ich höre nur Getuschel, dann wieder Schritte, die sich lautstark entfernen.

Bei vollem, klarem Empfang habe ich einen schluchzenden Exfreund in der Leitung. »Sein Sohn ist krank. Und ich muss ...«, er schnieft in ein Taschentuch, »dir sagen, das zu sehen war für mich sehr berührend. Da habe ich gemerkt, Lillyfee, das Leben ist nicht nur der Job.« Sein Wortschwall wird von Husten und Schnaufen unterbrochen. »Aber ich habe in den letzten Wochen nichts mehr gespürt, verstehst du das? Ich war nicht mit dem Herzen dabei, weißt du, Lilly?«

Mit einem deutlichen Nein versuche ich ihm zwischen Weinen und Endlosmonolog klarzumachen, dass ich nur Bahnhof verstehe.

Ich fasse zusammen: Er liebt mich, das trifft sich gut. Er ist mit seinem langjährigen Kameramann, einem Enkel Uwe Seelers, in einer Hamburger Notfallklinik. Dessen zweijähriger Sohn hatte in der Nacht einen Asthmaanfall. Nico, der Kameramann, ließ alles stehen und liegen, verweigerte rigoros die Arbeit und ließ sich von Christian eiligst ins Krankenhaus fahren. So weit die Fakten. Die Konsequenz, mit der Nico jede Minute Dreharbeit ablehnte, da es um das Leben seines Sohnes ging, hat Christian beeindruckt. Noch mehr die letzten Stunden, die er gemeinsam mit der Familie auf der Station saß.

»Ich bin neidisch auf ihr Glück, Lilly. Der kleine Jesse war so schutzlos. Als ich den Jungen mit seinen Eltern auf dem Krankenhausflur sah, musste ich an dich, an uns denken. Kein Job, kein Geld, keine Beförderung, alles unwichtig, sagt Nico, wenn dein Kleiner nicht hundertprozentig atmet. Da habe ich zum ersten Mal richtig gefühlt, was Familie bedeuten kann.«

In den Arm habe ich mich bereits gezwickt, ich träume nicht. Aus dem Kühlschrank habe ich mir in der Zwischenzeit eine Zitronenbuttermilch geholt und versuche nun, mit dem eingeklemmten Hörer am Ohr, den Aludeckel abzureißen. Ich will kein Wort verpassen.

Die Zitronenmilch schwappt auf meine Bettdecke: »Scheiße«, entfährt es mir.

»Bist du nicht allein?«, fragt Christian.

Ich verneine.

»Was willst du von mir, Christian, warum erzählst du mir das alles morgens um drei? Beinahe jede Frau hört gern schnulzige Geschichten mit Happyend, aber warum rufst du mich an?«

»Weil nur du, Lilly, mein Zuhause bist. Ich liebe dich, und das ist der Grund, warum ich meine Familienpanik überwinden will. Ich wollte zwar bisher keine Kinder, aber ich will dich und dich gibt es nur gemeinsam mit unserem Kind.«

Den Rest der Nacht verbringe ich unter grellem Neonlicht am Küchentisch. Ich kann nicht glauben, was ich gerade gehört habe. So viel Schlummertee kann ich nicht mehr trinken und auch nicht so viel James Blunt hören, dass ich mich jetzt wieder beruhige.

Elefantenkuh auf Plüschsofa

39. Woche / Gewicht wird ignoriert / Schweißausbrüche

Wie heiß ist es hier eigentlich? Ein Thermometer würde sich bei knapp 90 Grad einpendeln. Saunahitze. Aber hier gibt es keine Temperaturanzeige. Nur jede Menge schreiende, quietschende, essende, weinende Babys, ihre Mamas und mich, Lilly Heiden, hochschwanger, mit Ausmaßen, die jeder Elefantenkuh zur Ehre gereichen würden.

Lotte, Idas Tochter, ist seit sieben Wochen auf der Welt. Zeit, das Kind mit anderen Babys zusammenzubringen und Mütter kennenzulernen, findet meine Freundin. Hat man sich früher in Diskotheken, Bars oder einer Lounge verabredet, trifft man sich heute bei der Babymassage. Auf Decken liegen acht kleine Babys nackt im Kreis. Ihre Mütter sitzen vor ihnen und massieren sanft ihre Bäuche. Das soll angeblich gut gegen Schreikrämpfe und Blähungen sein. Es gibt Früchtetee und Kekse. Ich sitze am Rand und bemühe mich, keine allzu großen Schweißflecken auf dem Boden zu hinterlassen. In wenigen Tagen ist mein errechneter Geburtstermin. Ich habe inzwischen zwanzig Kilo zugenommen, arbeite nicht mehr und bewege mich so wenig wie möglich. Dass ich heute überhaupt das Haus verlassen habe, liegt nur daran, dass Ida der Meinung war, ich bräuchte mal wieder Frischluft.

Sie wollte mir zeigen, welch großen Spaß sie bei der Babymassage hat.

Vielleicht versteht man diesen Spaß aber erst, nachdem man entbunden hat.

Ich hätte nie gedacht, dass es so viele Veranstaltungen rund um Mutter und Kind in Köln gibt. Babymassage, PEKiP, Babyschwimmen, Englisch für Säuglinge und klassische Musikerziehung ab dem dritten Monat. Mutter und Kind können den Terminkalender beliebig füllen.

Aber egal, welchen Kurs man besucht, eines ist immer gleich. Im Hintergrund läuft garantiert eine CD mit diesen furchtbar nichtssagenden Entspannungsklängen.

Kaufhausmusik, die mich im besten Fall nicht aufregt, aber nur selten beruhigt. Leider werden auch die Babys schon mit dieser Hörfolter traktiert. Im Takt kreisen die Hände der Mütter über die Babybäuche. Elke, die Hebamme, hat zu Demonstrationszwecken eine Puppe vor sich liegen und erklärt mit ganz sanfter Stimme, was zu tun ist: »Den Bauch immer von oben nach unten berühren. Nicht absetzen, und summt die Melodie ruhig mit, das hören die Babys gerne, und es schafft Nähe.« Wenn ich singe, fallen die Wellensittiche tot von der Stange. Hoffentlich ist unsere Bindung so stark, dass mein Kind nicht hysterisch schreit, wenn ich anfange zu summen.

Die Mütter blicken zu Elke und versuchen, alles richtig zu machen. Den Babys scheint es zu gefallen. Einige pinkeln vor lauter Glücksgefühl in hohem Bogen ihre Mütter an. Mir läuft der Schweiß von der Stirn. Ich wäre jetzt auch gerne ein Baby. Nackt. Ohne Probleme. Mit einer Mutter, die sich gurrend über mich beugt und mein Wohlbefinden steigert. Nach einer Viertelstunde aber scheinen die meisten Kinder keine Lust mehr zu haben. Sie werden unruhig, trotz der Entspannungsmusik. Sage ich doch, die wirkt nicht. Ida setzt sich mit Lotte in eine Ecke des Raumes. Überall liegen dicke Kissen, auf denen man es sich bequem machen kann. Ida ruft: »Lilly, kannst du mir die Stillhütchen aus der Tasche geben?« Sofort richten sich die Augen aller anderen Mütter auf sie. Eine lebhafte Unterhaltung beginnt. Stillen oder nicht stillen, das ist die Frage unter den aufgeregten Müttern. Ich höre nur mit halbem Ohr zu und kann mir nicht vorstellen, dass ich in wenigen Tagen auch darüber reden möchte.

Ich rutsche ein wenig von meinem Kissen herunter, strecke mich auf dem weichen Boden aus und bin kurz davor einzuschlafen, als eine Mutter laut aufschreit.

Ich setze mich gerade hin, um das Malheur zu begutachten. Ihr Sohn hat einen dicken Haufen auf ihrem Schoß hinterlassen. Die Ärmste versucht, mit Feuchttüchern die Spuren zu beseitigen. Das Ereignis sorgt für Aufregung. Alle Babys fangen wie verabredet an zu schreien. Neben der Temperatur ist jetzt auch der Geräuschpegel auf einem extrem hohen Niveau. Elke beschwichtigt, hilft wischen und stellt endlich die verdammte Musik ab. Ida muss ebenfalls rubbeln. Lotte hat auf die Decke gepinkelt. Nach einer Dreiviertelstunde ist die Babymassage zu Ende. Gefühlte drei Stunden.

Ich nehme Lotte auf den Arm und lege sie sanft auf den Boden, ich darf sie heute anziehen.

Als wir den Raum verlassen, hole ich erst einmal tief Luft. Vor der Tür wartet Klaus auf uns. Während Ida schon wieder im Alltag gelandet ist, schwebt Klaus noch auf Wolke sieben. Ich glaube, er raucht mit jedem Kunden in seiner Werkstatt eine Zigarre zu Ehren seiner Tochter. Egal, ob man es hören will oder nicht, er erzählt in Endlosschleife davon, wie er die Nabelschnur durchgetrennt hat. Er hat Lotte und sich auch schon zu einem Schwimmkurs angemeldet. Schwimmenlehren sei Vatersache, meint er.

»Da seid ihr ja, meine Süßen«, begrüßt er seine beiden Frauen.

Ich stehe meinem neuen Glück vorsichtig gegenüber, ich traue dem Ganzen noch nicht. Auch wenn Christian mir mittlerweile die Wickelkommode eines schwedischen Möbelhauses zusammengeschraubt hat.

Seit seiner Wandlung, wie Ida Christians plötzlich aufkeimende Vaterliebe nennt, vergeht kein Tag, an dem er mich nicht anruft und eine SMS sendet. Aber auch Ulli ist noch nicht ganz aus meinem Leben verschwunden und macht sich noch Hoffnungen. Schade, dass mich auf den letzten Metern vor der Geburt keine Fluggesellschaft der Welt mehr mitnimmt, ansonsten würde ich in Namibia Geburtsasyl beantragen. So wie Angelina Jolie und Brad Pitt. Zwei so verschiedene Männer wie Christian und Ulli, die sich um mich reißen, das kann ziemlich anstrengend sein. Und das, obwohl ich über achtzig Kilo wiege und aussehe wie eine Elefantenkuh, die nur mühsam vom Plüschsofa hochkommt.

Offiziell bin ich zwar seit vier Wochen im Mutterschutz, aber Besprechungen mit Rekil und Anka sind eine gute Ablenkung von den Männern. Rekils Popularität steigt und steigt. Inzwischen tritt er schon alle drei Wochen in der Kochsendung auf. Wenn er auf dem Bildschirm erscheint, schießen die Quoten in die Höhe. Die Produzenten der Sendung sind völlig aus dem Häuschen, und, wie Anka prophezeit hat, besitzt Rekil inzwischen auch Autogrammkarten.

Die Verkäufer auf dem Großmarkt lassen keine Gelegenheit aus, Rekil mit Sprüchen wie: »Hey, Curry, seit wann kannste denn kein r mehr sprechen? Und wo is denn deine superschicke Kopfbedeckung?« zu bombardieren.

Rekil nimmt es zum Glück gelassen. Seine Standardantwort lautet: »Lieber berühmt als bekloppt.«

Ich lasse mich von Ida und Klaus zu meinem bekanntesten Mitarbeiter fahren. Im Auto schläft Lotte nach der Massage ruhig neben mir in ihrer Babyschale und verpasst die Diskussion ihrer Eltern über ein Begrüßungsfest zu ihren Ehren.

»Ich will keine klassische Taufe, gläubig sind wir doch nicht. Lass uns doch ein schönes Gartenfest zu Lottes Ehren geben. Wir laden alle unsere Freunde ein und pflanzen ein Magnolienbäumchen für sie.«

Was für ein Blödsinn, denke ich, aber vielleicht werde ich später neue Gerichte nach meinem Sohn oder meiner Tochter benennen, denn bislang habe ich Doktor Herzog gebeten, mir das Geschlecht nicht zu verraten.

»Klaus, jetzt ist doch gar keine Pflanzzeit für Bäume. Wir können gern ein Fest geben, die Idee finde ich super. Aber ein ganz entspanntes, ohne Lotte wie eine Prinzessin in den Mittelpunkt zu stellen«, sagt meine pragmatische Freundin.

Die beiden wägen noch eine Zeit lang das Für und Wider ab, während ich schläfrig aus dem Autofenster schaue. Als wir endlich vor dem Restaurant von Rekils Eltern halten, bin ich wie Lotte eingeschlummert. Bevor ich mich behäbig aus dem Rücksitz schäle, streiche ich ihr sanft über die Wangen und werfe ihren Eltern einen Luftkuss zu.

Als ich das Restaurant betrete, herrscht helle Aufregung. Ein Reporter der ortsansässigen Boulevardzeitung macht ein Interview mit Rekil. Wenn die Zeitung die Geschichte gut platziert, ist sein Incognito-Leben zu Ende, aber die Kasse im Tandoori-Palace wird richtig klingeln. Rekils Autogrammkarte hängt schon am Buffet, sein Vater ist wahnsinnig stolz auf ihn. Rekil genießt die Aufmerksamkeit. Anka sitzt schon an einem kleinen Tisch in der Ecke und wirft dem neuen Star verliebte Blicke zu. Ob sich doch etwas zwischen den beiden anbahnt?

Langsam lasse ich mich neben Anka nieder. Der Reporter dreht sich in unsere Richtung und fragt Rekil ganz aufgeregt: »Ist das Ihre Frau? Werden Sie etwa Vater?«

Das wird ja immer besser. Mein Kind wird sowieso schon von zwei Männern umworben. Einen dritten potenziellen Vater kann ich wirklich nicht gebrauchen.

Rekil blickt zu mir herüber, und mit einem strengen Blick warne ich ihn, jetzt bloß nichts Falsches zu sagen.

»Nein, das ist meine Chefin, sie hat mir alles in der Küche beigebracht«, ruft er laut und deutet mit einer überschwänglichen Geste auf mich.

Der Reporter sieht ein wenig enttäuscht aus, gibt sich mit der Antwort aber zufrieden. Nach fünf weiteren Fragen zu Rekils Superkochkünsten verabschiedet er sich.

Rekil kommt mit einem breiten Grinsen an Ankas und meinen Tisch. »Na, Chefin, wie findest du mich als Lokal-Bocuse?«, fragt er fröhlich.

»Ich bin begeistert«, antworte ich, und in meiner Stimme schwingt tatsächlich ein wenig Stolz mit. Immerhin habe ich ihm jede Menge Wissen vermittelt, wenn auch nicht die Zubereitung des von den Zuschauern so geliebten Tandoori Chicken.

Anka zupft Rekil schüchtern am Arm und bittet ihn um ein Autogramm: »Für meine Freundin Lenka«, schiebt sie hinterher. »Sie findet dich so süß. Ich kann ihr noch so oft sagen, dass du ein ganz normaler Durchschnittsmacho bist, sie will es nicht glauben.«

Rekil verschwindet für einen Moment hinter der Bar und kommt mit einem Paket Autogrammkarten zurück. Lässig, als hätte er nie etwas anderes getan, unterschreibt er eine Karte mit seinem Konterfei und reicht sie Anka. »Wenn sie das beste Rezept für Papadam haben möchte, lass es mich wissen«, sagt er noch.

Wir prusten alle drei los. Dann erledigen wir den geschäftlichen Teil. Äußerst gewissenhaft bewältigt Rekil die Aufgaben, die ich ihm übertragen habe. Mein Cateringgeschäft ist in guten Händen. Das Kind kann kommen.

Erst gestern sagte mir Doktor Herzog, dass Erstgeborene sich häufig Zeit lassen.

Ich bin die dickste Mama von Köln, aber meine Verehrer lassen sich dadurch nicht abschrecken. Als ich Rekil und Anka verlasse, blinkt mein Handy.

Zwei SMS. Eine von Ulli: *Hallo, Nachbarin. Wo steckst Du? Warum liegst Du nicht auf dem Sofa? Stehe mit Kuchen vor Deiner Tür.*

Abgeschickt um vierzehn Uhr. Es ist bereits drei. Ob er immer noch wartet? Ich beschließe, gleich bei Ulli zu klingeln.

Danach öffne ich die zweite SMS. Christian. *Lillyfee, warum bist Du nicht zu Hause? Du solltest Dich schonen. Habe bei Dir geklingelt. Will Dich sehen. Melde Dich, wenn Du Zeit hast.*

Diese SMS ist ebenfalls von zwei Uhr. Eine interessante Variante. Ulli stand oben vor der Wohnungstür. Christian unten vor der Haustür.

Als ich eintreffe, ist keiner mehr da.

Ich mache das, wozu ich schon den ganzen Tag Lust habe: Schuhe ausziehen, Hosenknopf öffnen, Handy abschalten und ab aufs Sofa. Nach zwei Minuten bin ich eingeschlafen.

Klare Verhältnisse

41. Woche / Waage streikt / Glücksgefühle

Die Promenadenmischung Billy hat ihr Winterfell in meiner Wohnung verteilt. Ich hasse Hundehaare auf meinem Lieblingssessel. Außerdem bin ich dagegen allergisch, aber das hat Rosa wohl vergessen. Mein Niesen im Sekundentakt hält sie nicht davon ab, mir die Fotos der Charity-Veranstaltung für das finanzschwache Tierheim zu zeigen. Schlimmer kann nur ein Diavortrag meiner Nachbarin über ihre Urlaubsreise nach Island sein. Ich sehe unentwegt Möpse, Irish Setter und Pitbullmischlinge samt Maulkorb. Stündlich kann mein Baby kommen. Immerhin lenken mich die Leidensgeschichten der Vierbeiner von meiner aufkeimenden Panik ab.

»Hier der Brutus, der ist ganz lieb. Der darf nur nicht in die Nähe von Kindern und alten Leuten kommen.«

Ich blicke auf eine Reihe gelber, gefletschter Zähne und stelle fest, wie dehnbar der Begriff lieb doch ist. Hoffentlich kommt Rosa nicht auf die Idee, eines dieser lieben Geschöpfe meinem Kind zum Geburtstag zu schenken.

Billy sabbert an meinem Fußgelenk. Leicht stupse

ich ihn zur Seite, was in einem intensiven Schlecken meines Knies seinerseits mündet. Ich niese.

Doktor Herzog will mich täglich sehen, denn ich bin schon seit vier Tagen über dem errechneten Geburtstermin. Wehenschreiber und die Blutabnahme sind das Standardprogramm in der Praxis. Irgendjemand muss auch meine Hundehaarallergie therapieren, denn Billy gehört jetzt zur Familie. Rosa hat ihn am Abend der Spendenaktion adoptiert. Oder vielmehr er sie. Ich erinnere mich noch an ihre Worte: »Ich konnte nicht an ihm vorbeigehen. Diese traurigen Augen. Wir gehören zusammen.«

Lange darf ich das Baby nicht mehr übertragen, wie es der Doktor nennt, es besteht die Gefahr, dass das Fruchtwasser nicht ausreicht. Inzwischen bin ich auch nicht mehr gern allein, ich habe Angst, dass keiner in meiner Nähe ist, wenn die Wehen beginnen. Im Augenblick habe ich ja Billy. Wenn es schnell gehen muss, kann er bestimmt auch zur nächsten Straßenecke laufen und Hilfe holen.

Rosa ist seit ein paar Tagen mein liebster Gast auf der Couch. Als Tierärztin hat sie schon Kälbern und Fohlen auf die Welt geholfen, das beruhigt mich.

Wir dippen die Nachos in die Käsesauce und erinnern uns an ihren erfolgreichen Abend. Mit den Spendengeldern kann das Tierheim weiterexistieren. Rosa beweist, dass man etwas tun kann, um die Welt zu verändern. Endlich, nach vierhundert Fotos tauchen Menschen auf den Abzügen auf. Auf einigen Fotos sind Christian und ich ganz gut getroffen. Ich kann meinen Blick nicht von Christian lassen, halte die Bilder nah an meine Augen, um das schönste Schmunzeln der Welt zu genießen. In meinem Bauch kribbelt es wie beim Proseccotrinken. Die Verlockung, eines der Fotos heimlich zu entwenden, ist groß. Ich muss mich schon auf meine Hände setzen, damit ich nicht danach grabsche.

Auf einem der letzten Bilder sehen wir aus wie eine kleine Familie auf der Strandpromenade in den großen Ferien. Christian hält einen blonden Labrador an der Leine, ich stehe mit einer Sammelbox und einem Plastikbecher mit Fruchtsaft und dickem Bauch neben ihm. Wir lächeln uns an, und keiner, der dieses Foto sieht, würde etwas von den Problemen der letzten Monate bemerken. Der Abend verlief überhaupt sehr harmonisch, damals gab es die ersten Anzeichen einer Annäherung. Mein ständiges Niesen erregte Christians Mitleid. Fürsorglich versorgte er mich mit Nachschub aus der Kleenex-Box. Seine Aufmerksamkeit war der Auftakt zu einer neuen Ära: Lilly und Christians zweite Chance.

Drei Wochen später dann sein emotionaler Ausbruch am Telefon. Im Anschluss überraschte er mich mit drei Schalke-Stramplern in den Größen null bis vier Monate. Seit einer Woche gibt er sich mit Rosa die Klinke in die Hand, übernimmt den Wehenwachdienst, sobald die Planung in der Sportredaktion für das nächste Bundesligawochenende abgeschlossen ist. In den ersten Tagen haben wir das verminte Gesprächsthema Rund-ums-Baby ausgespart, aus Angst, das zarte Band der Vertrautheit mit einer falschen Bemerkung zu zerstören. Über seine Elternzeit kann ich nicht mit ihm diskutieren, aber zumindest steht es für ihn außer Frage, die Vaterschaft anzuerkennen.

Rosa legt die Fotos wieder in den Umschlag und fragt: »Du wirkst so gelassen, Lilly, hast du keine Angst vor der Geburt? Selbst Stuten wälzen sich achtundvierzig Stunden zuvor nervös im Stroh.« Sie lacht und schenkt mir erneut ein Glas Wasser ein.

»In den letzten neun Monaten habe ich so viele gruselige Geburtsgeschichten gehört, dass ich inzwischen eine fatalistische Haltung habe. Was soll man machen, wenn einem von Saugglocken, Rizinusölcocktails und meterlangen Spritzen ins Rückenmark erzählt wird? Am Ende hilft doch nur eine gute Fußakupunktur oder die Taktik, Augen zu und durch. Im Kühlschrank habe ich alle Zutaten für einen Gemüserisotto, bleibst du zum Abendessen, Rosachen? Bevor ich mich von pappigem Krankenhausessen ernähren muss, will ich mir noch was Leckeres gönnen.«

Rosa nickt freudig. »Gern, ich habe heute Abend Bereitschaftsdienst, und wenn du mich nicht bekochst, muss ich wieder auf die Schnelle ein Gyros verschlingen.« Sie schaut mich eingehend an und konstatiert: »Großer Bauch, großes Kind. Deines wird kein kleines Kaliber haben, so viel steht fest.«

Ich ordne Paprika, Champignons und Zucchini auf dem Schneidebrett an. »Ihr Ärzte habt doch immer etwas Beruhigendes, so kurz vor einem entscheidenden Eingriff. Das war genau die Information, die mir noch fehlte, um wirklich entspannt der Geburt entgegenzublicken.« Ich gönne dem Risotto einen Schuss Weißwein, als Rosa mich umarmt:

»Ach Schätzchen, du kennst uns Mediziner doch. Bei den anderen immer eine große Klappe, müssen wir selbst unter das Messer, sind wir die größten Angsthasen.«

Ihr Pieper unterbricht unseren entspannten Frauenabend.

»Ja, hier Doktor Beck. Wo ist das passiert? Aha, ja, in zehn Minuten kann ich vor Ort sein. Gebt ihm schon eine Beruhigungsspritze.« Sie legt auf, zuckt mit den Schultern und sagt: »Radfahrer trifft auf einen Beagle. Doch Gyros. Schade.« Sie schlüpft in ihre Jacke. An der Tür dreht sie sich noch einmal zu mir um: »Hast du die Nummer vom ärztlichen Notdienst? Ansonsten hat Christian versprochen, in ungefähr einer Stunde da zu sein. Ciao.«

»Mach dir keine Sorgen, bei mir passiert heute Abend bestimmt nichts mehr. Außer dass ich noch ein weiteres Kilo zunehme, weil ich den Risotto allein aufessen muss. Übrigens, du hast noch etwas vergessen.«

Ich zeige auf mein Sofa, Billy schnarcht und haart die Polster voll.

»Den kann ich nicht mitnehmen. Bittest du Christian, ihn mir später vorbeizubringen?«

Meine Bedenken, hier mit Billy die nächste Stunde allein zu verbringen, gehen im Türknallen unter.

Ich nutze die Zeit bis zu Christians Ankunft, um Babysachen zu sortieren. Nehme die kleinen Söckchen und Mützen aus der Wickelkommode, streiche mit den Händen über die Badehandtücher. Das Ordnen der Babywelt gibt mir ein Gefühl von Sicherheit. Ich bilde mir ein, ich könnte damit sogar die Götter des Kreißsaals besänftigen. Meine Mutter nicht. Sie hat heute bereits dreimal angerufen. Jetzt ist sie erneut am Telefon, um mir eine weitere Schauergeschichte über einen gerissenen Damm zu erzählen.

»Bärchen, hast du dich heute auch gut einmassiert? Du weißt schon wo. Gerade erst hat mir Gertrud erzählt, dass bei der Geburt ihres ersten Enkels bei ihrer Tochter alles in Mitleidenschaft gezogen ist. Die kann heute, fünf Monate später, noch kaum laufen und muss regelmäßig Kamillensitzbäder nehmen.«

Wie bremst man Mütter aus, ohne verletzend zu werden? Meine jedenfalls lässt sich von meinem Schweigen nicht irritieren und redet ungehemmt weiter: »Lilly, du hast doch einen ordentlichen Schlafanzug, oder? Nicht, dass du dich im Krankenhaus blamierst. Nimm auf jeden Fall den karierten mit, den Papa und ich dir in den Schrank geräumt haben.«

»Ja, Mama. Mach ich, Mama«, sage ich. Meine Mutter ist glücklich, weil sie ihren Vortrag halten konnte, und ich werde erlöst, weil es an der Tür klingelt.

Mit den Worten: »Mama, ich melde mich sofort, wenn es losgeht. Ich rufe dich an, bestimmt«, will ich das Gespräch beenden. Noch mit dem Hörer am Ohr, öffne ich die Tür, nicht ohne meiner Mutter zu versichern: »Ja, Mama, ich nehme die Hausschuhe auch mit. Bis morgen, schlaf gut, grüß Papa.«

Ulli steht mit einer hellblauen Babydecke auf dem Arm in der Tür.

»Hi Lilly, ich habe noch ein Geschenk für dich. Vielleicht kannst du es für die Klinik gebrauchen.« Er hält sie mir entgegen. »Auf der Decke habe ich schon gelegen, dann Emma und vielleicht bald deins.«

Ich streiche über das weiche Material. Kaschmir.

Sie ist wunderschön, aber ist der Überbringer nicht die falsche Person? Ist unser Verhältnis noch so eng, dass mein Kind auf seiner eigenen Babydecke liegen sollte?

Ich will ihn hereinbitten, doch bei einem Blick auf die Uhr beschleicht mich leichte Nervosität. Christian müsste gleich Redaktionsschluss haben. Das fehlte mir noch: ein Zusammentreffen der beiden auf den letzten Metern.

Glücklicherweise hat Ulli heute Abend wenig Zeit, er will noch arbeiten, deshalb kehrt er gleich wieder in seine Wohnung zurück.

Perfektes Timing. Zwei Sekunden später steht Christian vor der Tür. Wir kommen nicht dazu, viel zu reden oder den Risotto zu probieren, denn mir wird schwindelig. Ungeachtet meiner Allergie lege ich mich neben Billy auf mein Sofa. Wir atmen beide überdurchschnittlich laut. Christian wird etwas hektisch, als er mich da liegen sieht.

»Geht es los?«, fragt er besorgt.

»Ist auch mein erstes Kind, woher soll ich das wissen? Das Thema haben die bestimmt am ersten Wochenende des Geburtsvorbereitungskurses behandelt.«

Ich halte meinen Bauch, das Ziehen wird im Laufe der nächsten halben Stunde heftiger. Christian isst mit wiedergewonnener Gelassenheit zwei Teller Risotto. Billy, der alte Opportunist, röchelt jetzt neben ihm, weil ihm ein Löffel Reis gegönnt wurde. Kauf dir einen Hund, wenn du schnell neue Freunde brauchst.

Mein spitzer Schrei lässt die zwei sofort im Türrahmen auftauchen. Sie werden Zeugen meines Versuchs, mich über die rechte Seite abrollend in eine aufrechte Position zu bringen. Nicht sehr elegant, wie ich breitbeinig und schnaufend, aus der Tiefe der Kissen um Hilfe bitte.

»Soll ich einen Krankenwagen rufen oder nehmen wir meinen Wagen, der steht vor der Tür?«, fragt Christian aufgeregt. »110? 112? 2288? 11833?« Christian steht kopflos mit dem Telefonhörer in der Hand im Wohnzimmer und blickt mich aufgelöst an.

»Christian, beruhige dich. Wir nehmen deinen Wagen. Und hol bitte meinen Koffer aus dem Schlafzimmerschrank.« Ich entwickele echte Feldwebelqualitäten, aber ohne klare Ansagen stünde er noch übermorgen auf demselben Fleck in meinem Wohnzimmer. Die Abstände der Wehen werden kürzer. Gekrümmt, mit einer Hand am Bauch, gehe ich Richtung Haustür. Christian will gerade die Tür hinter uns zuziehen, als sich eine feuchte Hundeschnauze dazwischenschiebt.

»Wo ist meine bescheuerte Schwester? Was machen wir mit Billy, wenn die Geburt mehrere Tage dauert?«

»Wir nehmen ihn im Auto mit, dann soll sie ihn eben vor dem Krankenhaus abholen.« Wehen lösen bei mir offensichtlich nicht nur eine Geburt, sondern auch tief verschüttete Tierliebe aus.

Mit Billy, Koffer und Babydecke sitzen wir kurz darauf in Christians Auto. Einziges Problem: Es springt nicht an. Immer wieder würgt Christian den Motor mit leiernden Startversuchen ab. Er ist verzweifelt. Mein Kopf liegt auf dem Airbagfach, ich kann nichts mehr sagen, außer: »Klingel bei Kahn, schnell.«

»Nein, ich rufe einen Krankenwagen. Bei dem klingele ich nicht. Auf keinen Fall«, sagt Christian heftig.

»Jetzt mach schon. Dein Revierkampf ist doch lächerlich«, schreie ich. Billy wird heute noch mein bester Freund. Er gibt keine Widerworte und legt sanft seinen Kopf auf meine Schulter.

Gefühlte drei Stunden später tauchen Christian und Ulli endlich am Wagen auf. Ulli scheint noch bei Verstand zu sein. Er holt in Windeseile seinen Oldtimer aus der Garage, schiebt den Beifahrersitz ganz nach hinten und hilft mir ins Auto. Christian teilt sich die winzige Rückbank mit Billy. Bei jeder Bodenwelle stoße ich einen Schmerzensschrei aus.

Christian hat Schweißperlen auf der Stirn und brüllt Ulli an: »Nun gib doch Gas, oder machst du hier deine Führerscheinprüfung?«

Unser bis dahin sympathischer Fahrer zischt zurück: »Wenn du zu blöd bist, deinen Wagen zu starten, ist das nicht mein Problem. Bis vor Kurzem hat es dich doch am wenigsten interessiert, wie Lilly überhaupt ins Krankenhaus kommt. Ist es jetzt nicht ein bisschen spät dafür?«

Christian macht eine wütende Geste: »Was geht dich das eigentlich an? Was weißt du schon über mich?«

Bevor die Situation eskaliert, muss ich eingreifen. Und klare Verhältnisse schaffen, sonst geht das im Kreißsaal gleich so weiter mit den beiden. Zwischen zwei Wehen nutze ich die Zeit und sorge für Klarheit: »Ich kann nicht mehr. Euer Wettbewerb um mich ist mir jetzt wirklich zu anstrengend. Danke, Ulli, dass du uns in dieser Notsituation hilfst. Es ist mein Fehler, dass ich nicht schon viel früher gesagt habe, was ich will. Ich liebe euch beide, aber mit Christian möchte ich mein Leben verbringen. Das ist Christians und meine Chance, eine Familie zu gründen. Und ich möchte es zumindest versuchen. Auch auf die Gefahr hin, dass wir scheitern oder du, Ulli, mich an der nächsten Straßenecke rauswirfst.«

Billy übertönt mögliche Antworten mit lautem Bellen. Es gilt einem aprikotfarbenen Pudelmädchen im Nachbarauto. Christian versucht, mit der hellblauen Babydecke das Fenster abzuhängen. Die Hündin muss heiß sein, denn Billy beginnt mit den Krallen an der Scheibe zu kratzen. Die Decke weist bereits erste Kampfspuren der Sehnsucht auf. Ulli blickt über seine Schulter: »Weißt du, was Oldtimerscheiben kosten? Halt doch mal den Köter fest.«

In einem Krankenwagen würde es mir mit Sicherheit besser gehen. Da wären sie auch auf das Platzen der Fruchtblase vorbereitet. Ganz anders in Ullis altem Wagen. Das Entsetzen steht ihm ins Gesicht geschrieben. Mir ist nicht klar, ob er sich mehr Sorgen um mich oder um seine Ledersitze macht.

Im Krankenhaus organisiert Christian an der Anmeldung einen Rollstuhl. Ulli und ich sind für zwei Minuten allein. Er nimmt mich in den Arm und sagt: »Jetzt bist du mir doch entwischt, Lilly. Ich hoffe, er hat dich verdient. Du bist eine tolle Frau.«

Eine Krankenschwester hievt mich in den Rollstuhl, Ulli dreht sich um, und im Wegfahren sehe ich noch, wie er mit der Kaschmirdecke über seine Autositze reibt. Christian ruft ihm hinterher: »Meine Schwester kommt gleich und holt den Hund ab, kannst du kurz warten?«

Ulli nickt. Es ist das Letzte, was ich von ihm mitbekomme, bevor sich die Tür des Krankenhausaufzugs schließt.

Ich kann nur noch schreien. Hoffentlich sind die Wände des Kreißsaals schalldicht. Krampfhaft versuche ich, mich an den Atemrhythmus zu erinnern. Alles vergessen. Auch der nasse Waschlappen, den Christian mir in regelmäßigen Abständen auf die Wange drückt, nervt mich. In scharfem Ton weise ich ihn zurecht: »Lass mich in Ruhe, fass mich nicht an.« Christian setzt sich hilflos auf einen kleinen, weißen Drehstuhl. Hätte er am Geburtsvorbereitungskurs teilgenommen, wüsste er, dass man Frauen in den Wehen nicht ernst nehmen darf. Nachdem ich ihn nun zum fünften Mal weggestoßen habe, hält er einen gewissen Sicherheitsabstand ein. Um sich von mir abzulenken, durchforstet er den Stapel mit Entspannungsmusik.

Die Schmerzen werden unerträglich und ich will unbedingt eine Rückenmarkspritze. Oder eine Vollnarkose.

»So, nur noch zweimal kräftig pressen, dann ist das Kind bestimmt da. Für eine Spritze ist es schon lange zu spät, Frau Heiden«, muntert mich die Hebamme auf.

»Wann denn pressen?«, blaffe ich sie unter Schmerzen an. Dann geht alles ganz schnell. Wie unter einer Glasglocke höre ich die Hebamme sagen, »Pressen, pressen, pressen.« Ich gebe mein Bestes, und dann erfolgt endlich der erlösende Schrei. Christian durchtrennt mit zittrigen Händen die Nabelschnur.

»Alles dran, ein kräftiger Junge«, sagt die Hebamme, als sie mir meinen Sohn auf den Bauch legt. Das kleine, noch blutverschmierte Bündel erobert sofort mein Herz. Christian schaut mich zärtlich an, küsst den Kleinen und sagt: »Mehr davon.«